Ambrose Bierce, geboren am 24. Juni 1842 in Meigs County, Ohio, ist in den Wirren des mexikanischen Krieges verschollen.

Neben den grausamen, den Krieg als Barbarei entlarvenden Geschichten aus dem amerikanischen Bürgerkrieg schrieb Bierce Gespenstergeschichten, die sich durchaus mit denen Poes messen können. Er gilt als Wegbereiter der modernen Kurzgeschichte. Frappant sind seine realistischen Analysen seelischer Extremzustände wie Angst oder Todesfurcht unter Verwendung surrealistischer makabrer Schreckenseffekte. Typisch sind weiterhin seine überraschenden, oft desillusionierenden Pointen, sein Erzählstil ist gewürzt durch Ironie und sardonisch-bissigen Humor. »Das verfluchte Ding« zum Beispiel ist ein gefährliches Monster, farblos und unsichtbar, dessen Näherkommen man nur durch die Bewegung der Halme in einem Getreidefeld erkennen kann. Die für Bierce so charakteristischen Kapitelüberschriften in dieser Sammlung von Gespenstergeschichten lauten: »Man ißt nicht immer, was auf dem Tisch ist«, »Was auf einem Haferfeld passieren kann«, »Auch ein nackter Mensch kann in Fetzen sein«. Sein Beiname »Bitter-Bierce« hat seine Berechtigung.

»Bierce hat sich gleichermaßen als ein Meister der makabren Phantasie und der knappen realistischen Erzählweise erwiesen«.

Frankfurter Rundschau

insel taschenbuch 1439

Ambrose Bierce

Das Spukhaus

Ambrose Bierce
Das Spukhaus

und andere Gespenstergeschichten

Deutsch von Gisela Günther,
Anneliese Strauß und K. B. Leder

Insel Verlag

Umschlagabbildung: Fabrizio Clerici,
Die große Beichte von Palermo, 1952 (Ausschnitt)

insel taschenbuch 1439
Erste Auflage 1992
Insel Verlag Frankfurt am Main und Leipzig 1992

Vertrieb durch den Suhrkamp Taschenbuch Verlag
Umschlag nach den Entwürfen von Willy Fleckhaus
Satz: Fotosatz Otto Gutfreund GmbH, Darmstadt
Druck: Nomos Verlagsgesellschaft, Baden-Baden
Printed in Germany

1 2 3 4 5 6 – 97 96 95 94 93 92

Inhalt

Einige Spukhäuser

Die Pinieninsel

Viele Jahre lang lebte in der Nähe der Stadt Gallipolis, Ohio, ein alter Mann namens Deluse. Man wußte sehr wenig über ihn; er selbst sprach nicht von seiner Vergangenheit und duldete auch nicht, daß andere danach fragten. Unter seinen Nachbarn herrschte allgemein der Glaube, er sei Pirat gewesen – wenn dafür auch niemand bessere Beweisstücke als seine Sammlung von Enterhaken, Entermessern und alten Steinschloßpistolen kannte. Er lebte allein in einem kleinen Haus mit vier Zimmern, das immer rascher verfiel und an dem nie mehr ausgebessert wurde, als das Wetter unbedingt erforderte. Es stand auf einem Hügel inmitten eines weiten, steinigen, mit Brombeersträuchern bewachsenen Feldes, auf dem es nur wenige, einfach bebaute Flecken gab. Dies war der einzige sichtbare Besitz, von dem er aber kaum seinen Lebensunterhalt bestreiten konnte, wie schlicht und gering seine Ansprüche auch sein mochten. Er schien immer Geld zu haben und zahlte bei seinen Einkäufen in den umliegenden Dorfläden bar. Selten kaufte er mehr als ein- oder zweimal im selben Geschäft, ohne eine längere Zeit verstreichen zu lassen. Aber diese gerechte Verteilung seiner Gunst wußte man nicht zu schätzen; die Leute betrachteten es vielmehr als unwirksamen Versuch, den Besitz von soviel Geld zu verbergen. Keine ehrliche Seele, die mit den örtlichen Begebenheiten vertraut war und einen Sinn für das Maß der Dinge hatte, konnte ernsthaft daran zweifeln, daß er große Vorräte unrechtmäßig erworbenen Goldes hatte, das irgendwo in seiner baufälligen Behausung versteckt lag.

Am 9. November 1867 starb der alte Mann; zumindest fand man am 10. seinen Leichnam, und die Ärzte bescheinigten, daß der Tod ungefähr vierundzwanzig Stunden zuvor eingetreten sei – wie, konnten sie nicht genau sagen, denn die Totenschau ergab, daß alle Organe vollkommen gesund waren und keinerlei Anzeichen von Störung oder Gewalteinwirkung zeigten. Ihrer Meinung nach mußte der Tod mittags eingetreten sein, doch fand man die Leiche im Bett. Das Sachverständigenurteil bei der Leichenschau lautete, daß er ›durch eine Heimsuchung Gottes zu Tode gekommen ist‹. Die Leiche wurde begraben, und der öffentliche Testamentsvollstrecker kümmerte sich um den Nachlaß.

Eine genaue Untersuchung brachte nicht mehr ans Tageslicht, als man über den toten Mann bereits wußte. Viele beharrliche Grabungen auf dem Anwesen durch Nachbarn, die sich so ihre Gedanken gemacht hatten und sich etwas erhofften, blieben ohne Lohn. Als dann der unbewegliche und persönliche Besitz auf Gerichtsbeschluß verkauft werden sollte, da einige Aussicht bestand, die Kosten der Versteigerung könnten durch den Erlös teilweise gedeckt werden, schloß der Testamentsvollstrecker das Haus ab.

Die Nacht vom 20. November war rauh. Ein rasender Sturm fegte übers Land, peitschte es mit verheerenden Hagelschauern. Große Bäume wurden aus der Erde gerissen und auf die Straßen geschleudert. Eine solch wilde Nacht hatte man in der ganzen Gegend noch nie erlebt. Aber gegen Morgen hatte sich der Sturm außer Atem geblasen, und der Tag dämmerte hell und klar. Gegen acht Uhr an diesem Morgen kam Pastor Henry Galbraith, ein wohlbekannter, hochgeschätzter lutherischer Geistlicher, zu Fuß nach Hause, anderthalb Meilen vom Deluseschen Haus entfernt. Herr Galbraith war für einen Monat in Cincinnati gewesen. Er war mit einem Dampfer den Fluß heraufgekommen, und als er am vorhergehenden Abend in Gallipolis an Land ging, hatte er sofort Pferd und Wagen erhalten und sich auf den

Heimweg gemacht. Der heftige Sturm hatte ihn über Nacht aufgehalten; am Morgen zwangen ihn die gefallenen Bäume, den Wagen zu verlassen und seinen Weg zu Fuß fortzusetzen.

»Wo hast du denn die Nacht verbracht?« fragte seine Frau, nachdem er kurz von seinem Abenteuer berichtet hatte.

»Beim alten Deluse in der ›Pinieninsel‹[1]«, war die lachende Antwort, »und ich habe recht verdrießliche Stunden verbracht. Er hatte nichts dagegen, daß ich blieb, aber ich konnte kein Wort aus ihm herausbringen.«

Im Interesse der Wahrheit war bei dieser Unterhaltung glücklicherweise Herr Robert Mosely Maren zugegen, Jurist und *Literat* beim Columbus, derselbe, der die köstlichen ›Mellowcraft Papers‹ geschrieben hat. Das Erstaunen bemerkend, aber offensichtlich nicht teilend, das auf Herrn Galbraiths Antwort folgte, unterband dieser geistesgegenwärtige Mensch durch eine Geste die Ausrufe, die naturgemäß gefolgt wären, und fragte ruhig: »Wie kamen Sie dazu hineinzugehen?«

Dies ist Herrn Marens Version von Herrn Galbraiths Erwiderung:

»Ich sah ein Licht, das sich im Haus umherbewegte, und da ich durch den Hagel kaum noch etwas sah und zudem halb erfroren war, fuhr ich durchs Tor und stellte mein Pferd in den alten umzäunten Stall, wo es jetzt noch steht. Dann klopfte ich an die Tür, und da ich keine Antwort bekam, ging ich ohne sie hinein. Das Zimmer war dunkel, aber ich hatte Streichhölzer, fand eine Kerze und zündete sie an. Ich versuchte in den Nebenraum zu gehen, aber die Tür war zu, und obwohl ich drin die schweren Schritte des alten

1 Die Pinieninsel war einst ein berühmter Treffpunkt für Piraten.

Mannes hörte, reagierte er nicht auf mein Rufen. Im Herd war kein Feuer; ich machte welches, legte mich (sic!) mit dem Mantel unter dem Kopf davor und wartete auf den Schlaf. Nach kurzer Zeit öffnete sich leise die Tür, die ich zu öffnen versucht hatte, und der alte Mann kam herein, eine Kerze tragend. Ich redete ihn freundlich an, entschuldigte mich für mein Eindringen, aber er nahm keine Notiz von mir. Er schien nach etwas zu suchen, obgleich seine Augen in den Höhlen unbeweglich waren. Ich frage mich, ob er etwa schlafwandelt. Auf halbem Weg rund um das Zimmer machte er kehrt und ging denselben Weg, den er gekommen war, hinaus. Noch zweimal, bevor ich schlief, kam er zurück ins Zimmer, machte genau dasselbe und ging wie beim ersten Mal wieder weg. Zwischendurch hörte ich ihn durchs ganze Haus stapfen; seine Schritte waren in den Sturmpausen deutlich zu vernehmen. Als ich am Morgen aufwachte, war er schon ausgegangen.«

Herr Maren wollte noch weitere Fragen stellen, konnte aber die Zungen der Familie nicht länger aufhalten; die Geschichte von Deluses Tod und Beerdigung kam heraus – zu des guten Geistlichen größtem Erstaunen.

»Die Erklärung für Ihr Abenteuer ist sehr einfach«, sagte Herr Maren. »Ich glaube nicht, daß der alte Deluse im Schlaf umgeht, nicht in seinem jetzigen; aber Sie haben offensichtlich in dem Ihren geträumt.«

Und dieser Ansicht über die Sache mußte Herr Galbraith widerstrebend zustimmen.

Aber dennoch fand man zu später Stunde in der nächsten Nacht diese beiden Herren, begleitet von einem Sohn des Geistlichen, auf der Straße vor dem Deluseschen Haus. Drinnen war ein Licht; es erschien mal an diesem, mal an jenem Fenster. Die drei Männer gingen auf die Tür zu. Gerade als sie sie erreichten, drang aus dem Innern ein Durchstreckt auf dem Boden liegen. Er war tot. Mit einer Hand hielt die Leiche einen schweren Sack voll Münzen umklammert, die sich bei der späteren Untersuchung als alte spanische Geldstücke herausstellten. Direkt über der Leiche war ein Regal aus seiner Befestigung in der Wand gerissen worden, und offensichtlich war der Sack aus dem so freigelegten Hohlraum genommen worden.

Wieder wurde eine gerichtliche Untersuchung abgehalten: wieder gelang es der Leichenschau nicht, eine mögliche Todesursache aufzudecken. Wieder stellte ein Urteil über ›die Heimsuchung Gottes‹ es jedem frei, eigene Schlüsse zu ziehen. Herr Maren behauptete, daß der junge Mann vor Aufregung gestorben sei.

Ein fruchtloser Auftrag

Henry Saylor, der in Covington bei einem Streit mit Antonio Finch getötet wurde, war Reporter beim Cincinnater *Commercial*. Im Jahre 1859 versetzte ein leeres Haus in der Vine Street in Cincinnati die ganze Umgebung in Aufruhr, wegen seltsamer Gesichte und Geräusche, die man nachts darin beobachtet haben wollte. Die Aussagen vieler angesehener Bürger aus der Nachbarschaft ließen keine andere Hypothese zu, als daß es in dem Haus spuke. Die Menschenmenge auf dem Bürgersteig sah, wie Gestalten, die etwas seltsam Ungeheures an sich hatten, ein- und ausgingen. Wo sie nun eigentlich auf dem offenen Rasen auftauchten, über den sie zur Vordertür, durch die sie hineingingen, gelangten, vermochte niemand zu sagen, noch an welchem Punkt genau sie verschwanden, wenn sie herauskamen; besser noch: jeder Zuschauer war sich seiner Sache ganz sicher und doch stimmten keine zwei überein.

Ähnlich wichen sie alle in ihren Beschreibungen der Gestalten selbst voneinander ab. Ein paar Kühnere aus der Schar der Neugierigen wagten es, sich an mehreren Abenden auf die Türstufen zu stellen, um sie abzufangen, oder, wenn ihnen das mißlänge, sie näher zu betrachten. Man sagt, daß diese mutigen Männer mit vereinten Kräften die Tür nicht bezwingen konnten und daß sie von irgendeiner unsichtbaren Kraft immer wieder von den Stufen herabgeschleudert und ernstlich verletzt wurden; unmittelbar danach habe sich die Tür geöffnet – aus eigenem Antrieb, wie es schien – um einige Geistergäste hinein- oder herauszulassen. Das Haus war als Roscoe-Haus bekannt; eine Familie gleichen Namens hatte einige Jahre lang hier gelebt, von der dann einer nach dem anderen verschwand; die letzte, die wegging, war eine alte Frau. Geschichten über Verbrechen und wiederholten Mord gingen stets um, wurden aber niemals bewiesen.

Eines Tages, als die Aufregung überhandnahm, meldete sich Saylor auf dem Büro des *Commercial*, um Aufträge entgegenzunehmen. Er bekam eine Notiz vom Lokalredakteur, die sich so las: »Gehen Sie zum Spukhaus in der Vine Street und verbringen Sie dort allein die Nacht. Wenn irgend etwas Erwähnenswertes geschieht, schreiben Sie zwei Spalten.« Saylor gehorchte seinem Vorgesetzten; er konnte es sich nicht leisten, seine Stellung bei der Zeitung zu verlieren.

Er benachrichtigte die Polizei von seinem Vorhaben, verschaffte sich durch ein rückwärtiges Fenster vor Dunkelheit Zutritt, ging durch unmöblierte, verlassene Räume, staubig und leer, und setzte sich schließlich ins Wohnzimmer auf ein altes Sofa, das er aus einem anderen Raum hineingezogen hatte, und beobachtete, wie mit vorrückender Nacht das Dunkel immer tiefer wurde. Noch bevor es ganz finster war, hatte sich die neugierige Menge auf der Straße versammelt, im allgemeinen still und abwartend, nur hie und da ein Spötter, der seine Zweifel und seinen Mut durch verächtliche Bemerkungen oder obszöne Rufe kundtat. Von dem gespannt wartenden Beobachter drinnen wußte niemand. Er fürchtete sich, ein Licht anzumachen; die vorhanglosen Fenster hätten seine Anwesenheit verraten, ihn Beleidigungen, möglicherweise Kränkungen ausgesetzt. Außerdem war er zu gewissenhaft, irgend etwas zu tun, was seine Eindrücke abschwächen könnte, und nicht gewillt, auch nur eine der gewohnten Bedingungen zu ändern, unter denen die Erscheinungen auftreten sollten.

Jetzt war es draußen dunkel, aber das Licht von der Straße beleuchtete schwach den Teil des Raumes, in dem er war. Überall im Innern, oben und unten, hatte er die Türen aufgemacht, die nach außen führenden waren jedoch verschlossen und verriegelt. Plötzliche Ausrufe der Menge ließen ihn ans Fenster springen und hinausschauen. Er sah die Gestalt eines Mannes, die sich schnell über den Rasen auf das Gebäude zubewegte – sah sie die Stufen hochsteigen; dann verbarg sie ein Mauervorsprung. Es gab ein Geräusch wie vom Öffnen und Schließen der Dielentür; er hörte schnelle, schwere Schritte den Gang entlang – hörte sie die Treppe hinaufsteigen – hörte sie auf dem teppichlosen Boden des direkt darüberliegenden Zimmers.

Saylor zog sofort die Pistole, tastete sich den Weg die Treppe hinauf und betrat das von der Straße matt erleuchtete Zimmer. Niemand war da. Er hörte Schritte im angrenzenden Raum und ging dort hinein. Es war dunkel und still. Sein Fuß stieß gegen etwas am Boden, er kniete nieder, ließ seine Hand darüber streichen. Es war der Kopf eines Menschen – einer Frau. Saylor, ein Mann mit eisernen Nerven, hob ihn an den Haaren hoch, kehrte in den halberleuchteten, unteren Raum zurück, trug ihn in die Nähe des Fensters und untersuchte ihn aufmerksam. Während er so beschäftigt war, wurden ihm das rasche Öffnen und Schließen der Außentür, das Geräusch der Schritte rings um ihn halb bewußt. Er hob seine Augen von dem grausigen Objekt, das seine Aufmerksamkeit beanspruchte, und sah sich umringt von einer Menge von Männern und Frauen, die nur verschwommen zu sehen waren; der Raum war gedrängt voll. Er glaubte, die Menschen seien eingebrochen.

»Meine Damen und Herren«, sagte er kühl, »Sie sehen mich unter verdächtigen Umständen, aber ...« Seine Stimme ging unter in dröhnendem Gelächter – einem Lachen, wie man es in Verrücktenanstalten hört. Die Leute um ihn zeigten auf den Gegenstand in seiner Hand, und ihre Fröhlichkeit wuchs, als er ihn fallen ließ, und er ihnen zwischen die Füße rollte. Sie tanzten mit grotesken Gesten, obszönen und unbeschreiblichen Gebärden darauf herum. Sie traten ihn mit Füßen, trieben ihn von Wand zu Wand durch den Raum; stießen und warfen sich gegenseitig über den Haufen beim Kampf, ihm einen Fußtritt zu versetzen; fluchten und schrien und sangen Stücke aus obszönen Liedern, während der zerschundene Kopf wie schreckerfüllt und in dem Versuch zu entkommen im Zimmer umhersprang. Schließlich schoß er zur Tür hinaus in die Diele, von allen in stürmischer Hast verfolgt. In diesem Augenblick schloß sich die Tür mit heftiger Erschütterung. Saylor war allein; es war totenstill. Vorsichtig steckte er seine Pistole weg, die er die ganze Zeit in der Hand gehalten hatte, ging zu einem Fenster und schaute hinaus. Es war verlassen und still; die Lampen waren gelöscht; die Dächer und Kamine der Häuser lagen scharf umrissen gegen das Dämmerlicht im Osten. Er verließ das Haus – die Tür gab leicht unter seiner Hand nach – und ging zur Redaktion des *Commercial*. Der Lokalredakteur war noch in seinem Büro – schlafend. Saylor weckte ihn und sagte: »Ich war im Spukhaus.«

Der Redakteur starrte ausdruckslos, als wäre er nicht ganz wach. »Lieber Gott!« rief er, »sind Sie's, Saylor?« »Ja – warum nicht?«

Der Redakteur gab keine Antwort, starrte aber noch immer.

»Ich verbrachte die Nacht dort – wie es scheint«, sagte Saylor.

»Man sagt, daß die Dinge da draußen ungewöhnlich ruhig waren«, sagte der Redakteur, mit einem Briefbeschwerer spielend, auf den seine Augen gerichtet waren. »Ist irgend etwas passiert?«

»Überhaupt nichts.«

Die Rebe am Haus

Ungefähr drei Meilen von der kleinen Stadt Norton, in Missouri, an der Straße, die nach Maysville führt, steht ein altes Haus, das zuletzt von einer Familie Harding bewohnt wurde. Seit 1886 hatte niemand darin gelebt, noch wird wohl kaum irgend jemand darin wieder leben. Die Zeit und die ablehnende Haltung von Leuten, die in der Nähe wohnen, sind dabei, es in eine recht pittoreske Ruine zu verwandeln. Ein Betrachter, der mit der Geschichte des Hauses nicht vertraut ist, würde es kaum unter die Kategorie ›Spukhaus‹ einordnen: ringsum in der ganzen Gegend hat es aber diesen üblen Ruf. Seine Fenster sind ohne Glas, seine Eingänge ohne Türen; im Schindeldach sind große Lücken, und mangels Farbe zeigt die Holzverschalung ein graubraunes Grau. Aber diese untrüglichen Zeichen des Übernatürlichen werden teilweise verhüllt und sehr gemildert durch das reiche Laubwerk einer großen Rebe, das den ganzen Bau überflutet. Diese Rebe, deren Gattung noch kein Botaniker bestimmen konnte, spielt eine wichtige Rolle in der Geschichte des Hauses.

Die Familie Harding bestand aus Robert Harding, seiner Frau Mathilda, deren Schwester, Fräulein Julia Went, und zwei kleinen Kindern. Robert Harding war ein stiller, frostiger Mann, der sich in der Nachbarschaft keine Freunde schuf und offensichtlich darauf bedacht war, sich keine zu schaffen. Er war ungefähr vierzig Jahre alt, sparsam und fleißig und hatte sein Auskommen auf der kleinen Farm, die nun mit Gestrüpp und Brombeerhecken überwuchert ist. Er und seine Schwägerin waren für die Nachbarn, die zu glauben schienen, man sähe sie zu oft zusammen, weitgehend tabu – was nicht allein ihre Schuld war, denn in jener Zeit forderten sie offensichtlich diese Beobachtung nicht heraus. Der moralische Kodex des ländlichen Missouri ist streng und unerbittlich.

Frau Harding war eine gutmütige, traurig blickende Frau, der der linke Fuß fehlte.

Irgendwann im Jahre 1884 wurde bekannt, daß sie weggegangen sei, um ihre Mutter in Iowa zu besuchen. So lautete die Antwort ihres Mannes, und seine Art, es zu sagen, war für weitere Fragen nicht ermutigend. Sie kam nie zurück. Zwei Jahre später – ohne seine Farm oder irgend etwas, was ihm gehörte, zu verkaufen, ohne einen Agenten zu bestellen, der seine Interessen wahrnehmen sollte, ohne seinen Hausrat wegzuschaffen – verließ Harding mit dem Rest der Familie das Land. Niemand wußte, wohin er ging; niemand kümmerte sich in jener Zeit darum. Natürlich verschwand ringsum bald alles, was irgendwie bewegslich war, und das verlassene Haus wurde auf seine Art zum Spukhaus.

An einem Sommerabend, vier oder fünf Jahre später, trafen sich Pastor J. Gruber aus Norton und ein Maysviller Rechtsanwalt namens Hyatt zu Pferd vor dem Haus der Hardings. Da sie geschäftliche Dinge zu besprechen hatten, banden sie ihre Pferde fest, gingen zu dem Haus und setzten sich auf die Veranda, um miteinander zu reden. Manch humorvolle Anspielung auf den düsteren Ruf des Ortes wurde gemacht und vergessen, sobald sie geäußert, und sie sprachen von ihren Geschäften, bis es fast dunkel war. Der Abend war drückend warm, die Luft war unbewegt.

Auf einmal sprangen beide Männer überrascht von ihren Sitzen auf: eine lange Rebe, die die halbe Vorderseite des Hauses bedeckte, und deren Zweige über die Ecke der Veranda zu ihnen herabrankten, wurde für Auge und Ohr wahrnehmbar geschüttelt – so daß sie in jedem Stengel und jedem Blatt heftig vibrierte.

»Wir bekommen Sturm«, rief Hyatt aus.

Gruber sagte nichts, sondern lenkte still die Aufmerksamkeit des anderen auf das Blattwerk der benachbarten Bäume, das keine Bewegung zeigte, sogar die empfindlichen Spitzen der Zweige, die sich klar gegen den Himmel abhoben, regten sich nicht. Sie gingen hastig die Stufen hinunter, betraten das, was einst ein Rasen war, und schauten hinauf zu der Rebe, deren gesamte Länge sie nun überblickten: sie schüttelte sich immer noch heftig, und doch konnten sie die Ursache des Phänomens nicht erkennen.

»Wir wollen weggehen«, sagte der Geistliche.

Und sie gingen weg. Vergessend, daß sie in entgegengesetzter Richtung unterwegs waren, ritten sie zusammen fort. Sie kamen nach Norton, wo sie ihre seltsame Erfahrung mehreren diskreten Freunden mitteilten. Am nächsten Abend, ungefähr zur selben Stunde, begleitet von zwei anderen, an deren Namen man sich nicht mehr erinnert, wa-

einander der schrecklichsten Geräusche – Waffengeklirr, Stahl gegen Stahl, heftige Explosionen wie von Feuerwaffen, kreischende Frauen, Ächzen und Flüche von kämpfenden Männern! Die drei blieben einen Augenblick stehen, unentschlossen, erschrocken. Dann versuchte Herr Galbraith die Tür zu öffnen. Sie war zu. Aber der Geistliche war ein Mann mit Mut, zudem mit Herkuleskräften. Er ging ein, zwei Schritte zurück und warf sich gegen die Tür, traf sie mit der Schulter und sprengte sie mit lautem Krachen aus dem Rahmen. Im nächsten Augenblick waren die drei drin. Dunkelheit und Stille! Das einzige Geräusch war das Klopfen ihrer Herzen.

Herr Maren hatte sich mit Streichhölzern und einer Kerze versehen. Durch die Aufregung konnte er nur mit einiger Schwierigkeit Licht machen, dann erforschten sie den Ort weiter und gingen von einem Zimmer ins andere. Alles war ordnungsgemäß an Ort und Stelle, wie es der Sheriff hinterlassen hatte; nichts war durcheinandergebracht worden. Überall war ein leichter Staubbelag. Eine Hintertür stand etwas offen – wie aus Nachlässigkeit, und ihr erster Gedanke war, daß die Veranstalter dieses schrecklichen Gelages geflohen seien. Die Tür wurde geöffnet, und das Licht der Kerze beschien den Boden jenseits der Schwelle. Die letzte Auswirkung des abflauenden Sturms in der vergangenen Nacht war ein leichter Schneefall gewesen; es gab keine Fußspuren; die weiße Oberfläche war unberührt. Sie machten die Tür zu und gingen in den letzten der vier Räume, die das Haus enthielt – er lag in einem Winkel des Gebäudes, am weitesten von der Straße. Wie von einem Luftzug ging auf einmal die Kerze in Herrn Marens Hand aus. Fast unmittelbar darauf hörte man einen schweren Fall. Als die Kerze hastig wieder angezündet war, sah man den jungen Galbraith, in geringer Entfernung von den anderen, hinge-

ren sie wieder auf der Veranda des Harding-Hauses, und wieder ereignete sich das mysteriöse Phänomen. Die Rebe wurde heftig geschüttelt, während man sie eingehend von der Wurzel bis zur Spitze untersuchte; auch halfen die vereinten Kräfte, die man am Stamm erprobte, nicht, sie zur Ruhe zu bringen. Nach einstündiger Beobachtung zogen sich die Männer zurück, nicht minder klug, nimmt man an, als sie gekommen waren.

Angesichts dieser eigenartigen Tatsachen dauerte es nicht lange, die Neugierde der gesamten Nachbarschaft zu wekken. Tag und Nacht versammelten sich Menschenmengen vor dem Harding-Haus – ›nach einer Bestätigung suchend‹. Es sieht nicht so aus, daß einer sie gefunden habe, dennoch waren die erwähnten Augenzeugen so glaubwürdig, daß niemand an der Realität der ›Erscheinungen‹, für die sie sich verbürgten, zweifelte.

Mag es glückliche Inspiration oder zerstörerische Absicht gewesen sein, eines Tages schlug man vor – niemand schien zu wissen, von wem die Anregung kam –, die Rebe auszugraben, und nach langer Debatte wurde dies getan. Nichts fand man als die Wurzel, aber nichts hätte seltsamer sein können!

Denn fünf oder sechs Fuß vom Stamm, der auf der Bodenoberfläche einen Durchmesser von mehreren Zoll hatte, lief sie nach unten, einfach und gerade, in eine lockere, krümelige Erde; dann teilte und unterteilte sie sich in Würzelchen, in Faserwurzeln und feine Fasern, höchst seltsam verwoben. Als sie vorsichtig aus dem Boden gelöst war, zeigte sie eine eigenartige Struktur. In ihren Verästelungen und Verdoppelungen, in sich rückläufig, bildete sie ein dichtes Netz, das in Größe und Form eine erstaunliche Ähnlichkeit mit einer menschlichen Figur hatte. Kopf, Rumpf und Glieder waren da; sogar die Finger und Zehen waren klar umrissen; und viele bekannten, in der Verteilung und Anordnung der Fasern der kugelförmigen Masse, die den Kopf darstellte, die groteske Andeutung eines Gesichts zu sehen. Die Figur war horizontal; die kleineren Wurzeln hatten begonnen, sich an der Brust zu vereinigen.

Was die Ähnlichkeit mit einer menschlichen Gestalt anbelangt, war das Bild unvollkommen. Ungefähr zehn Zoll von einem der Knie hatten sich die *Zilien*, die dieses Bein bildeten, im Verlauf ihres Wachstums nach hinten und nach innen plötzlich verdoppelt. Der Figur fehlte der linke Fuß.

Es gab nur eine Folgerung – die offenkundige; aber in der unmittelbar darauffolgenden Aufregung wurden ebensoviele Verfahrensweisen vorgeschlagen, wie es unfähige Ratgeber gab. Die Angelegenheit wurde durch den Bezirkssheriff erledigt, der als gesetzlicher Verwalter des verlassenen Anwesens anordnete, daß die Wurzel wieder an ihren Platz käme und das Loch mit der Erde aufgefüllt würde, die man entfernt hatte.

Eine spätere Untersuchung brachte nur *ein* sachdienliches und bedeutsames Faktum: Frau Harding hatte niemals ihre Verwandten in Iowa besucht, noch wußten diese, daß sie die Absicht gehabt hatte, es zu tun.

Von Robert Harding und dem Rest seiner Familie ist nichts bekannt. Das Haus behält seinen üblen Ruf, aber die wiedereingepflanzte Rebe ist ein so ordentliches und braves Gemüse, wie es sich eine nervöse Person nur wünschen kann, um in einer angenehmen Nacht, wenn die Laubheuschrecken ihre uralte Offenbarung hinauskreischen und der ferne Ziegenmelker seiner Auffassung Ausdruck gibt, was man diesbezüglich tun solle, darunter zu sitzen.

Beim alten Eckert

Philip Eckert lebte viele Jahre lang in einem alten, verwitterten Holzhaus, ungefähr drei Meilen von der kleinen Stadt Marion, in Vermont. Es muß noch ziemlich viele lebende Personen geben, die sich an ihn erinnern, ich bin sicher, nicht unfreundlich, und die etwas von der Geschichte wissen, die ich jetzt gleich erzählen werde.

›Der alte Eckert‹, wie man ihn immer nannte, war nicht gesellig veranlagt und lebte allein. Da er dafür bekannt war, daß er niemals von seinen eigenen Angelegenheiten sprach, wußte niemand in der Gegend irgend etwas aus seiner Vergangenheit, noch von seinen Verwandten, wenn er welche hatte. Ohne besonders unhöflich oder in Benehmen oder Sprache abstoßend zu sein, gelang es ihm irgendwie, gegen unverschämte Neugier gefeit zu sein, dennoch frei vom üblen Ruf, mit dem sie sich gewöhnlich rächt, wenn sie enttäuscht wird; soweit ich weiß, hat Herr Eckerts Renommee als gebesserter Mörder oder als in den Ruhestand getretener Pirat von Spanish Main kein Ohr in Marion erreicht. Er hatte seinen Lebensunterhalt, indem er eine kleine und nicht sehr fruchtbare Farm bebaute.

Eines Tages verschwand er, und die ausgedehnte Suche seiner Nachbarn konnte ihn nicht ausfindig machen oder irgendein Licht auf das Wohin oder Warum werfen. Nichts deutete die Vorbereitung zum Weggehen an: alles war so, wie er es zurückgelassen haben mag, wenn er zur Quelle ging, um einen Eimer Wasser zu holen. Einige Wochen lang wurde wenig über etwas anderes in dieser Gegend gesprochen; dann wurde ›der alte Eckert‹ zu einer Dorfgeschichte für das Ohr des Fremden. Ich weiß nicht, was man mit seinem Besitz machte – zweifellos das Korrekte und Legale. Das Haus stand immer noch leer und offensichtlich unbrauchbar, als ich zuletzt – etwa zwanzig Jahre später – von ihm hörte.

Natürlich wurde es allmählich als ›Spukhaus‹ betrachtet, und die üblichen Geschichten von sich bewegenden Lichtern, Schmerzensschreien und erschreckenden Erscheinungen wurden erzählt. Zu einer Zeit, ungefähr fünf Jahre nach dem Verschwinden, wurden diese Geschichten vom Übernatürlichen so häufig oder schienen durch einige bestätigende Umstände so wichtig, daß einige von Marions seriösesten Bürgern es für gut hielten, Forschungen anzustellen. Zu diesem Zweck arrangierten sie eine nächtliche Sitzung auf dem Anwesen. Die an diesem Unternehmen Beteiligten waren John Holcomb, ein Apotheker, Wilson Merle, ein Jurist, und Andrus C. Palmer, der Lehrer von der Volksschule, alles Männer mit Einfluß und Ruf. Sie sollten sich um acht Uhr abends am verabredeten Tag bei Holcombs Haus treffen und zusammen zum Schauplatz ihrer Nachtwache gehen, wo gewisse Vorkehrungen zu ihrer Bequemlichkeit schon getroffen worden waren, ein Vorrat an Brennmaterial und ähnliches, da es Winter war.

Palmer hielt seine Verpflichtung nicht ein, und nachdem die anderen eine halbe Stunde auf ihn gewartet hatten, gingen sie ohne ihn zum Eckert-Haus. Sie richteten sich im Hauptraum vor einem glühenden Feuer ein; ohne anderes Licht, als jenes, das es gab, warteten sie auf die Ereignisse. Es war vereinbart worden, so wenig wie möglich zu sprechen: sie griffen nicht einmal die Unterhaltung über die Treulosigkeit von Palmer wieder auf, die ihre Gemüter unterwegs beschäftigt hatte.

Wahrscheinlich war eine Stunde ohne Zwischenfall vergangen, als sie sicher nicht ohne Erregung von der Rückseite des Hauses her das Geräuch einer sich öffnenden Tür hörten, gefolgt von Schritten im angrenzenden Zimmer. Die

Beobachter erhoben sich, blieben aber stehen, auf alles vorbereitet, was immer auch geschähe. Eine lange Stille folgte – wie lang, würde keiner von ihnen hinterher zu sagen versuchen. Dann öffnete sich die Tür zwischen den beiden Zimmern, und ein Mann trat ein.

Es war Palmer. Er war blaß, wie vor Erregung – so blaß, wie sich die anderen selbst vorkamen. Auch sein Verhalten war eigenartig zerstreut: Er antwortete nicht auf ihre Begrüßung, er schaute sie nicht einmal an, sondern ging im Licht des nachlassenden Feuers langsam durch das Zimmer, und die Vordertür öffnend, lief er hinaus in die Dunkelheit.

Es schien der erste Gedanke der beiden Männer gewesen zu sein, daß Palmer krank war vor Furcht – daß etwas, was er im Hinterzimmer gesehen, gehört oder sich eingebildet hatte, ihn seiner Sinne beraubt hätte. Demselben freundschaftlichen Impuls folgend, rannten beide hinter ihm her durch die offene Tür. Aber keiner von beiden noch sonst irgend jemand sah oder hörte je wieder etwas von Andrus Palmer!

Soviel wurde am nächsten Morgen festgestellt. Während der Sitzung der Herren Holcomb und Merle in dem ›Spukhaus‹ war Neuschnee gefallen bis zu einer Höhe von mehreren Zoll. In diesem Schnee war Palmers Fußspur von seiner Wohnung im Dorf zur Hintertür des Eckert-Hauses deutlich sichtbar. Aber dort endete sie: von der Vordertür führte nichts weg als die Spuren der beiden Männer, die schworen, daß er vor ihnen hergegangen war. Palmers Verschwinden war ebenso vollkommen wie das vom ›alten Eckert‹ selbst – den, in der Tat, der Redakteur des Lokalblattes etwas drastisch beschuldigte, er habe ›hinausgelangt und ihn hineingezogen‹.

Das Spukhaus

An der Straße, die nördlich von Manchester, in Ost-Kentucky, nach Booneville führt, stand im Jahre 1862, 20 Meilen von Manchester entfernt, eine hölzernes Plantagenhaus von etwas besserer Qualität als die meisten Behausungen in dieser Gegend. Im darauffolgenden Jahr wurde das Haus durch Feuer zerstört – wahrscheinlich von einigen Nachzüglern der sich zurückziehenden Kolonne von General George W. Morgan, als er von General Kirby Smith aus der Cumberland-Schlucht zum Ohio getrieben wurde. Zur Zeit seiner Zerstörung hatte es bereits vier oder fünf Jahre lang leer gestanden. Die umliegenden Felder waren mit Brombeersträuchern überwachsen, die Zäune waren weg, sogar die wenigen Negerquartiere und die Nebengebäude im allgemeinen waren durch Nachlässigkeit und Plünderung zum Teil zu Ruinen verfallen, denn die Neger und armen Weißen aus der Nachbarschaft fanden in dem Gebäude und in der Umzäunung reichlichen Vorrat an Brennmaterial, von dem sie ohne Zögern Gebrauch machten, offen und bei Tageslicht. Nur bei Tageslicht; nach Einbruch der Nacht ging kein menschliches Wesen, außer vorüberziehende Fremde, jemals in seine Nähe.

Es war bekannt als das ›Spukhaus‹. Daß es von üblen Geistern bewohnt war, sichtbar, hörbar und wirksam, daran zweifelte in der ganzen Gegend niemand, so wenig, wie jemand an dem gezweifelt hätte, was er an Sonntagen von den Wanderpredigern erzählt bekam. Die Meinung des Besitzers über diese Angelegenheit war unbekannt – er und seine Familie waren eines Nachts verschwunden, und keine Spur von ihnen wurde jemals gefunden. Sie ließen alles zurück – Hausrat, Kleidung, Vorräte, die Pferde im Stall, die Kühe auf dem Feld, die Neger in den Quartieren – alles, wie es stand; nichts fehlte – außer einem Mann, einer Frau, drei Mädchen, einem Jungen und einem Baby! Es war alles in allem nicht überraschend, daß eine Plantage, wo sieben menschliche Wesen sich gleichzeitig in nichts auflösen konnten und niemand daraus schlau wurde, unter einem gewissen Verdacht stehen würde.

Eines Nachts im Juni 1859 fuhren zwei Einwohner von Francfort, Colonel J. G. Mc Ardle, ein Jurist, und Richter Myron Veigh von der Staatsmiliz von Booneville nach Manchester. Ihre Geschäfte waren so wichtig, daß sie beschlossen voranzukommen, trotz der Dunkelheit und eines grollend herannahenden Unwetters, das schließlich über sie hereinbrach, als sie gegenüber dem ›Spukhause‹ ankamen. Es blitzte unablässig, so daß sie leicht den Weg durch die Einfahrt und zu einem Schuppen fanden, wo sie ihr Gespann festbanden und abschirrten. Dann gingen sie durch den Regen zum Haus und klopften an alle Türen, ohne eine Antwort zu bekommen. Sie machten dafür den ununterbrochenen Lärm des Donners verantwortlich, drückten an einer Tür, die nachgab. Sie traten ohne weitere Umstände ein und schlossen die Tür. In diesem Augenblick umgab sie Dunkelheit und Stille. Nicht ein Schimmer der unaufhörlich aufleuchtenden Blitze drang durch die Fenster oder Mauerrisse; nicht ein Flüstern des schrecklichen Tosens von draußen erreichte sie hier. Es war , als wären sie plötzlich mit Blindheit und Taubheit geschlagen, und Mc Ardle sagte hinterher, er glaubte, als er über die Schwelle trat, für einen Augenblick, er sei vom Blitz erschlagen worden. Der Rest seines Abenteuers kann ebensogut in seinen eigenen Worten aus dem Francforter *Advocate*, vom 6. August 1876, wiedergegeben werden:

»Als ich mich etwas von der betäubenden Wirkung des Wechsels von Lärm zu Stille erholt hatte, war mein erster

Impuls, die Tür wieder zu öffnen, die ich geschlossen hatte. Ich war mir nicht bewußt, die Hand vom Türknopf genommen zu haben, und fühlte ihn noch deutlich in der Umklammerung meiner Finger. Ich wollte wieder in das Unwetter hinaustreten, um festzustellen, ob ich der Sehkraft und des Gehörs beraubt war. Ich drehte den Türknopf und zog die Türe auf. Sie führte in einen anderen Raum!

Dieses Zimmer war durchflutet von einem schwachen, grünlichen Licht, dessen Quelle ich nicht ausmachen konnte, das aber alles deutlich sichtbar machte, wenngleich nichts scharf umrissen war. Alles, sage ich, aber in Wahrheit waren die einzigen Gegenstände innerhalb der blanken Steinwände dieses Raumes menschliche Leichen. Es waren vielleicht acht oder zehn an der Zahl – man wird wohl gut verstehen, daß ich sie nicht wirklich zählte. Sie waren verschieden alt, oder besser: verschieden groß, beginnend beim Säugling, und beiderlei Geschlechts. Alle lagen auf dem Boden hingestreckt, außer einer anscheinend jungen Frau, die aufrecht saß, ihr Rücken durch eine Ecke der Wand gestützt. Ein Baby lag umklammert in den Armen einer anderen, älteren Frau. Ein halbwüchsiger Junge lag mit dem Gesicht nach unten über den Beinen eines vollbärtigen Mannes. Ein oder zwei waren fast nackt, und die Hand eines jungen Mädchens hielt den Zipfel eines Kleides, das sie an der Brust aufgerissen hatte. Die Leichen waren in verschiedenen Stadien der Verwesung, alle im Gesicht und am Körper weitgehend geschrumpft. Manche waren nicht viel mehr als Skelette.

Während ich, durch das gespenstische Schauspiel vor Schreck betäubt, dastand und immer noch die Tür aufhielt, wurde meine Aufmerksamkeit durch irgendeine unerklärliche Perversität von der entsetzlichen Szene abgelenkt und beschäftigte sich mit Kleinigkeiten und Details. Vielleicht suchte mein Verstand mit einem Instinkt von Selbsterhaltung Erleichterung in Dingen, die seine gefährliche Spannung lockern würden. Unter anderem beobachtete ich, daß die Tür, die ich auch jetzt noch aufhielt, aus schweren, vernieteten Eisenplatten war. Gleich weit voneinander und von oben und unten entfernt, ragten aus der schrägen Kante drei kräftige Bolzen heraus. Ich drehte den Türknopf, und sie wurden auf gleiche Ebene mit der Kante zurückgezogen; ich ließ ihn los, und sie schossen heraus. Es war ein Schnappschloß. Außen war kein Knopf, noch sonst eine Erhebung – eine glatte Fläche aus Eisen.

Während ich diese Dinge mit einem Interesse und einer Aufmerksamkeit wahrnahm, an die ich mich heute voll Erstaunen erinnere, fühlte ich mich beiseite gedrängt, und Richter Veigh, den ich in der Heftigkeit und Unbeständigkeit meiner Gefühle ganz und gar vergessen hatte, schob sich an mir vorbei in den Raum. ›Um Gottes Willen‹, schrie ich, ›gehen Sie da nicht hinein! Wir wollen machen, daß wir von diesem schrecklichen Platz wegkommen!‹

Er beachtete mein Flehen nicht, sondern (einen furchtloseren Mann gab es im ganzen Süden nicht) ging schnell in die Mitte des Raumes, kniete sich neben einer Leiche zu näherer Untersuchung nieder und hob sachte ihren schwarzgewordenen und verschrumpelten Kopf mit seinen Händen hoch. Ein strenger, unangenehmer Geruch kam durch die Einfahrt, der mich vollkommen überwältigte. Mir schwanden die Sinne; ich fühlte, wie ich fiel, und als ich haltsuchend nach der Türkante griff, fiel die Tür mit scharfem Klicken zu!

An mehr erinnere ich mich nicht: sechs Wochen später kam ich in einem Hotel in Manchester, wohin ich am nächsten Tage von Fremden gebracht worden war, wieder zu Verstand. All die Wochen lang hatte ich an einem nervösen Fieber gelitten, begleitet von fortwährendem Delirium. Man hat mich auf der Straße liegend gefunden, mehrere Meilen von dem Haus entfernt; aber wie ich entkommen und dorthin gelangt war, habe ich niemals erfahren. Während der Genesung, das heißt, sobald mein Arzt mir erlaubte zu sprechen, fragte ich nach dem Schicksal von Richter Veigh, und sie sagten mir (um mich zu beruhigen, wie ich jetzt weiß), es ginge ihm gut und er sei zu Hause.

Niemand glaubte ein Wort von meiner Geschichte, und wen wunderte das? Und wer kann sich meinen Kummer vorstellen, als ich zwei Monate nach meiner Ankunft zu Hause in Francfort erfuhr, daß man von Richter Veigh seit jener Nacht nie wieder gehört hatte? Da bereute ich schmerzlich den Stolz, der gleich in den ersten Tagen nach der Wiedererlangung meines Verstandes mir verboten hatte, die angezweifelte Geschichte zu wiederholen und auf ihrer Wahrheit zu bestehen.

Mit allem, was sich danach ereignete – die Untersuchung des Hauses; die ergebnislose Suche nach einem Raum, der mit dem von mir beschriebenen übereinstimmte; der Versuch, mich für verrückt erklären zu lassen, und mein Triumph über meine Ankläger – sind die Leser des *Advocate* vertraut. Nach all diesen Jahren bin ich noch zuversichtlich, daß Ausgrabungen, die zu unternehmen ich weder das legale Recht noch das Vermögen habe, das Geheimnis vom Verschwinden meines unglücklichen Freundes aufdecken werden, und möglicherweise auch das von den ehemaligen Bewohnern und Besitzern des verlassenen und nun zerstörten Hauses. Ich gebe die Hoffnung nicht auf, doch noch eine solche Nachforschung zu erwirken, und es ist eine Quelle tiefen Kummers für mich, daß sie durch die ungerechte Feindseligkeit und dumme Ungläubigkeit der Familie und der Freunde des verstorbenen Richters Veigh verzögert worden ist.«

Colonel Mc Ardle starb in Francfort am 13. Tag des Dezember, im Jahre 1879.

Die anderen Gäste

Um diesen Zug zu nehmen«, sagte Colonel Leverning, der im Waldorf-Astoria-Hotel saß, »müssen Sie fast die ganze Nacht in Atlanta bleiben. Das ist eine schöne Stadt, aber ich rate Ihnen, nicht im Breathitt-Haus abzusteigen. Es ist ein altes Holzgebäude, das dringender Reparaturen bedarf. Da sind Risse in den Wänden, daß Sie eine Katze durchwerfen können. Die Schlafzimmer haben keine Schlösser an den Türen, kein Möbel, außer einem einzigen Stuhl in jedem und einer Bettstelle ohne Bettzeug, nur mit einer Matratze. Sogar bei diesen mageren Bequemlichkeiten können Sie nicht gewiß sein, daß Sie sie für sich allein haben. Sie gehen das Risiko ein, mit einer Menge anderer zusammengesteckt zu werden. Mein Herr, es ist ein ganz scheußliches Hotel.

Die Nacht, die ich dort verbracht habe, war eine unbequeme Nacht. Ich kam spät an und wurde von einem sich entschuldigenden Nachtportier mit einer Talgkerze, die er mir rücksichtsvoll überließ, in mein Zimmer im Parterre geführt. Ich war erschöpft von zwei Tagen und einer Nacht anstrengender Bahnfahrt und hatte mich noch nicht ganz von einer Schußwunde am Kopf erholt, die aus einem Streit herrührte. Anstatt mich nach einem anderen Quartier umzusehen, legte ich mich, ohne meine Kleider auszuziehen, auf die Matratze und schlief ein.

Gegen Morgen erwachte ich. Der Mond war aufgegangen und schien durch das vorhanglose Fenster, das Zimmer mit einem weichen, bläulichen Licht erleuchtend, das irgendwie gespenstisch war, obwohl ich sagen möchte, daß es keine ungewöhnliche Eigenschaft hatte; jedes Mondlicht ist so, wenn man genauer hinsieht. Stellen Sie sich meine Überraschung und Empörung vor, als ich den Boden mit mindestens einem Dutzend anderer Gäste bedeckt sah! Ich setzte mich auf, verfluchte aus vollem Herzen die Geschäftsführung dieses unvorstellbaren Hotels und war nahe daran, vom Bett aufzuspringen, um dem Nachtportier Vorwürfe zu machen – dem Mann mit den vielen Entschuldigungen und der Talgkerze –, als etwas in der Situation mir eine seltsame Abneigung gegen jedwede Bewegung einflößte. Ich vermute, ich war, wie es ein Geschichtenschreiber nennen mag, ›vor Schrecken erstarrt‹. Denn jene Menschen waren offensichtlich alle tot! Sie lagen auf dem Rücken, ordentlich an drei Seiten des Zimmers entlang aufgereiht, ihre Füße nach der Wand – an der vierten Wand, die am weitesten von der Tür entfernt war, stand mein Bett und der Stuhl. Alle Gesichter waren bedeckt, aber unter den weißen Tüchern zeigten die Gesichter der beiden Leichen, die in dem viereckigen Fleck des Mondlichts nahe beim Fenster lagen, Nase und Kinn in scharfem Profil.

Ich hielt dies für einen bösen Traum und versuchte zu schreien, wie man es in einem Alptraum tut, aber ich konnte keinen Ton hervorbringen. Schließlich warf ich meine Füße mit verzweifelter Anstrengung auf den Boden, ging zwischen den beiden Reihen mit Lappen bedeckter Gesichter und den beiden Leichen, die am nächsten der Tür lagen, hindurch, entfloh dem höllischen Ort und rannte ins Büro. Der Nachtportier war da, hinter dem Pult im schwachen Licht einer anderen Talgkerze sitzend – saß nur da und starrte. Er stand nicht auf: mein plötzliches Eintreten hatte auf ihn keine Wirkung, obwohl ich selbst wie ein wandelnder Leichnam ausgesehen haben mußte. Da schoß mir durch den Kopf, daß ich zuvor den Burschen gar nicht wirklich wahrgenommen hatte. Er war ein kleiner Kerl, mit einem farblosen Gesicht und den hellsten Augen, die ich jemals gesehen habe. Er zeigte nicht mehr Ausdruck als mein Handrücken. Seine Kleidung war ein schmutziges Grau.

›Hol' Sie der Teufel!‹ sagte ich, ›was denken Sie sich eigentlich?‹

Dabei zitterte ich wie ein Blatt im Wind und erkannte meine eigene Stimme nicht wieder.

Der Nachtportier stand auf, verbeugte sich (entschuldigend) und – war nicht mehr da. In diesem Augenblick fühlte ich, wie sich eine Hand von hinten auf meine Schulter legte. Stellen Sie sich das vor, wenn Sie können! Unaussprechlich erschrocken drehte ich mich um und sah einen dickleibigen Herrn mit einem freundlichen Gesicht, der fragte:

›Was gibt's, mein Freund?‹

Ich hatte es ihm bald erzählt, aber noch bevor ich zum Ende kam, wurde er selbst blaß. ›Schau an‹, sagte er, ›sagen Sie die Wahrheit?‹

Ich hatte mich nun wieder in der Hand, und der Schrekken war der Empörung gewichen. ›Wenn Sie wagen, daran zu zweifeln‹, sagte ich, ›hämmere ich Ihnen das Leben aus den Knochen!‹

›Nein‹, antwortete er, ›tun Sie das nicht; setzen Sie sich nur hin, ich will's Ihnen erzählen. Dies ist kein Hotel. Es war eins; später war es ein Krankenhaus. Nun ist es leer und wartet auf einen Besitzer. Das Zimmer, das Sie erwähnen, war das Totenzimmer – es gab immer viele Tote. Der Bursche, den Sie den Nachtportier nennen, war das einmal gewesen, aber später vermerkte er die Patienten, die eingeliefert wurden. Ich verstehe seine Anwesenheit hier nicht. Er ist seit einigen Wochen tot.‹

›Und wer sind Sie?‹ platzte ich heraus.

›Oh, ich sehe nach dem Anwesen. Ich ging gerade eben zufällig vorbei und sah Licht, da kam ich herein, um nachzusehen. Wir wollen einen Blick in jenes Zimmer werfen‹, fügte er hinzu, indem er die tropfende Kerze vom Pult hochnahm.

›Zuerst will ich Sie beim Teufel sehen!‹ sagte ich und stürzte durch die Tür hinaus auf die Straße.

Mein Herr, dieses Breathitt-Haus in Atlanta ist ein gräßlicher Ort! Halten Sie da nicht an.«

»Gott behüte! Ihre Erzählung darüber läßt gewiß nicht auf Komfort schließen. Übrigens, Colonel, wann geschah das alles?«

»Im September 1864 – kurz nach der Belagerung.«

Das da in Nolan

Gegen Süden, wo die Straße zwischen Leesville und Hardy, im Staate Missouri, die Ostgabelung von May Creek überquert, steht ein verlassenes Haus. Seit dem Sommer 1879 hat niemand darin gelebt, und es ist zusehends am Verfallen. Vor dem obenerwähnten Datum wurde es ungefähr drei Jahre lang von der Familie Charles Mays bewohnt; nach einem seiner Vorfahren hat die Bucht, in deren Nähe es steht, ihren Namen. Mr. Mays Familie bestand aus seiner Frau, einem erwachsenen Sohn und zwei jungen Mädchen. Der Name des Sohnes war John – die Namen der Töchter sind dem Schreiber dieser Geschichte unbekannt.

John May war von mürrischem und unfreundlichem Wesen, geriet nicht leicht in Zorn, zeigte aber eine ungewöhnliche Neigung zu dumpfem, unerbittlichem Haß. Sein Vater war ganz anders; von sonniger, jovialer Natur, aber von lebhaftem Temperament, vergleichbar plötzlich entfachtem

Feuer in einem Bündel Stroh, das in einem Auflodern zu nichts verschlungen wird. Er war nicht nachtragend, und kaum war sein Ärger vorbei, machte er Versöhnungsangebote. Er hatte einen in der Nähe wohnenden Bruder, der ihm in all dem nicht ähnelte, und weit und breit in der Nachbarschaft witzelte man, John habe das Naturell seines Onkels geerbt.

Eines Tages kam es zwischen Vater und Sohn zu Mißhelligkeiten, es kam zu barschen Worten, und der Vater schlug seinen Sohn mit der Faust ins Gesicht. John wischte sich ruhig das Blut, das ihm infolge des Schlages über das Gesicht lief, ab, heftete seine Augen auf den bereits bereuenden Angreifer und sagte mit kalter Gelassenheit: »Dafür wirst du sterben.«

Die Worte wurden zufällig von zwei Brüdern namens Jackson gehört, die sich den Männern in diesem Augenblick näherten; als sie sie aber in einen Streit verwickelt sahen, zogen sie sich, offensichtlich unbeobachtet, zurück. Charles May erzählte den unglücklichen Zwischenfall hinterher seiner Frau und erklärte, er habe sich bei dem Sohn für den hastigen Schlag entschuldigt, aber vergeblich; der junge Mann habe nicht nur seine Versöhnungsangebote abgewiesen, sondern sich auch geweigert, seine schreckliche Drohung zurückzunehmen. Dennoch kam es in ihren Beziehungen zu keinem offenen Bruch: John lebte weiterhin bei der Familie, und die Dinge gingen weiter, ganz wie zuvor.

Ungefähr zwei Wochen später, an einem Sonntagmorgen im Juni 1879, verließ May senior unmittelbar nach dem Frühstück mit einem Spaten das Haus. Er sagte, er wolle an einer bestimmten Quelle im Wald, ungefähr eine Meile weit entfernt, ein Loch graben, damit das Vieh Wasser bekäme. John blieb einige Stunden lang im Haus, damit beschäftigt, sich zu rasieren, Briefe zu schreiben und Zeitung zu lesen.

Sein Benehmen war wie gewöhnlich; vielleicht war er eine Spur verdrießlicher und unfreundlicher.

Um zwei Uhr verließ er das Haus. Um fünf kehrte er zurück. Aus irgendeinem Grund, der in keinem Zusammenhang mit besonderer Aufmerksamkeit für seine Handlungen stand und an den man sich jetzt nicht mehr erinnert, wurde, wie bei seinem Mordprozeß bezeugt wurde, die Zeit seines Weggehens und die seiner Rückkehr von seiner Mutter und seinen Schwestern bemerkt. Es wurde beobachtet, daß seine Kleidung stellenweise naß war, als ob er (so legte es die Anklage hinterher aus) Blutflecken daraus entfernt habe. Sein Benehmen war seltsam, sein Blick wild. Er klagte, er sei krank, ging in sein Zimmer und legte sich ins Bett.

May senior kehrte nicht zurück. Später an jenem Abend wurden die nächsten Nachbarn geweckt, und während dieser Nacht und am folgenden Tag wurde der Wald, in dem die Quelle war, durchsucht. Es kam nicht mehr dabei heraus als die Entdeckung der Fußspuren beider Männer in der feuchten Erde bei der Quelle. John May ging es in der Zwischenzeit zusehends schlechter: er hatte, wie es der ortsansässige Arzt bezeichnete, Hirnhautentzündung, und in seinem Delirium phantasierte er von Mord, sagte aber nicht, wer seiner Auffassung nach ermordet worden sei, noch wer die Tat begangen haben könnte. Aber die Brüder Jackson erinnerten sich an seine Drohung; er wurde unter Verdacht festgenommen und in seinem Haus der Aufsicht eines Hilfssheriffs unterstellt. Die öffentliche Meinung wandte sich heftig gegen ihn, und ohne seine Krankheit wäre er wahrscheinlich von dem Mob gehängt worden. Wie die Dinge lagen, trafen sich am Dienstag die Nachbarn, und ein Komitee wurde berufen, um den Fall zu beobachten und um jederzeit einen Prozeß durchzuführen, sobald die Umstände ihn gerechtfertigt erscheinen ließen.

Am Mittwoch hatte sich alles geändert. Aus dem acht Meilen entfernten Nolan wurde eine Geschichte berichtet, die ein recht unterschiedliches Licht auf die Angelegenheit warf. Nolan bestand aus einem Schulhaus, einer Schmiede, einem Laden und einem halben Dutzend Häusern. Der Ladeninhaber war ein gewisser Henry Odell, ein Vetter des älteren May. Am Nachmittag des Sonntags von Mays Verschwinden saßen Herr Odell und vier seiner Nachbarn, glaubwürdige Männer, rauchend und plaudernd in dem Laden. Es war ein warmer Tag; beide Türen waren geöffnet, die Vorder- und die Hintertür. Ungefähr um drei Uhr kam Charles May, der drei von ihnen gut bekannt war, durch die Vordertür herein und ging auf der Hinterseite hinaus. Er war ohne Hut und Jacke. Er sah sie nicht an, noch erwiderte er ihre Grüße, ein Umstand, der nicht überraschte, denn er war offensichtlich ernstlich verletzt. Oberhalb der linken Augenbraue war eine Wunde – ein tiefer Schnitt, aus dem Blut floß, die ganze linke Seite des Gesichts und des Nakkens bedeckend, und sein hellgraues Hemd war völlig durchtränkt. Seltsamerweise überwog bei allen der Gedanke, er käme von einer Schlägerei und ginge zum Bach, der direkt hinter dem Laden war, um sich zu waschen. Vielleicht war da ein Feingefühl – eine hinterwäldlerische Etikette, die sie davon abhielt, ihm zu folgen und ihm Hilfe anzubieten; die Gerichtsprotokolle, aus denen diese Geschichte hauptsächlich entnommen wurde, äußern sich nur zu den Tatsachen. Sie warteten, daß er wieder zurückkäme, aber er kehrte nicht zurück.

Angrenzend an den Bach hinter dem Laden liegt ein Wald, der sich sechs Meilen weit zu den Medicine Lodge Hills erstreckt. Sobald in der Nachbarschaft der Wohnung des vermißten Mannes bekannt wurde, daß er in Nolan gesehen worden war, gab es eine spürbare Veränderung in der

Meinung und der Haltung der Öffentlichkeit. Der Ausschuß zur polizeilichen und rechtlichen Selbsthilfe wurde ohne die üblichen Formalitäten aufgelöst. Die Suche entlang des bewaldeten Flachlands von May Creek wurde eingestellt, und nahezu die ganze männliche Bevölkerung der Gegend zog los, um das Dickicht in der Nähe von Nolan und in den Medicine Lodge Hills zu durchstöbern. Aber von dem verschwundenen Mann wurde keine Spur gefunden.

Einer der seltsamsten Umstände dieses seltsamen Falles ist die offizielle Anklage und die Gerichtsverhandlung gegen einen Mann wegen Mordes an jemandem, dessen Leiche gesehen zu haben kein menschliches Wesen bezeugen konnte – an jemandem, dessen Tod nicht bekannt ist. Wir alle kennen mehr oder weniger die Launen und Überspanntheiten der Rechtsgrenzen, aber dieses Beispiel hält man für einmalig. Wie dem auch immer sei, es ist belegt, daß John May, nachdem er sich von seiner Krankheit erholt hatte, des Mordes an seinem vermißten Vater angeklagt wurde. Der Verteidiger schien keinen Einspruch erhoben zu haben, und der Fall kam, so wie die Dinge lagen, zur Verhandlung. Die Anklage war träge und routinemäßig. In bezug auf den Verstorbenen hatte die Verteidigung leicht ein Alibi aufgebaut. Wenn während der Zeit, in der John May Charles getötet haben soll – vorausgesetzt, er hätte ihn getötet –, Charles May meilenweit von dort entfernt war, wo John May gewesen sein mußte, ist es klar, daß der Verstorbene durch die Hand eines anderen zu Tode gekommen sein muß.

John May wurde freigesprochen, verließ sofort das Land, und man hat von diesem Tag an nie wieder etwas von ihm ehört. Kurz danach zogen seine Mutter und Schwestern nach St. Louis. Da die Farm in den Besitz eines Mannes überging, dem das angrenzende Land gehörte und der sein eigenes Wohnhaus hatte, stand das May-Haus seit jener Zeit leer und erlangte den düsteren Ruf, daß es in ihm spuke.

Einen Tag nachdem die Familie May das Land verlassen hatte, fanden einige Jungen, die in den Wäldern entlang von May Creek spielten, verborgen unter einem Haufen dürrer Blätter, aber teilweise durch das Wühlen von Schweinen aufgedeckt, einen beinahe neuen glänzenden Spaten, der nur an einer Stelle seiner Kante verrostet und mit Blut befleckt war. In den Griff des Werkzeugs waren die Initialen C. M. geschnitzt.

Diese Entdeckung erneuerte bis zu einem gewissem Grad die erst vor wenigen Monaten verebbte Erregung der Öffentlichkeit. In der Nähe der Stelle, an der man den Spaten gefunden hatte, wurde die Erde sorgfältig untersucht, mit dem Ergebnis, daß man den toten Körper eines Mannes fand. Er war zwei oder drei Fuß unter der Erde begraben und die Stelle mit einer Schicht dürrer Blätter und Zweige bedeckt worden. Die Verwesung war nur gering, eine Tatsache, die man einer konservierenden Eigenschaft des mineralhaltigen Bodens zuschrieb.

Über der linken Augenbraue war eine Wunde – ein tiefer Schnitt, aus dem Blut geflossen war, das die ganze linke Seite des Gesichts und des Nackens bedeckt und das hellgraue Hemd durchtränkt hatte. Der Schädel war durch den Schlag gespalten worden. Die Leiche war die von Charles May.

Aber was war es, was durch Herrn Odells Laden in Nolan gegangen war?

Geheimnisvolles Verschwinden

Die Schwierigkeit, ein Feld zu überqueren

An einem Morgen, im Juli 1854, saß ein Farmer mit Namen Williamson, der sechs Meilen von Salma, Alabama lebte, mit seiner Frau und einem Kind auf der Veranda seines Hauses. Unmittelbar vor dem Haus war ein Rasen, der sich etwa fünfzig Yards weit bis zur Landstraße, die man ›the Pike‹ nannte, erstreckte. Jenseits dieser Straße lag eine abgegraste Weide von ungefähr zehn Morgen, eben, ohne einen Baum, ohne jedes Gestein; auch sonst sah man weder einen natürlichen noch einen künstlichen Gegenstand auf ihrer Fläche. Zu dieser Zeit war nicht einmal ein Haustier auf dem Feld. In einem anderen Feld, jenseits der Weide, waren unter einem Aufseher ein Dutzend Sklaven bei der Arbeit.

Einen Zigarrenstummel wegwerfend, stand der Farmer auf und sagte: »Ich habe vergessen, Andrew wegen jener Pferde Bescheid zu sagen.« Andrew war der Aufseher.

Willliamson schlenderte lässig den Kiesweg hinunter, pflückte im Gehen eine Blume ab und ging über die Straße auf die Weide; als er das Gatter zur Weide schloß, hielt er einen Augenblick inne, um einen vorbeifahrenden Nachbarn zu grüßen, Armour Wren, der auf einer angrenzenden Farm lebte. Mr. Wren saß mit seinem Sohn James, einem dreizehnjährigen Jungen, in einem offenen Wagen. Als sie ungefähr zweihundert Yards über den Treffpunkt hinausgefahren waren, sagte Mr. Wren zu seinem Sohn: »Ich habe vergessen, Mr. Williamson wegen jener Pferde Bescheid zu sagen.«

Mr. Wren hatte Mr. Williamson einige Pferde verkauft, die an diesem Tag hätten geschickt werden sollen, aber aus irgendeinem Grunde, an den man sich nicht mehr erinnert, kam es ungelegen, sie vor dem nächsten Tag zu übergeben. Der Kutscher wurde angewiesen zurückzufahren, und als das Fahrzeug drehte, sahen alle drei, wie Williamson lässig über die Weide ging. In diesem Augenblick strauchelte eines der Kutschpferde und kam beinah zu Fall. Gerade hatte es sich einigermaßen erholt, als James Wren rief: »Ei, Vater, was ist aus Mr. Williamson geworden?«

Es ist nicht Zweck dieser Erzählung, jene Frage zu beantworten.

Mr. Wrens seltsamer Bericht über die Angelegenheit, den er im Verlauf der Gerichtsverhandlungen über das Williamsonsche Anwesen unter Eid gegeben hat, folgt hier:

»Der Ausruf meines Sohnes veranlaßte mich, in Richtung der Stelle zu schauen, wo ich den Verstorbenen (*sic!*) einen Augenblick zuvor gesehen hatte, aber er war nicht da, noch war er sonstwo zu sehen. Ich kann nicht sagen, daß ich im Moment besonders erschrocken war oder mir der Tragweite des Geschehens klar wurde, obgleich ich es eigenartig fand. Mein Sohn jedoch war sehr verblüfft und wiederholte, in verschiedener Form, immer wieder seine Frage, bis wir an das Gatter kamen. Mein schwarzer Diener Sam war ähnlich betroffen, vielleicht sogar noch mehr, aber ich nehme an, eher durch das Benehmen meines Sohnes, als durch irgend etwas, was er selbst beobachtet hätte. [Dieser Satz wurde aus der Zeugenaussage gestrichen.] Als wir beim Gatter des Feldes aus dem Wagen stiegen und Sam das Gespann an den Zaun hängte (*sic!*), kam Mrs. Williamson mit ihrem Kind auf dem Arm, gefolgt von mehreren Dienstboten, in großer Aufregung den Weg hinuntergerannt und schrie: ›Er ist weg, er ist weg! Oh Gott, wie furchtbar!‹ und viele andere ähnliche Ausrufe, auf die ich mich nicht genau besinne. Ich gewann aus ihnen den Eindruck, daß sie sich auf mehr als das bloße Verschwinden ihres Gatten bezogen, selbst wenn das vor ihren Augen geschehen war. Ihr Benehmen war wild, jedoch nicht mehr, glaube ich, als es unter den Umständen natürlich schien. Ich habe keinen Grund zu glauben, sie habe zu diesem Zeitpunkt den Verstand verloren gehabt. Seither habe ich nie wieder von Mr. Williamson etwas gesehen oder gehört.«

Wie man erwarten konnte, wurde diese Aussage in fast allen Einzelheiten von dem einzigen anderen Augenzeugen (wenn man überhaupt so sagen kann) bestätigt – dem Jungen James. Mrs. Williamson hatte den Verstand verloren, und die Dienstboten waren natürlich nicht befähigt, etwas zu bezeugen. Der Junge James Wren hatte zuerst erklärt, daß er das Verschwinden *sah*, aber davon steht nichts in der Zeugenaussage, die vor Gericht gemacht wurde. Keiner der Landarbeiter, die auf dem Feld arbeiteten, zu welchem Williamson auf dem Weg war, hatte ihn überhaupt gesehen, und das genaueste Absuchen der gesamten Plantage und des angrenzenden Gebiets konnte den roten Faden nicht liefern. Monströse und groteske Vorstellungen, die ihren Ursprung bei den Schwarzen hatten, waren in jenem Teil des Staates viele Jahre lang im Schwange, und wahrscheinlich sind sie es noch heute. Was hier erzählt worden ist, ist alles, was mit Gewißheit über die Sache bekannt ist. Die Gerichte entschieden, daß Williamson tot sei, und sein Besitz wurde nach dem Gesetz verteilt.

Ein nicht beendetes Rennen

James Burne Worson war Schuhmacher, der in Leamington, Warwickshire, in England lebte. Er hatte ein kleines Geschäft in einer der Nebenstraßen, die von der Straße nach Warwick abgingen. In seinem bescheidenen Milieu schätzte man ihn als ehrenhaften Mann, obgleich er, wie viele seines Standes in englischen Städten, leicht zum Trinken neigte. Wenn er betrunken war, schloß er verrückte Wetten ab. Bei einer dieser allzu häufigen Gelegenheiten prahlte er von seinem Heldentum als Fußgänger und Athlet, und was dabei herauskam, war ein Match gegen die Natur. Für einen Wetteinsatz von einem Sovereign nahm er es auf sich, den ganzen Weg nach Coventry und zurück zu rennen, eine Entfernung von etwas mehr als vierzig Meilen. Das war am dritten Tag im September 1873. Er lief sofort los. Der Mann, mit dem er die Wette geschlossen hatte – an seinen Namen erinnert man sich nicht –, begleitet von Barham Wise, einem Weißwarenhändler, und Hamerson Burns, einem Fotografen, glaube ich, folgten ihm in einem leichten Karren oder Wagen.

Mehrere Meilen weit kam Worson sehr gut voran, mit leichtem Gang, ohne sichtbare Ermüdung, denn er besaß wirklich sehr ausdauernde Kräfte, und sein Rausch war nicht groß genug, sie zu mindern. Die drei Männer im Wagen hielten hinter ihm kurzen Abstand, ihm gelegentlich eine freundschaftliche ›Neckerei‹ oder eine Ermutigung zurufend, was ihnen so gerade einfiel. Plötzlich – genau in der Mitte der Landstraße, kaum ein Dutzend Yards von ihnen entfernt, ihre Augen waren voll auf ihn gerichtet – schien der Mann zu stolpern, fiel kopfüber nach vorne, stieß einen schrecklichen Schrei aus und verschwand! Er fiel nicht auf die Erde – er verschwand, bevor er sie berührte. Keine Spur von ihm wurde jemals entdeckt.

Nachdem sie an der Stelle und in der näheren Umgebung mit planloser Unschlüssigkeit einige Zeit gewartet hatten, kehrten die drei Männer nach Leamington zurück, erzählten ihre erstaunliche Geschichte und wurden danach in Haft genommen. Aber sie waren gut angesehen, hatten stes als ehrlich gegolten, waren zur Zeit des Geschehens nüchtern, und nichts verlautete jemals, das den beschworenen Bericht über ihr außergewöhnliches Abenteuer, was die Wahrheit anbetrifft, anzweifelte, über die, nichtsdestotrotz, die öffentliche Meinung im ganzen Vereinigten Königreich auseinanderging. Wenn sie etwas zu verbergen hatten, ist die Wahl ihrer Mittel wohl das Erstaunlichste, das jemals von einem gesunden menschlichen Wesen erdacht wurde.

Charles Ashmores Spur

Die Familie von Christian Ashmore bestand aus seiner Frau, seiner Mutter, zwei herangewachsenen Töchtern und einem Sohn von sechzehn Jahren. Sie lebten in Troy, New York, waren wohlhabend, geachtete Leute und hatten viele Freunde, von denen einige, wenn sie diese Zeilen lesen, zweifellos zum ersten Mal etwas von dem außergewöhnlichen Schicksal des jungen Mannes erfahren werden. Von Troy zogen die Ashmores 1871 oder 1872 nach Richmond, Indiana, und ein oder zwei Jahre später in die Nähe von Quincy, Illinois, wo Mr. Ashmore eine Farm kaufte und darauf lebte. Nicht weit entfernt von dem Farmhaus war eine Quelle, aus der regelmäßig klares, kaltes Wasser floß und aus der die Familie zu allen Jahreszeiten für den häuslichen Bedarf versorgt wurde.

Am Abend des 9. November 1878, ungefähr um neun Uhr, verließ der junge Charles Ashmore den Familienkreis am Herd, nahm einen Zinneimer und ging in Richtung der Quelle. Als er nicht zurückkam, wurde die Familie unruhig, sein Vater ging zur Türe, durch die er das Haus verlassen hatte, und rief, ohne eine Antwort zu bekommen. Dann zündete er eine Laterne an, und mit der ältesten Tochter Martha, die darauf bestand, ihn zu begleiten, ging er auf die Suche. Leichter Schnee war gefallen, der den Weg zwar verwischte, aber die Fährte des jungen Mannes sichtbar machte; jeder Fußabdruck war klar umrissen. Nachdem sie etwas mehr als den halben Weg gegangen waren – vielleicht fünfundsiebzig Yards –, hielt der Vater, der voranging, an, hob seine Laterne hoch und spähte gespannt in die Dunkelheit vor ihm.

»Was ist passiert, Vater?« fragte das Mädchen.

Das war passiert: Die Spur des jungen Mannes hatte abrupt geendet, alles jenseits war glatter, unberührter Schnee. Die letzten Fußspuren waren so gut erkennbar wie jede andere in der Reihe; sogar die Nagelstellen waren deutlich sichtbar. Mr. Ashmore beschattete seine Augen mit dem Hut, indem er ihn zwischen sie und die Laterne hielt, und schaute nach oben. Die Sterne leuchteten; am Himmel war keine Wolke; er bekam nicht die Erklärung, die sich von selbst aufdrängte, so zweifelhaft sie auch gewesen wäre – ein neuer Schneefall mit völlig klar gezogener Grenze. Einen großen Bogen rund um die letzten Spuren machend, um sie unzerstört zur weiteren Untersuchung zu lassen, ging der Mann zur Quelle, das Mädchen folgte, schwach und erschreckt. Keiner von beiden hatte ein Wort darüber gesprochen, was sie beobachtet hatten. Die Quelle war mit Eis bedeckt, Stunden alt.

Auf dem Rückweg zum Hause beachteten sie den Schnee auf beiden Seiten der Fährte in ihrer ganzen Länge. Keine Spuren führten von ihr weg.

Das Morgenlicht zeigte nichts mehr. Weich, fleckenlos, unberührt lag der dünne Schnee überall.

Vier Tage später ging die gramgebeugte Mutter selbst zur Quelle, um Wasser zu holen. Sie kam zurück und erzählte, sie habe, als sie an der Stelle, wo die Fußabdrücke aufgehört hatten, vorbeiging, die Stimme ihres Sohnes gehört und besorgt nach ihm gerufen; da sie die Stimme einmal aus dieser, einmal aus einer anderen Richtung zu vernehmen glaubte, sei sie an der Stelle umhergeirrt, bis sie vor Müdigkeit und Erregung erschöpft gewesen sei. Auf die Frage, was die Stimme gesagt habe, wußte sie keine Antwort, behauptete jedoch, die Wörter seien vollkommen deutlich gewesen. Im Augenblick war die ganze Familie an dem Ort, aber sie hörten nichts. Man nahm an, die Stimme sei eine Halluzination gewesen, hervorgerufen durch der Mutter große Besorgnis und ihre durcheinandergeratenen Nerven. Aber Monate später, in unregelmäßigen Abständen von ein paar Tagen, wurde die Stimme von mehreren Familienmitgliedern und auch von anderen gehört. Alle erklärten sie unmißverständlich als die Stimme von Charles Ashmore; alle stimmten überein, daß sie aus einer großen Entfernung kam, schwach, jedoch vollkommen deutlich artikuliert; aber niemand konnte die Richtung bestimmen, noch die Wörter wiederholen. Die Abstände, in denen es still war, wurden länger und länger, die Stimme schwächer und entfernter, und im Mittsommer wurde sie nicht mehr gehört.

Wenn irgend jemand das Schicksal Charles Ashmores kennt, ist es wahrscheinlich seine Mutter. Sie ist tot.

Wissenschaft an die Front

Im Zusammenhang mit dem Thema ›geheimnisvolles Verschwinden‹ – von dem jedes Gedächtnis reichlich mit Beispielen versorgt ist – ist es dienlich, die Meinung Dr. Herns aus Leipzig zur Kenntnis zu nehmen; nicht als Erklärung, es sei denn, der Leser beliebe es so zu nehmen, sondern weil sie als ungewöhnliche Spekulation besonderes Interesse verdient. Dieser bedeutende Wissenschaftler erläutert seine Ansichten in einem Buch mit dem Titel ›Das Verschwinden und seine Theorie‹, das einige Beachtung gefunden hat, »besonders«, schreibt ein Rezensent, »unter Jüngern Hegels und Mathematikern, die an der tatsächlichen Existenz eines sogenannten nicht-euklidischen Raumes festhalten, das heißt eines Raumes, der mehr Dimensionen hat als Länge, Breite und Höhe – ein Raum, in dem es möglich wäre, einen Knoten in eine endlose Schnur zu knüpfen und einen Gummiball von innen nach außen zu kehren, ohne ›Auflösung seiner Konsistenz‹, oder in anderen Worten, ohne ihn zu zerreißen oder zum Bersten zu bringen«.

Dr. Hern glaubt, daß es in der sichtbaren Welt leere Plätze gibt – *vacua* – und darüber hinaus gleichsam Löcher, durch die lebende und leblose Dinge in die unsichtbare Welt fallen können und nicht mehr gesehen und gehört werden. Dies ist in etwa die Theorie: Raum wird von lichttragendem Äther, welcher Materie mit ebensoviel Substanz wie Luft oder Wasser ist, wenngleich nahezu unendlich mehr verdünnt, durchdrungen. Alle Kraft, alle Formen der Energie müssen sich darin ausbreiten; jeder Prozeß muß darin stattfinden, der überhaupt stattfindet. Doch nehmen wir einmal an, daß in diesem sonst univeralen Medium Hohlräume existieren, wie Höhlen in der Erde oder Löcher in einem Schweizer Käse. In einem solchen Hohlraum wäre absolut nichts. Das Vakuum wäre so beschaffen, wie man es künstlich nicht herstellen kann, denn wenn wir die Luft aus einem Behälter pumpen, bleibt der lichttragende Äther zurück. Durch keinen dieser Hohlräume könnte das Licht dringen, denn es wäre nichts da, das es tragen könnte. Schall könnte aus ihm nicht kommen; nichts könnte in ihm gefühlt werden. Er hätte nicht eine einzige der für das Funktionieren auch nur eines unserer Sinnesorgane notwendigen Voraussetzungen.

Kurz, was auch immer, in einer solchen Leere könnte nichts geschehen. Mit den Worten des vorhin zitierten Autors – der gelehrte Doktor selbst bringt es nirgends so prägnant – klingt das so: »Ein Mensch, der in solch einem Kabinett eingeschlossen ist, könnte weder sehen noch gesehen werden; weder hören noch gehört werden; weder fühlen noch gefühlt werden; weder leben noch sterben, denn beides, Leben und Tod, sind Prozesse, die nur stattfinden können, wo Kraft ist, und in einem leeren Raum könnte keine Kraft existieren.« Sind dies die schrecklichen Bedingungen (wird man fragen), unter denen die Freunde sich die Verlorenen in ihrer Existenz und verurteilt zu ewiger Existenz vorzustellen haben?

Knapp und unvollkommen, wie hier beschrieben, läßt Dr. Herns Theorie, soweit sie behauptet, eine adäquate Erklärung für ›geheimnisvolles Verschwinden‹ zu sein, viele offenkundige Einwände zu; weniger, wenn er selbst die Theorie im ›unbegrenzten Redefluß‹ seines Buches darstellt. Aber sogar hier, wo sie eingehend von ihrem Autor erklärt wird, gibt die Theorie keine Erklärung und ist in Wirklichkeit mit manchen Einzelheiten der Geschehnisse, von denen in diesen Aufzeichnungen berichtet wurde, unvereinbar: zum Beispiel dem Ertönen von Charles Ashmores Stimme. Es ist nicht meine Pflicht, Praxis und Theorie in Einklang zu bringen.

Ist so etwas möglich?

Der Tod von Halpin Frayser

> Denn der Tod schafft größeren Wandel, als hier aufgezeigt werden konnte. Während für gewöhnlich die Seele eines Verstorbenen bei passender Gelegenheit zurückkehrt und manchmal von den Lebenden gesehen wird – und zwar in der Gestalt des Körpers, dem sie früher innewohnte –, geschieht es auch, daß der ursprüngliche Körper ohne Seele wandelt. Und von denen, die ihm dabei begegneten und hernach lebten und davon berichten konnten, wird bezeugt, daß ein solchermaßen auferstandener Leichnam weder natürliche Zuneigung noch eine Erinnerung daran besitzt, sondern nur noch Haß hegt. Auch ist bekannt, daß einige Seelen, die zu Lebzeiten freundlich waren, durch den Tod böse wurden. –
>
> *Hali*

I

In einer dunklen Nacht im Hochsommer hob ein Mann, der in einem Wald lag und in einen traumlosen Schlaf gesunken war, den Kopf. Er starrte ein paar Augenblicke in die Finsternis und sagte dann: »Catherine Larue.« Kein Wörtchen sprach er weiter, und er kannte auch den Grund nicht, weshalb er überhaupt so viel gesagt hatte.

Der Mann hieß Halpin Frayser. Früher hatte er in St. Helena gelebt, doch wo er jetzt wohnt, ist unbekannt, denn er ist tot. Wer sich zur Gewohnheit gemacht hat, im Wald zu schlafen, mit nichts unter sich außer trockenem Laub und feuchter Erde und nichts über sich als Äste, kann auf kein langes Leben hoffen. Und Frayser hatte bereits das Alter von zweiunddreißig Jahren erreicht. Es gibt Menschen, und zwar Millionen von ihnen und bei weitem die besten Menschen, die das für ein sehr hohes Alter halten; das sind die Kinder. Diejenigen, die die Seereise des Lebens von dem Hafen aus beobachten, von dem das Schiff abgelegt hat, glauben schon, es hätte das andere Ufer fast erreicht, auch wenn es erst ein Stückchen des Weges zurückgelegt hat. Es ist jedoch nicht sicher, daß Halpin Frayser starb, nur weil er sich der Unbill des Wetters ausgesetzt hatte.

Den ganzen Tag über hatte er sich in den Bergen westlich des Napa-Tales aufgehalten, und zwar auf der Jagd nach Tauben und anderem kleinen Getier, das in dieser Jahreszeit gejagt werden konnte. Am späten Nachmittag waren Wolken am Himmel aufgezogen, und er hatte die Richtung verloren; und obwohl er nur bergab zu gehen hatte – was stets der Weg in die Sicherheit ist, wenn man sich verlaufen hat –, behinderte ihn das Fehlen jeden Pfades so sehr, daß ihn die Nacht einholte, als er noch im Wald war. Da er das Dickicht der Bärentrauben und der anderen Büsche nicht zu durchdringen vermochte und weil er völlig verwirrt war und ihn obendrein die Müdigkeit übermannte, hatte er sich am Fuß eines großen Erdbeerbaumes ausgestreckt, wo er in einen traumlosen Schlaf fiel. Stunden später, genau in der Mitte der Nacht, hatte einer von Gottes geheimnisvollen Boten, der dem unberechenbaren Heerschwarm seiner Begleiter vorausgeschwebt war, das weckende Wort in das Ohr des Schläfers geflüstert. Dieser richtete sich sogleich auf und nannte – weshalb wußte er nicht – einen Namen, den er nicht kannte.

Halpin Frayser war weder ein großer Philosoph noch ein Wissenschaftler. Der Umstand, daß er mitten in einem Wald aus tiefem Schlaf erwachte und einen Namen sprach, den er nicht im Gedächtnis trug und auch nie mit dem Verstand aufgenommen hatte, erweckte in ihm nicht jene erleuchtende Neugier, das Phänomen zu untersuchen. Er hielt es einfach nur für seltsam, und mit einem oberflächlichen, mechanischen Zittern, als entspreche er damit der dieser Jahreszeit angemessenen Tatsache, daß die Nacht kühl war, legte er sich wieder hin und schlief ein. Aber sein Schlaf blieb nicht länger traumlos.

Ihm träumte vielmehr, er wandere auf einer staubigen Straße entlang, die in der anbrechenden Dunkelheit eines Sommerabends weiß leuchtete. Woher sie kam und wohin sie führte, ja, weshalb er überhaupt den Fuß auf sie setzte, wußte er nicht, obwohl ihm alles ganz einfach und selbstverständlich erschien, so wie es in Träumen üblich ist. In jenem Land beunruhigen Überraschungen nicht, und die Urteilskraft schläft. Bald kam er an eine Weggabelung, von der Straße bog ein wenig benutzter Weg ab, der tatsächlich den Anschein erweckte, als sei er längst vergessen, und deshalb mutmaßte Halpin Frayser, er führe zu etwas Bösem. Dennoch schlug er, von einem gebieterischen Zwang gelenkt, zielstrebig diese Richtung ein.

Als er zügig weitermarschierte, wurde ihm bewußt, daß dieser Weg von unsichtbaren Wesen bevölkert wurde, die er sich nicht deutlich vorstellen konnte. Aus den Bäumen zu beiden Seiten hörte er Wortfetzen eines unverständlichen Geflüsters in einer fremden Sprache, die er aber dennoch teilweise verstand. Sie schienen ihm abgehackte Aussprüche einer ungeheuren Verschwörung zu sein, die sich gegen seinen Leib und seine Seele richtete.

Die Nacht war schon längst angebrochen, aber dennoch wurde der endlose Wald, durch den er wanderte, noch immer von einem fahlen Schimmer erhellt, der von keiner bestimmten Quelle herrührte, denn die geheimnisvolle Beleuchtung warf keine Schatten. Eine flache Pfütze, die sich in der Rinne einer alten Wagenspur angesammelt hatte, warf einen karmesinroten Reflex in sein Auge. Er beugte sich über sie und tauchte seine Hand hinein. Sie befleckte seine Finger; es war Blut! Und Blut, so sah er jetzt, umgab ihn auf allen Seiten. Das Unkraut, das am Wegrand wucherte, trug auf seinen großen, breiten Blättern Kleckse und Spritzer. Die Stämme der Bäume schimmerten karmesinrot befleckt, und von ihrem Blattwerk tropfte das Blut wie Tau herab.

All dies beobachtete er mit einem Entsetzten, das nicht unvereinbar mit der Erfüllung einer natürlichen Erwartung zu sein schien. Ihm kam das alles vor wie die Sühne eines Verbrechens, an das er sich nicht mehr recht erinnern konnte, obwohl er sich einer Schuld bewußt war. Zu den Gefahren und Geheimnissen seiner Umgebung bildete dieses Bewußtsein einen zusätzlichen Schrecken. Vergeblich versuchte er, sich an den Augenblick seiner Missetat zu erinnern, indem er in Gedanken sein Leben zurückverfolgte. Szenen und Begebenheiten tauchten wild durcheinandergewürfelt vor seinem geistigen Auge auf; ein Bild überdeckte das andere, oder alle vermischten sich in heilloser Verwirrung und Verschwommenheit, aber nirgends fand er eine Spur dessen, was er suchte. Dieser Fehlschlag verstärkte sein Grauen; er fühlte sich wie jemand, der in der Dunkelheit gemordet hat, ohne zu wissen, wen und warum. Seine Lage war entsetzlich. Das geheimnisvolle Licht leuchtete still und drohend; die schädlichen Pflanzen, die Bäume, die wir in stillschweigender Übereinkunft mit melancholischen oder unheilvollen Eigenschaften bedenken, verschworen sich in seiner Vorstellung ganz offensichtlich gegen den Frieden seiner Seele. Über seinem Kopf und aus allen Richtungen erklang deutlich vernehmbares und bestürzendes Gelächter, und er sah Wesen, die keinesfalls von dieser Erde stammten. – Endlich konnte er es nicht länger ertragen. In unmenschlicher Anstrengung versuchte er, den bösen Zauber zu brechen, der seine Fähigkeiten zum Schweigen und zur Untätigkeit verbannte, und er begann mit aller Kraft seiner Lunge zu schreien. Seine Stimme wurde, wie es schien, in eine unendliche Vielzahl ungewöhnlicher Laute zerhackt; sie verzerrte sich zu unverständlichem Geplapper und Gestotter, das sich in den Weiten des Waldes verlor und erstarb. Dann war wieder alles wie zuvor. Aber er hatte mit seinem Widerstand einen Anfang gemacht, und das ermutigte ihn. Laut sagte er vor sich hin:

»Ich will mich nicht ungehört unterwerfen! Vielleicht wandern auf dieser fluchbeladenen Straße auch Wesen, die nicht böse sind. Ihnen will ich einen Bericht und einen Appell hinterlassen. Ich werde meine Fehler und die Verfolgungen erzählen, die ich erdulden muß – ich, ein reuiger und harmloser Poet!« Halpin Frayser war wirklich ein Poet und auch ein Büßer – freilich nur im Traum.

Als er aus seinem Anzug ein in rotem Leder gebundenes Notizbuch zog, dessen Seiten zur Hälfte noch leer waren, stellte er fest, daß er keinen Bleistift besaß. So brach er einen Zweig von einem Busch, tauchte ihn in eine Blutlache und schrieb mit flinker Hand. Doch hatte er kaum das Papier mit der Spitze des Zweiges berührt, da erscholl in unermeßlicher Ferne ein tiefes, dröhnendes Gelächter. Es schwoll beständig an und schien immer näher zu kommen. Ganz in seiner Nähe schwoll dieses Lachen zu einem unirdischen Schrei an und verebbte dann wellenförmig, als habe sich das fluchbeladene Wesen, das diese Laute ausstieß, zum Rand der Welt zurückgezogen – dorthin, woher es gekommen war. Aber der Mann spürte, daß dies eine Täuschung war und daß es noch in seiner Nähe lauerte und sich nicht von der Stelle bewegt hatte.

Langsam ergriff ein seltsames Gefühl Besitz von seinem Körper wie von seinem Geist. Er konnte nicht sagen, welcher – oder ob überhaupt einer – seiner Sinne beeinflußt wurde. Ihm erschien es eher wie ein Bewußtsein, und zwar wie die eigenartige geistige Gewißheit vom Vorhandensein eines überwältigenden Etwas. Irgendein übernatürliches Übel, das anders war als die unsichtbaren Wesen, die ihn umgaben, und ihnen an Macht überlegen, befand sich in seiner Nähe. Er wußte, daß Es dieses gräßliche Lachen ausgestoßen hatte. Und jetzt schien Es sich ihm zu nähern; aus welcher Richtung Es kam, konnte er nicht sagen; er wagte auch keine Vermutung. All sein früherer Schrecken war jetzt vergessen oder verschmolz einfach mit dem überwältigenden Grauen, das ihn jetzt gefangenhielt. Außerdem beschäftigte ihn nur noch ein Gedanke: den schriftlichen Appell an die guten Geister zu vollenden, die ihn auf ihrer Reise durch diesen vom Spuk heimgesuchten Wald eines Tages vielleicht retten könnten, sollte ihm der Segen seiner Vernichtung verwehrt bleiben. Er schrieb mit ungeheurer Geschwindigkeit; aus dem Zweig zwischen seinen Fingern rann Blut, ohne daß er erneut eingetaucht hätte; doch mitten in einem Satz verweigerten ihm die Hände den Dienst; seine Arme sanken schlaff herunter, und das Buch fiel auf die Erde. Zu kraftlos, um sich zu bewegen oder zu schreien, starrte er plötzlich in das klar erkennbare Gesicht seiner Mutter und in deren leere, tote Augen, da sie, in weiße Leichentücher gehüllt, stumm vor ihm stand!

2

In seiner Jugend hatte Halpin Frayser mit seinen Eltern in Nashville im Staate Tennessee gelebt. Die Fraysers waren wohlhabende Leute und nahmen in der Gesellschaft, die alle Verwüstungen des Bürgerkrieges überstanden hatte, eine angesehene Stellung ein. Ihren Kindern kamen die sozialen Privilegien und alle Bildungsmöglichkeiten dieser

Zeit und dieses Landes zugute, und aus der günstigen Verbindung ihrer sozialen Stellung mit einer guten Erziehung hatten sie angenehme Manieren und einen geschulten Verstand erworben. Halpin freilich war als das jüngste und nicht allzu robuste Kind vielleicht ein wenig verzogen. Er bekam den doppelten Nachteil einer zu großen Aufmerksamkeit seitens der Mutter und einer Vernachlässigung seitens des Vaters zu spüren. Frayser père war noch dazu etwas, was zu werden kein im Süden lebender Mann von Bedeutung unterlassen kann, nämlich Politiker. Sein Land – oder vielmehr sein Wahlkreis und Distrikt – stellten so große Anforderungen an die ihm gehörige Zeit und seine Kraft, daß er seiner Familie nur ein vom Donnern der politischen Führer und ihrem Geschrei fast taubes Ohr leihen konnte.

Der junge Halpin blieb verträumt, träge und romantisch; er neigte mehr zur Literatur als zur Jurisprudenz, also dem Beruf, den man ihn erlernen ließ. Diejenigen seiner Verwandten, die sich zum modernen Glauben an die Vererbungslehre bekannten, verstanden sehr gut, daß in ihm einige Züge vom Charakter des erst kürzlich verstorbenen Myron Bayne, eines Urgroßvaters mütterlicherseits, wieder zum Vorschein kamen. Dieser Bayne war zu seinen Lebzeiten oft genug vom Mond bestrahlt worden, um ein Dichter von nicht geringer Bedeutung für die Kolonien zu werden. Ein Frayser, der späterhin nicht der stolze Besitzer einer kostbaren Kopie der »Poetischen Werke« des Ahnherrn war – gedruckt auf Kosten der Familie, und schon seit langem vom feindseligen Markt zurückgezogen –, blieb wahrlich ein seltener Frayser. Aber wenn auch niemand gezielt darauf hingewiesen hatte, so war es doch nur zu ersichtlich, daß eine durchaus unbegründete Abneigung bestand, den großen Verstorbenen in der Person seines geistigen Nachfolgers zu ehren. Ziemlich häufig nämlich wurde Halpin als ein intellektuelles schwarzes Schaf herabgewürdigt, das seiner Herde jeden Augenblick Schaden bereiten könnte, indem es nur im Versmaß blöken würde. Die Fraysers aus Tennessee waren praktische Leute, zwar nicht im landläufigen Sinne praktisch, indem sie schmutzige Beschimpfungen erduldet hätten, vielmehr äußerte sich ihr praktischer Sinn darin, daß sie alle jene Qualitäten zutiefst verachteten, die für einen Mann unpassend sind, der die gesunde Berufung zur Politik verspürt.

Um jedoch dem jungen Halpin Gerechtigkeit zukommen zu lassen, muß man erwähnen, daß er von der göttlichen Gabe der Dichtkunst nicht viel mitbekommen hatte, während in ihm die meisten geistigen und moralischen Eigenschaften getreulich wiedererstanden waren, die von der Geschichte und der Familienchronik dem berühmten Dichter zugeschrieben wurden. Man hatte Halpin aber noch niemals die Muse umwerben sehen, und er hätte auch beileibe keine einzige Strophe zustande gebracht, mit der er sich vor einem Kritiker hätte sehen lassen können. Dennoch konnte man natürlich nie wissen, ob nicht die schlummernde Gabe irgendwann erwachen und er in die Saiten der Leier greifen würde.

Auf jeden Fall war der junge Mann bis dahin ein ziemlich unbeschriebenes Blatt gewesen. Zwischen ihm und seiner Mutter bestand eine innige Zuneigung, denn insgeheim war die Dame selbst eine treue Anhängerin des großen verstorbenen Myron Bayne. Allerdings hatte sie mit dem Takt, der allgemein und zu Recht an ihrem Geschlecht bewundert wird – den hartnäckigen Verleumdern zum Trotz, die erklären, Takt sei im Grunde nur Schläue –, stets sorgfältig darauf geachtet, ihre Schwäche vor den Augen anderer zu verbergen. Ausgenommen war nur er, der ihre Neigung teilte.

Ihr beiderseitiges Schuldbewußtsein in dieser Hinsicht knüpfte ein zusätzliches Band zwischen ihnen. Hatte seine Mutter ihn in seiner Kindheit verzogen, so hatte er auch gewiß seinen Teil dazu beigetragen. Als er soweit Mann geworden war, wie es ein Südstaatler erreichen kann, den es nicht kümmert, wie eine Wahl ausgeht, wurde die Bindung an seine Mutter mit jedem Jahr fester und zärtlicher. Er hatte sie übrigens seit frühester Kindheit nur immer Katy genannt. In diesen beiden romantischen Naturen offenbarte sich auf bemerkenswerte Weise ein vernachlässigtes Phänomen, nämlich die Vorherrschaft des Geschlechtlichen in allen Beziehungen der Menschen, wodurch selbst das Verhältnis zwischen Blutsverwandten gestärkt, besänftigt und verschönt wird. Die beiden schienen fast unzertrennlich, und von Fremden, die sie beobachteten, wurden sie nicht selten für Verliebte gehalten.

Eines Tages trat Halpin Frayser in das Zimmer seiner Mutter, küßte sie auf die Stirn, spielte einen Augenblick mit einer Locke ihres dunklen Haars, die den Haarnadeln entschlüpft war, und sagte, wobei er sich offensichtlich anstrengte, ruhig zu bleiben:

»Würde es dir viel ausmachen, Katy, wenn ich für ein paar Wochen nach Kalifornien ginge?«

Es war kaum notwendig, daß Katys Lippen eine Frage beantworteten, auf die ihre verräterischen Wangen bereits die Antwort gaben. Ganz offensichtlich machte es ihr sehr viel aus; und wie zur Bekräftigung traten Tränen in ihre großen braunen Augen.

»Mein Sohn«, sagte sie und blickte mit unendlicher Zärtlichkeit zu seinem Gesicht auf, »ich hätte wissen müssen, daß so etwas kommt. Ich lag heute die zweite Hälfte der Nacht wach und weinte ständig, weil mir während der ersten Hälfte Großvater Bayne im Traum erschienen war. Er stand neben seinem Porträt, war jung und schön wie damals und zeigte auf dein Bild, das an derselben Wand hing. Als ich darauf schaute, erkannte ich aber deine Gesichtszüge nicht; denn du warst mit einem Tuch bedeckt, wie wir es über die Toten breiten. Dein Vater lachte mich aus, aber du und ich, mein Lieber, wir wissen, daß solche Zeichen einem nicht umsonst gesandt werden. Und unter dem Tuch erkannte ich an deinem Hals die Würgemale von Händen. Verzeih, aber wir beide haben voreinander keine Geheimnisse und verschweigen uns solche Dinge nicht! Vielleicht findest du eine andere Deutung, vielleicht bedeutete der Traum auch nur, daß du nicht nach Kalifornien reisen wirst. Oder nimmst du mich mit?«

Man muß zugeben, daß diese unbefangene Deutung des Traumes im Licht nachträglich eingetretener Ereignisse dem logischen Verstand ihres Sohnes nicht ganz einleuchtete. Zumindest für den Augenblick war er der Überzeugung, daß der Traum ein einfacheres und unmittelbareres, vielleicht auch weniger tragisches Unglück ankündigte als eine Reise zum Pazifischen Ozean. Halpin Frayser hätte eher gefürchtet, daß er am heimatlichen Herd erwürgt würde.

»In Kalifornien gibt es doch Heilquellen?« nahm Mrs. Frayser den Faden wieder auf, noch ehe er Gelegenheit hatte, ihr die richtige Deutung des Traumes zu erläutern. »Orte, wo man sein Rheuma oder seine Neuralgie kurieren kann? Sieh mal, meine Finger sind so steif; ich bin sicher, daß sie mir im Schlaf große Schmerzen bereitet haben.«

Sie streckte ihm die Hände entgegen, damit er sie untersuchen konnte. Welche Diagnose der junge Mann im Fall seiner Mutter fand, sie ihr aber mit einem Lächeln verschwieg, das kann der Chronist nicht sagen; aber er möchte behaupten, daß Finger, die so wenig steif aussahen und noch weniger Anzeichen selbst leisester Schmerzen verrieten, höchst selten von einem Arzt untersucht worden sind – selbst nicht an der Hand der schönsten Patientin, die sich eine neue Umgebung verschreiben lassen wollte.

Das Ergebnis der Unterhaltung dieser beiden seltsamen Menschen, die die gleichen merkwürdigen Vorstellungen von Pflichterfüllung besaßen, war, daß der eine nach Kalifornien reiste, wie es die Interessen seines Klienten erforderten, während sie mit einem Wunsch zurückblieb, von dem ihr Mann nicht die leiseste Ahnung hatte.

Während Halpin Fraysers Aufenthalt in San Franzisko spazierte er in einer dunklen Nacht am Ufer des Meeres entlang, und in dieser Nacht wurde er – mit einer Plötzlichkeit, die ihn überraschte und gänzlich aus der Fassung brachte – zum Seemann. Er wurde, wie es heißt, ›shangheit‹; man schleppte ihn auf ein stattliches Schiff, und schließlich segelte er zu fernen Ländern. Aber sein Unglück fand damit kein Ende, denn das Schiff strandete an einer Insel der Südsee, und erst sechs Jahre später wurden die Überlebenden von einem verwegenen Handelsschoner nach San Franzisko zurückgebracht.

Obwohl Halpin Frayser nun völlig verarmt war, hatte er doch den gleichen stolzen Sinn behalten wie in jenen Jahren, die ihm nun schon eine Ewigkeit zurückzuliegen schienen. Von Fremden wollte er keine Hilfe annehmen. Er wohnte im Hause eines der mit ihm geretteten Schiffbrüchigen, in der Nähe der Stadt St. Helena, und erwartete täglich Nachricht und Geld von seiner Familie. In jener Zeit war es, daß er auf die Jagd gegangen, im Wald eingeschlafen war und geträumt hatte.

3

Die Erscheinung, die dem Träumer in dem Spukwald begegnete – dieses Wesen, seiner Mutter ähnlich und doch so anders als sie –, war grauenerregend! Es weckte weder Liebe noch Sehnsucht in seinem Herzen; es rief keine angenehmen Erinnerungen an eine glückliche Vergangenheit wach, flößte ihm auch keine einzige, wie auch immer geartete Empfindung ein; alle edleren Gefühle wurden von seiner Angst erstickt. Er versuchte, sich umzudrehen und vor dem Gespenst zu fliehen, aber seine Beine waren schwer wie Blei; er war unfähig, auch nur die Füße vom Boden zu lösen. Die Arme hingen ihm willenlos an den Seiten herunter; einzig die Augen blieben seinem Willen unterworfen. Aber er wagte nicht, die Blicke von den glanzlosen Augen des Gespenstes abzuwenden, denn er wußte, daß es nicht etwa eine Seele ohne Körper war, sondern zu den schrecklichsten aller Wesen gehörte, die diesen Wald heimsuchten: Es war ein Körper ohne Seele! In ihren leeren, starren Blicken lagen weder Liebe noch Mitleid, noch Intelligenz – nichts, was man um Gnade hätte anflehen können. Ein Appell an sie wird nichts nützen, dachte er in absurder Umkehrung einer für seinen Beruf typischen Redensart; dieser Gedanke machte seine Lage jedoch nur noch schrecklicher, ebenso wie die Glut einer Zigarre den Schrecken einer Gruft vergrößert. Für einen Moment, der so lang schien, daß die Welt grau vor Alter und Sünde zu werden drohte, verschwand der von Gespenstern heimgesuchte Wald mit all seinen Bildern und Geräuschen aus Halpin Fraysers Bewußtsein, nachdem er sein Ziel in der gräßlichsten Steigerung aller Schrecken erreicht hatte. Die Erscheinung aber stand nur noch einen Schritt von ihm entfernt und starrte ihn mit der gefühllosen Bösartigkeit eines wilden Tieres an; und dann warf sie ihre Arme vor und stürzte sich mit schrecklicher Wildheit auf ihn! Dieser Angriff löste seine Starre, ohne ihm jedoch seine Willenskraft zurückzugeben. Sein Verstand war noch immer gebannt, aber sein kräftiger Körper und seine flinken Gliedmaßen, die ein blindes, gefühlloses Eigenleben führten, trotzten ihrem Angriff. Für einen kurzen Augenblick schien er diesen ungleichen Kampf zwischen einem toten Wesen und seinem atmenden Organismus wie ein Außenstehender zu verfolgen – solche Vorstellungen erlebt man im Traum. Dann erlangte er seine Persönlichkeit so jählings wieder, als sei er mit einem mächtigen Satz in seinen Körper gesprungen, und sein bisher automatisch kämpfendes Ich besaß wieder einen lenkenden Willen, der ebenso wachsam und wild war wie der seines gräßlichen Gegners.

Doch welcher Sterbliche kann seine Kraft mit dem Geschöpf seines Traumes messen? Die Phantasie, die den Feind vorgaukelt, ist bereits besiegt; das Ergebnis des Kampfes ist zugleich seine Ursache. Trotz seiner Gegenwehr, trotz seiner Kraft und Anstrengung, die sich an einem Nichts zu verschwenden schienen, spürte er, wie sich kalte Finger um seinen Hals schlossen. Auf die Erde geschleudert, sah er das tote und verzerrte Gesicht eine Handbreit über seinem Kopf, und dann versank alles in Finsternis. Ein Geräusch wie von fernen Trommeln, ein Gemurmel unzähliger Stimmen, ein spitzer, weit entfernter Schrei, der allen andern Schweigen gebot – und Halpin Frayser träumte, er sei tot.

4

Der warmen, klaren Nacht folgte ein nebelfeuchter Morgen. Bereits am Spätnachmittag des vorangegangenen Tages hatte man den Hauch einer Dunstwolke beobachtet – eine bloße Verdichtung der Atmosphäre, den Geist einer Wolke –, die an der westlichen Seite des Mount St. Helena hing, hoch oben an den dürren Hängen dicht unterhalb des Gipfels. Sie war so dünn, so durchsichtig und ähnelte so sehr einer sichtbar gewordenen Ahnung, daß man gesagt hätte: »Schauen Sie schnell dorthin! Einen Augenblick noch, dann wird sie verschwunden sein.«

Doch kurz darauf war sie schon sichtlich größer und dichter geworden. Während sie sich mit einem Ende an den Berg klammerte, reichte das andere Ende weiter und weiter in die Luftschichten über den tieferliegenden Hängen hinein. Zugleich dehnte sie sich nach Norden und Süden aus und verschmolz – offenbar in voller Absicht – mit kleineren Nebelfeldern, die auf gleicher Höhe aus dem Gestein zu dringen schienen. Und so wuchs und wuchs das Nebelfeld, bis endlich der Gipfel unsichtbar war und selbst das Tal von einer undurchdringlichen grauen Dunstglocke überdacht wurde. Über Calistoga, am Ende des Tales und unterhalb des Berges gelegen, senkte sich daher eine sternenlose Nacht, und ihr folgte ein Morgen ohne Sonne. Der Nebel rückte ins Tal vor und hatte sich nach Süden ausgebreitet. Er verschluckte eine Ranch nach der anderen, bis er selbst die neun Meilen entfernte Stadt St. Helena ausgelöscht zu haben schien. Der Staub der Straße hatte sich gelegt; die Bäume trieften vor Nässe, und die Vögel hatten sich in ihren Schlupfwinkeln verborgen. Selbst das Licht der Morgensonne war fahl und gespenstisch; es besaß weder Farbe noch Leuchtkraft.

Beim ersten Lichtschein des anbrechenden Tages verließen zwei Männer St. Helena. Sie folgten der Straße talaufwärts in Richtung Calistoga und trugen jeder ein Gewehr über die Schulter gehängt. Daher hätte jeder geglaubt, sie seien auf der Jagd nach Vögel oder Wild. Doch der eine war der Hilfssheriff aus Napa, und der zweite war ein Detektiv aus San Franzisko; sie hießen Holker und Jaralson, und ihr Beruf war es, Menschen zu jagen.

»Wie weit ist es noch?« fragte Holker. Bei jedem Schritt wirbelten ihre Füße den weißen Staub auf, der unter der feuchten Oberfläche der Straße lag.

»Bis zur Weißen Kirche? Nur noch eine halbe Meile«, antwortete der andere. »Übrigens«, fügte er hinzu, »das Gebäude ist weder weiß, noch ist es eine Kirche; es ist ein verlassenes Schulhaus, grau vor Alter und außerdem sehr heruntergekommen. Als es noch weiß war, hielt man darin bisweilen Gottesdienste ab, und damals lag daneben auch ein Friedhof, der jeden Dichter entzückt hätte. Kannst du dir denken, weshalb ich dich gerufen habe und dir sagte, du solltest bewaffnet kommen?«

»Mit Fragen habe ich dich noch nie belästigt. Bisher warst du immer sehr mitteilsam, sobald du die Zeit für gekommen hieltest. Aber wenn ich eine Vermutung äußern darf: Du möchtest, daß ich dir behilflich bin, einen Leichnam des Friedhofs zu verhaften.«

»Erinnerst du dich an Branscom?« fragte Jaralson, wobei er den Scherz seines Kameraden mit der Mißachtung bedachte, die er verdiente.

»Der Bursche, der seiner Frau die Kehle durchschnitt? Daran muß ich mich ja wohl erinnern; ich mußte die Arbeit einer ganzen Woche an ihn verschwenden, und der ganze Ärger hat mich noch einiges gekostet. Auf seine Ergreifung waren fünfhundert Dollar ausgesetzt, aber kein Mensch bekam ihn je wieder zu Gesicht. Du willst doch nicht etwa sagen...«

»Doch, das will ich. Er hat sich die ganze Zeit über direkt unter euren Nasen aufgehalten. Nachts treibt er sich auf dem alten Friedhof neben der Weißen Kirche herum.«

»Der Teufel! Dort liegt seine Frau begraben.«

»Aber ihr Burschen hättet doch Verstand genug haben müssen, um zu ahnen, daß er irgendwann einmal zu ihrem Grab zurückkehren würde.« – »Von dem Ort konnte niemand annehmen, daß er dort auftauchen würde.«

»Aber alle anderen Schlupfwinkel hattet ihr durchsucht! Ich jedenfalls habe aus euren Fehlern gelernt, und deshalb lauerte ich ihm dort auf.«

»Und du hast ihn entdeckt?«

»Verflucht noch mal, er entdeckte *mich*. Der Schuft kam mir mit der Waffe zuvor – ließ mich die Hände in die Luft recken und machte mir Beine. Ich muß Gott danken, daß er mich nicht durchsuchte. Oh, der Bursche ist tüchtig. Ich glaube, die Hälfte der Belohnung genügt mir völlig, solltest du in Geldnot sein.«

Holker lachte gutgelaunt und erklärte, seine Gläubiger seien noch nie zudringlicher gewesen.

»Ich wollte dich lediglich in die Umstände einweihen, um mit dir einen Plan entwickeln zu können«, erklärte der Detektiv. »Jedenfalls hielt ich es für besser, bewaffnet zu sein, auch wenn es noch hell ist.« – »Der Mann muß verrückt sein«, sagte der Hilfssheriff. »Auf seine Ergreifung und Verurteilung ist eine Belohnung ausgesetzt. Sollte er aber verrückt sein, wird er nicht verurteilt.«

Mr. Holker war von diesem möglichen Fehlschlag der Justiz so bestürzt, daß er unwillkürlich mitten auf der Straße stehenblieb und gleich darauf nur noch mit vermindertem Eifer weiterging.

»Er machte fast diesen Eindruck«, gab Jaralson zu. »Ich muß gestehen, ich habe nie einen schlechter rasierten, ungeschoreneren, ungekämmteren – kurz gesagt, nie einen elenderen Menschen getroffen, ausgenommen jene, die zur alten und ehrwürdigen Zunft der Landstreicher gehörten. Aber ich habe mich nun einmal an seine Fersen geheftet und kann mich nicht dazu durchringen, von ihm abzulassen. Auf jeden Fall erwartet uns Ruhm in der Sache. Außer uns weiß keine einzige Seele, daß er sich diesseits des Mondgebirges aufhält.«

»Na schön«, erwiderte Holker; »wir werden uns dort einmal umsehen.« Und dann setzte er die Worte hinzu, die einst eine beliebte Inschrift für Grabsteine waren: »›Wo auch du in Kürze ruhen wirst‹... wenn nämlich der alte Branscom dich und deine unerträgliche Zudringlichkeit satt kriegen sollte. Übrigens hörte ich neulich, Branscom sei gar nicht sein wahrer Name.«

»Und wie lautet der?«

»Ich kann mich nicht daran erinnern. Ich hatte bereits alles Interesse an dem armen Kerl verloren, und der Name setzte sich nicht in meinem Gedächtnis fest. Er klang so ähnlich wie Pardee. Die Frau, der er so geschmacklos die Kehle durchgeschnitten hat, war Witwe, als er sie kennenlernte. Sie war nach Kalifornien gekommen, um ihre Verwandten zu besuchen. Es gibt wirklich Leute, die so etwas noch manchmal tun. Aber das weißt du ja.« – »Natürlich.«

»Wenn du den richtigen Namen nicht kanntest – durch welche glückliche Eingebung hast du dann das richtige Grab entdeckt? Der Mann, der *mir* ihren Namen verriet, meinte nämlich, in das Kreuz habe man ihren wahren Namen geschnitzt.«

»Ich kenne ihr Grab gar nicht.« Jaralson gab offensichtlich nur widerwillig zu, daß ihm ein so wichtiger Punkt seines Planes noch unbekannt war. »Ich habe einfach ganz allgemein den Friedhof im Augen behalten. Ein Teil unserer Aufgabe heute morgen wird sein, ihr Grab zu identifizieren. Dort ist die Weiße Kirche.«

Bisher hatten sich zu beiden Seiten des Weges Felder hingezogen, aber jetzt erhob sich zu ihrer Linken ein Wald aus Eichen, Erdbeerbäumen und riesigen Fichten, deren gewaltige Stämme im Nebel verschwammen und sich gespenstisch auflösten. An manchen Stellen wuchs das Unterholz sehr dicht, aber nirgends war es undurchdringlich. Im ersten Augenblick konnte Holker das Gebäude nicht erkennen, aber als sie in den Wald drangen, tauchten plötzlich seine undeutlichen Umrisse aus dem Dunst auf. Es schien riesengroß und sehr weit entfernt zu sein; doch standen sie schon nach wenigen Schritten dicht vor ihm, und Holker erkannte, daß es dunkel vor Feuchtigkeit und von unbedeutender Größe war. Es sah aus wie alle Landschulen. Seine Architektur erinnerte an eine Kiste; es ruhte auf einem Steinfundament, das Dach war von Moos überwuchert, und wo sich Fenster befinden sollten, gähnten leere Höhlen, denn die Scheiben und Jalousien waren längst verschwunden. Das Haus war verfallen, aber noch keine Ruine – jedenfalls ein typisch kalifornischer Ersatz für das, was im Ausland den Lesern von Reisebüchern als »Monument der Vergangenheit« vorgestellt wird. Ohne dem uninteressanten Bau noch einen einzigen Blick zu schenken, zwängte sich Jaralson durch das dahinter wuchernde, tropfnasse Dickicht. »Ich werde dir zeigen, wo er mich überraschte«, sagte er. »Dies ist der Friedhof.«

Hier und dort befanden sich zwischen den Büschen kleine Einzäunungen, die mehrere Gräber oder manchmal auch nur ein einzelnes Grab umschlossen. Man erkannte sie als Gräber an den verwitterten Grabsteinen oder an den morschen Bretterkreuzen, die schief und winklig am Kopf- oder Fußende aufragten; einige waren auch umgestürzt. Oder man erkannte die Grabstellen daran, daß sie von längst verfallenen Holzzäunen eingefaßt waren; manchmal, wenn auch seltener, verrieten sich die Grabhügel durch den Kies, der durch die verwelkten Blätter schimmerte. Oftmals aber deutete auch gar nichts mehr auf den Platz hin, an dem die Reste eines armen Sterblichen ruhten. Sie, die einst einen »großen Kreis trauernder Freunde« hinterlassen hatten, waren nun von allen ihren Freunden vergessen worden, und nichts als eine kleine Vertiefung in der Erde, die vielleicht dauerhafter sein dürfte als der Kummer in den Herzen ihrer trauernden Freunde, kündete noch von ihnen. Die Wege, falls es je welche gegeben hatte, waren längst verschwunden. Bäume von beträchtlicher Größe wuchsen unterdessen aus den Gräbern, ihre Wurzeln oder Äste hatten die Umzäunungen umgeworfen. Über der ganzen Szenerie lag ein Hauch von Verlassenheit und Verfall, wie er zu keinem Ort besser paßte als zu diesem Dorf der vergessenen Toten.

Als sich die beiden Männer durch das Gestrüpp der jungen Bäume einen Weg bahnten, blieb der wagemutige Jaralson, der vorangegangen war, plötzlich stehen, hob das Gewehr bis in Brusthöhe und stieß einen leisen Warnruf aus. Er stand regungslos und hielt den Blick auf irgend etwas vor ihm gerichtet. Sein Gefährte, der nichts sehen konnte, denn sein Blickfeld wurde von Büschen verdeckt, folgte dem Beispiel Jaralsons, so gut er konnte. Auch er verharrte regungslos und war auf alles gefaßt. Einen Augenblick später schlich Jaralson vorsichtig weiter, und sein Gefährte folgte ihm.

Unter den Zweigen einer riesigen Fichte lag der Leichnam eines Mannes. Als sie wortlos herantraten, richtete sich ihre Aufmerksamkeit sofort auf alle Einzelheiten, die als erste unser Interesse wecken; also auf das Gesicht, auf die Haltung und die Kleidung, aus denen man eine erste Antwort auf die unausgesprochene Frage unserer teilnahmsvollen Neugier erhoffte.

Der Mann lag auf dem Rücken, die Beine weit gespreizt.

Einen Arm hielt er nach oben über den Kopf gereckt, den anderen zur Seite gestreckt; aber dieser war so unnatürlich geknickt, daß die Hand dicht neben dem Hals lag. Beide Hände waren zur Faust geballt. Die ganze Haltung drückte eine verzweifelte, jedoch offensichtlich unwirksame Abwehr aus – wogegen aber?

In der Nähe lag eine Flinte und eine Jagdtasche, durch deren Maschen man das Gefieder geschossener Vögel erkannte. Überall rundum waren Spuren eines erbitterten Kampfes zu entdecken: Kleine Zweige der Gifteiche lagen abgebrochen und ihrer Blätter und Rinde beraubt umher; neben den Beinen der Leiche hatten fremde Füße die welken und verfaulten Blätter zu kleinen Haufen und Wällen aufgetürmt; und neben ihren Hüften erkannte man unverkennbar die Eindrücke menschlicher Knie.

Die Art des Kampfes aber ließ ein einziger Blick auf die Kehle und das Gesicht des Toten erraten. Diese waren nämlich dunkelrot, ja fast schwarz angelaufen, während Brust und Hände bleich schimmerten. Mit den Schultern ruhte er auf einem niedrigen Erdwall, sein Kopf war in einem unnatürlichen Winkel verrenkt, und die weit aufgerissenen Augen starrten leer in die den Füßen entgegengesetzte Richtung. Aus dem geöffneten, schaumgefüllten Mund hing eine schwarze, geschwollene Zunge. Seine Kehle wies schreckliche Würgemale auf, und zwar nicht nur Fingerabdrücke, sondern Quetschungen und Fleischwunden, wie sie von zwei starken Händen herrühren mußten, die sich in das nachgebende Fleisch gebohrt und ihren furchtbaren Würgegriff noch lange nach Eintritt des Todes beibehalten hatten. Brust, Kehle und Gesicht waren feucht; seine Kleidung troff vor Nässe, und Wassertropfen, die sich aus dem fallenden Nebel gebildet hatten, hingen an seinen Haaren und seinem Schnurrbart.

All dies erkannten die beiden Männer fast auf den ersten Blick. Dann sagte Holker:

»Armer Teufel! Er hatte einen schweren Kampf.«

Jaralson jedoch machte sich an eine peinlich genaue Untersuchung des umliegenden Waldes, wobei er die gespannte Schrotflinte fest in beiden Händen hielt, den Finger am Abzug. »Das Werk eines Verrückten«, erklärte er und ließ die Bäume dabei nicht aus den Augen. »Der Täter heißt Branscom Pardee.«

Etwas, das von den rundum aufgewirbelten Blättern zum Teil verdeckt wurde, erregte jetzt Holkers Aufmerksamkeit. Es war ein in rotes Leder gebundenes Notizbuch. Er hob es auf und blätterte es durch. Es enthielt leere Seiten für Notizen, und auf dem ersten Blatt stand der Name Halpin Frayser. Die nächsten Seiten trugen in roter Schrift – eilig hingekritzelt und kaum lesbar – einige Verse. Holker las sie laut vor, während sein Gefährte weiterhin die trüben, grauen Grenzen ihrer kleinen Welt im Auge behielt und aus jedem Wassertropfen, der von den mit Feuchtigkeit überladenen Zweigen fiel, weitere Gründe für ihre Besorgnis herauszuhören meinte. Die Verse lauteten:

Geschlagen in geheimnisvollen Bann, stand ich
im Dunkel eines Zauberwaldes,
Wo Myrthen und Zypressen ihre Zweige
verwoben in bedeutungsvoller, unheilschwerer
Bruderschaft.

Die stille Weide flüstert' mit der Eibe dort,
Tödlicher Nachtschatten wuchert und die Raute
und bildeten mit Immortellen selbstgewebte,
gräßliche Grabtücher. Furchtbare Nesseln wuchsen da.

Kein Vogel sang, die Bienen schwiegen,
kein Lufthauch ließ die Blätter zittern.
Der Wind schlief totengleich; allein
das Schweigen atmete unter den Bäumen dort.

Verschwörerische Geister flüsterten im Dämmerlicht
von den Geheimnissen der Gräber;
von den Bäumen tropfte Blut, ja ihre Blätter gar
schimmerten blutrot im Hexenlicht.

Da schrie ich laut! – Doch ungebrochen lastete
der Bann auf Herzen mir und Hirn,
und mutlos, seelenlos, hoffnungslos, verloren,
stritt ich wider des kommenden Unheils Ahnung.
Endlich das blicklose...

Holker hörte auf zu lesen; denn es gab nichts mehr zu lesen. Das Manuskript brach mitten im Satz ab.

»Das klingt nach Bayne«, sagte Jaralson, der auf seine Art so etwas wie gebildet war. Seine Wachsamheit hatte nachgelassen, er blickte auf den Toten hinunter.

»Wer ist Bayne?« fragte Holker ziemlich gleichgültig.

»Myron Bayne, ein Bursche, der in den Gründerjahren der Nation lebte – vor über einem Jahrhundert. Er schrieb furchtbar trübseliges Zeug; ich besitze seine Gesammelten Werke. Dieses Gedicht ist nicht darunter; sicher wurde es versehentlich ausgelassen.« – »Es ist furchtbar kalt«, sagte Holker. »Verlassen wir diesen Ort; wir müssen den Leichenbestatter aus Napa herschicken.«

Jaralson sagte nichts dazu, sondern machte nur eine zustimmende Geste. Als er an der kleinen Erhebung vorbeiging, auf der Kopf und Schultern des Toten ruhten, stieß sein Fuß unter dem vermoderten Laub gegen etwas Hartes, und er machte sich die Mühe, es mit einem Tritt hervorzuholen. Es war ein umgestürztes Grabkreuz, das den kaum noch zu entziffernden Namen Catherine Larue trug.

»Larue! Larue!« rief Holker mit plötzlicher Lebhaftigkeit aus, »das ist doch Branscoms wirklicher Name – nicht Pardee. Du meine Güte, wie mir jetzt alles wieder einfällt – der Name der von ihm ermordeten Witwe war Frayser!«

»Hier ist etwas verflucht geheimnisvoll«, sagte der Detektiv Jaralson. »Ich hasse so etwas.«

Aus dem Nebel drang ein Lachen. – Es klang scheinbar aus weiter Ferne herüber, ein tiefes, krampfhaftes, gefühlloses Lachen, das nicht mehr Freude ausdrückte als das Heulen einer Hyäne, die nachts durch die Steppe streift. Es schwoll allmählich an, wurde lauter und lauter, klarer, deutlicher und gräßlicher, bis es fast innerhalb des kleinen Kreises ihres Gesichtsfeldes zu erklingen schien. Dieses Lachen war so unnatürlich, so unmenschlich und teuflisch, daß es sogar diese abgebrühten Menschenjäger mit unbeschreiblichem Entsetzen erfüllte. Sie griffen nicht zu ihren Waffen, ja sie dachten nicht einmal daran; das Grauen dieses schrecklichen Lautes gehörte nicht zu der Art, der man mit Waffen begegnen könnte. Doch ebenso, wie es aus der Stille gekommen war, verebbte es wieder. Nach einem letzten, wie ein Schrei gellenden Gelächter, das beinahe neben ihren Ohren ausgestoßen zu werden schien, verklang es wieder, bis die ersterbenden Laute in der Stille unermeßlicher Entfernung verhallten.

In einer Sommernacht

Die Tatsache, daß Henry Armstrong begraben war, schien ihm noch nicht zu beweisen, daß er tot sei: er war immer ein Mann gewesen, der sich nur mühsam überzeugen ließ. Er konnte nicht umhin zuzugeben, daß er begraben war, da ihm seine Sinne dies einwandfrei bestätigten. Seine Lage – flach auf dem Rücken, die Hände über dem Bauch gekreuzt, mit etwas zusammengebunden, das er mühelos zerriß, ohne seine Situation vorteilhaft zu verändern –, die absolute Beschränkung seiner ganzen Person, die schwarze Finsternis und die tiefe Stille konnten die Gewißheit, eine Leiche zu sein, unmöglich in Frage stellen, und er nahm dies ohne zu nörgeln hin.

Aber tot – nein; er war nur sehr, sehr krank. Überdies war er in die Apathie des Invaliden gefallen und machte sich nicht viel Gedanken über sein ungewöhnliches Schicksal, das ihm bestimmt war. Ein Philosoph war er nicht – nur ein schlichter, alltäglicher Mensch, der vorübergehend unter einer pathologischen Gleichgültigkeit litt: das Organ, an dem er Folgen befürchtete, regte sich nicht. So schlief er, ohne sich besonders um die nächste Zukunft zu sorgen, ein, und alles um Henry Armstrong war Friede.

Aber über ihm tat sich etwas. Es war eine dunkle Sommernacht, durchjagt von gelegentlich aufleuchtenden Blitzen, die lautlos eine tief im Westen hängende und ein Unwetter ankündigende Wolke umflammten. Diese kurze, zuckende Beleuchtung brachte in gespenstischer Deutlichkeit die Denkmäler und Grabsteine des Friedhofs zum Vorschein und schien sie zum Tanzen zu bringen. Es war keine Nacht, in der ein glaubwürdiger Zeuge auf einem Friedhof umherirren mochte, so daß sich die drei anwesenden Männer, die Henry Armstrongs Grab aufbuddelten, ziemlich sicher fühlten.

Zwei von ihnen waren junge Studenten von einem medizinischen Institut, wenige Meilen entfernt; der dritte war ein riesengroßer Neger, der als Jess bekannt war. Seit vielen Jahren war Jess auf dem Friedhof als Mädchen für alles beschäftigt, und es war von ihm ein bevorzugter Scherz, daß er »jede Seele am Ort« kannte. Aus dem, was er jetzt gerade tat, konnte man schließen, daß der Ort nicht so bevölkert war, wie es das Register erscheinen ließ.

Außerhalb der Mauer, auf einem Teil des Geländes, der am weitesten von der Straße entfernt lag, warteten ein Pferd und ein leichter Wagen.

Das Ausgraben war nicht schwierig: die Erde, mit der das Grab wenige Stunden zuvor locker aufgefüllt worden war, bot geringen Widerstand und war bald herausgeschaufelt. Den Sarg aus der Grube zu heben, war weniger leicht, aber er wurde herausgeholt, denn das war für Jess, der vorsichtig den Deckel abschraubte, ihn beiseitelegte und so die Leiche in schwarzen Hosen und weißem Hemd enthüllte, ein Nebenverdienst. In diesem Augenblick wurde die Luft zu Feuer, ein krachender Donnerschlag schüttelte die erstarrte Erde, und Henry Armstrong setzte sich ruhig auf. Mit unartikulierten Schreien und voller Entsetzen flüchteten die Männer, jeder in eine andere Richtung. Nichts auf der Welt hätte zwei von ihnen zur Rückkehr bewegen können. Aber Jess war von anderem Schlag.

Im Morgengrauen trafen sich die beiden Studenten im medizinischen Institut, blaß und verstört vor Angst – das Entsetzen über ihr Abenteuer pochte noch stürmisch in ihren Adern.

»Hast du es gesehen?« rief der eine.

»Gott! ja – was sollen wir tun?«

Sie gingen um das Gebäude herum zur Hinterseite, wo sie ein Pferd sahen, das vor einen leichten Wagen gespannt und an einen Zaunpfosten in der Nähe der Tür, die zum Sektionsraum führte, angebunden war. Auf einer Bank in der Dunkelheit saß der Neger Jess. Er stand auf, grinsend, ganz Augen und Zähne.

»Ich warte auf meine Bezahlung«, sagte er.

Nackt ausgestreckt auf einem langen Tisch lag die Leiche von Henry Armstrong, sein Kopf durch einen Spatenhieb mit Blut und Lehm beschmutzt.

Moxons Herr und Meister

Ist das Ihr Ernst? Glauben Sie wirklich, daß eine Maschine denkt?«

Ich bekam nicht sofort Antwort. Moxon war anscheinend eifrig mit den Kohlen auf dem Kaminrost beschäftigt, indem er sie geschickt mit dem Schüreisen hin und her rüttelte, bis sie endlich auf seine Bemühungen mit hellerer Glut reagierten. Seit Wochen hatte ich an ihm die zunehmende Gewohnheit beobachtet, beim Antworten selbst auf die trivialsten und alltäglichsten Fragen zu zögern. Aber seine Miene sah eher nach Zerstreutheit als nach Zögern aus: man konnte annehmen, daß ihm irgend etwas im Kopf herumging.

Jetzt sagte er: »Was ist denn das: ›eine Maschine‹? Das Wort ist so verschiedenartig definiert worden. Hier haben Sie eine Definition aus einem Volkslexikon: ›Jedes Instrument oder Gefüge, durch welches Kraft zur Anwendung kommt oder wirksam gemacht wird oder durch welches ein gewünschtes Resultat erzielt wird.‹ Gut – ist dann also ein Mensch nicht auch eine Maschine? Und Sie werden zugeben, daß er denkt – oder denkt, daß er denkt.«

»Wenn Sie meine Frage nicht beantworten wollen«, sagte

ich ziemlich gereizt, »warum sagen Sie es dann nicht? Alles, was Sie antworten, sind bloße Ausflüchte. Sie wissen ganz gut, daß ich, wenn ich ›Maschine‹ sage, nicht einen Menschen meine, sondern etwas, was der Mensch gemacht hat und was er beherrscht.«

»Sofern es nicht ihn beherrscht«, sagte er, während er plötzlich aufstand und aus dem Fenster sah, von wo es in der Finsternis einer stürmischen Nacht nichts zu sehen gab. Einen Augenblick später drehte er sich um und sagte lächelnd: »Verzeihen Sie mir, ich wollte keine Ausflüchte benutzen. Ich fand die Erklärung, die dieser Lexikonmensch abgibt, suggestiv und ganz brauchbar für eine Diskussion. Auf Ihre Frage kann ich mit Leichtigkeit auch eine direkte Antwort geben: ich glaube in der Tat, daß eine Maschine über die Arbeit nachdenkt, die sie verrichtet.«

Das war ›direkt‹ genug, allerdings. Es war ganz und gar nicht erfreulich, denn es war dazu angetan, den traurigen Verdacht zu bestätigen, daß die Hingabe, mit der Moxon in seiner Maschinenwerkstatt grübelte und experimentierte, ihm nicht sehr gutgetan hatte. Zunächst wußte ich, daß er an Schlaflosigkeit litt, und das ist nicht so ohne weiteres auszuhalten. Hatte es seinen Verstand angegriffen? Seine Antwort auf meine Frage schien mir damals ein Beweis dafür. Heute würde ich vielleicht anders darüber denken, aber damals war ich jünger, und zu den Segnungen, die der Jugend nicht versagt sind, gehört auch Ignoranz. Angespornt durch dieses starke Reizmittel für den Widerspruch, sagte ich:

»Und mit was, bitte, denkt sie eigentlich – in Ermangelung eines Gehirns?«

Die Antwort, die mit weniger Verzögerung als üblich kam, erfolgte in seiner Lieblingsform, nämlich als Gegenfrage: »Mit was denkt eine Pflanze – in Ermangelung eines Gehirns?«

»Aha, Pflanzen gehören also ebenfalls zur Klasse der Philosophen? Ich wäre entzückt, etwas von Ihren Konklusionen zu erfahren. Die Prämissen können Sie weglassen.«

»Vielleicht«, erwiderte er, anscheinend unberührt von meiner idiotischen Ironie, »wäre man imstande, aus ihren Handlungen auf ihre Erkenntnisse zu schließen. Ich will Ihnen die wohlbekannten Beispiele ersparen, von der sensitiven Mimose, von den verschiedenen insektenfressenden Blüten und von denen, deren Staubfäden sich herunterbiegen und ihre Pollen auf die hereinkriechenden Bienen streuen, damit sie andernorts weibliche Pflanzen damit befruchten. Aber hören Sie folgendes: An einer freien Stelle in meinem Garten habe ich eine Weinranke eingepflanzt. Als sie gerade eben aus der Erde kam, setzte ich einen Schritt von ihr einen Stecken in den Boden. Die Weinranke strebte sofort nach ihm hin, aber als sie ihn ein paar Tage später beinahe schon erreicht hatte, setzte ich ihn an eine andere Stelle. Sofort änderte die Ranke ihre Richtung, bildete einen scharfen Winkel und strebte wieder zu dem Stecken hin. Dieses Manöver wurde mehrmals wiederholt, aber schließlich gab die Weinranke, als wäre sie entmutigt, die Verfolgung auf, und indem sie weitere Versuche, sie abzulenken, ignorierte, bewegte sie sich auf einen kleinen Baum zu, der weiter weg stand und den sie dann erklomm.

Die Wurzeln des Eukalyptus verlängern sich auf der Suche nach Feuchtigkeit ganz unglaublich. Ein bekannter Gärtner berichtet, daß einmal eine in ein altes Wasserrohr hineinwuchs und dem Rohr folgte, bis sie zu einer Stelle kam, wo ein Stück von dem Rohr herausgebrochen war, um einer Mauer Platz zu machen, die man quer zu seinem Lauf gebaut hatte. Die Wurzel verließ das Rohr und folgte der Mauer, bis sie eine Lücke fand, wo ein Stein herausgefallen war. Sie wuchs hindurch, auf der anderen Seite der Mauer wieder hinunter, in den von ihr noch unerforschten Teil des Rohres hinein, und nahm ihre Wanderung wieder auf.«

»Und was wollen Sie mit alledem sagen?«

»Merken Sie denn nicht, was das bedeutet? Es zeigt das Bewußtsein der Pflanzen, es beweist, daß sie denken.«

»Selbst wenn es das bewiese – was weiter? Wir sprachen ja nicht von Pflanzen, sondern von Maschinen. Sie mögen teilweise aus Holz bestehen, aus Holz, das kein Leben mehr besitzt, oder auch ganz aus Metall sein. Können die Mineralien etwa auch denken?«

»Wie wollen Sie denn zum Beispiel sonst das Phänomen der Kristallisation erklären?«

»Ich erkläre es überhaupt nicht.«

»Weil Sie es nicht können, ohne zu bestätigen, was Sie ableugnen möchten, nämlich die sinnvolle Zusammenarbeit der sich zu Kristallen fügenden Elemente. Wenn Soldaten Linien formieren oder Schützengräben buddeln, nennt ihr es Vernunft, wenn Wildgänse beim Flug ein V bilden, redet ihr von Instinkt. Wenn die homogenen Atome eines Minerals, die sich frei in einer Lösung bewegen, sich zu mathematisch perfekten Figuren ordnen oder die Partikel von gefrorener Feuchtigkeit in die schönen, symmetrischen Formen von Schneeflocken, dann wißt ihr nichts zu sagen. Ihr habt noch nicht einmal einen Fachausdruck gefunden, hinter dem ihr eure gewaltige Torheit verstecken könnt.«

Moxon sprach mit ungewöhnlicher Lebhaftigkeit und großem Ernst. Als er innehielt, hörte ich aus dem anstoßenden Raum, der mir als seine ›Maschinenwerkstatt‹ bekannt war und den niemand außer ihm betreten durfte, einen merkwürdig hämmernden Ton, so, wie wenn jemand mit der Hand auf einen Tisch schlägt. Moxon hörte es im selben Augenblick, er sprang sichtlich erregt auf und eilte in den Raum, aus dem der Ton kam. Ich fand es sonderbar, daß irgend jemand anders dort drinnen sein sollte, und mein Interesse für meinen Freund – sicherlich gemischt mit einem Anflug unbefugter Neugierde – verführte mich, angestrengt zu horchen, wenn auch nicht am Schlüsselloch, wie ich froh bin versichern zu können. Ich hörte verworrene Geräusche wie von einem Kampf oder einer Balgerei. Der Fußboden schütterte, und deutlich hörte ich keuchendes Atmen und ein heiseres Flüstern: »Hol dich der Satan!« Danach war alles still, und nun kam Moxon zurück und sagte mit einem recht trüben Lächeln:

»Verzeihen Sie, daß ich Sie so plötzlich allein gelassen habe. Ich habe da drin nämlich eine Maschine, die ihre gute Laune verloren hat und gewalttätig geworden ist.«

Indem ich meine Augen unverwandt auf seine linke Wange heftete, über welche vier blutende, parallele Hautabschürfungen liefen, fragte ich:

»Wie wäre es, wenn Sie ihr die Nägel schneiden würden?«

Ich hätte mir den Spott ersparen können, denn er schenkte ihm gar keine Beachtung, sondern setzte sich wieder auf den Stuhl, von dem er aufgesprungen war, und führte den unterbrochenen Monolog fort, als ob gar nichts geschehen wäre:

»Natürlich halten Sie es nicht mit denjenigen – die ich einem Menschen von Ihrer Belesenheit nicht erst zu nennen brauche –, die gelehrt haben, daß alle Materie mit Empfindung begabt, daß jedes Atom ein lebendiges, fühlendes, bewußtes Wesen ist. Aber ich, ich halte es mit ihnen. So etwas wie tote, leblose Materie gibt es nicht: alles ist lebendig, alles durchdrungen von Kraft, wirkender und latenter Kraft, alles nimmt dieselben Kräfte in seiner Umgebung wahr und ist empfänglich für die Einflüsse höherer und subtilerer Kräfte, zu denen es in Beziehung gebracht werden kann, Kräfte, die in höher entwickelten Organismen leben, wie die des Menschen, wenn er sie zum Instrument seines Willens macht. Es absorbiert etwas von seiner Intelligenz und seinem Zielstreben – ja, mehr noch, wenn man die Kompliziertheit der daraus entstehenden Maschinen und ihrer Leistung in Rechnung setzt.

Erinnern Sie sich zufällig an Herbert Spencers Definition vom ›Leben‹? Ich habe sie vor dreißig Jahren gelesen. Soviel ich weiß, hat er sie wohl später geändert, aber in all diesen Jahren vermochte ich an kein einziges Wort zu denken, das mit Recht hätte geändert oder hinzugefügt oder gestrichen werden sollen. Es scheint mir nicht nur die beste, sondern die einzig mögliche Definition überhaupt.

›Leben‹, sagte er, ›ist eine bestimmte Kombination heterogener Veränderungen, simultan und fortschreitend zugleich, in Übereinstimmung mit äußeren Koexistenzen und Sequenzen.‹«

»Das definiert zwar das Phänomen«, sagte ich, »bietet aber keinen Hinweis auf seine Ursache.«

»Es ist alles«, erwiderte er, »was eine Definition überhaupt vermag. Wie Mill betont, kennen wir Ursache lediglich als vorausgegangenen Akt und Wirkung lediglich als Folge. Und von gewissen Phänomenen tritt eines niemals auf ohne ein anderes, das ihm ungleich ist: in Hinsicht auf die Zeit nennen wir das erste Ursache, das zweite Wirkung. Jemand, der schon öfter einen von einem Hund gehetzten Hasen gesehen hat, im übrigen aber weder Hasen noch Hunde kennt, würde den Hasen für die Ursache des Hundes halten.

Aber ich fürchte«, setzte er hinzu und lachte ganz ungezwungen, »daß mein Hase mich weit von der Spur meiner eigentlich verfolgten Beute abbringt: ich lasse mich aus Vergnügen an der Jagd, um ihrer selbst willen, gehen. Was ich Ihnen klarmachen wollte, ist, daß in Herbert Spencers Definition vom Leben die Tätigkeit einer Maschine einbezogen ist – es gibt in dieser Definition nichts, was nicht auf sie anwendbar wäre. Wenn laut diesem schärfsten Beobachter und tiefsten Denker ein Mensch, solange er sich betätigt, lebendig ist, dann ist es auch eine Maschine, während sie arbeitet. Als Erfinder und Konstrukteur von Maschinen weiß ich, daß das stimmt.«

Moxon schwieg lange und starrte gedankenverloren ins Feuer. Es wurde allmählich spät, und ich fand es an der Zeit zu gehen, aber irgendwie widerstrebte es mir, ihn in diesem einsamen Haus allein zu lassen – ganz allein, abgesehen von der Gegenwart irgendeines Wesens, über dessen Beschaffenheit meine Mutmaßungen nicht weiter reichten, als daß es unfreundlich war, vielleicht bösartig. Ich beugte mich zu ihm und fragte, indem ich ihm eindringlich in die Augen sah und mit der Hand auf die Tür zu seiner Werkstatt deutete:

»Moxon, wen haben Sie dort drinnen?«

Ein wenig zu meiner Überraschung lachte er leichthin und antwortete ohne Zögern:

»Niemanden. Der Vorfall, an den Sie denken, kam von meiner Dummheit, eine in Aktion befindliche Maschine zu verlassen, ohne daß sie etwas hatte, woran sie arbeiten konnte, während ich den langwierigen Versuch unternahm, Ihren Geist zu erleuchten. Wissen Sie vielleicht zufällig, daß das Bewußtsein ein Geschöpf des Rhythmus ist?«

»Ach, zum Kuckuck mit allen beiden!« rief ich, stand auf und ergriff meinen Mantel. »Ich gehe jetzt und wünsche Ihnen eine gute Nacht. Ich möchte bloß noch sagen: Ich hoffe, daß die Maschine, die Sie versehentlich in Tätigkeit gelassen haben, ihre Handschuhe anhat, wenn Sie es das nächste Mal nötig finden, sie anzuhalten.«

Ohne die Wirkung meiner Stichelei abzuwarten, verließ ich das Haus.

Regen fiel, und es herrschte tiefe Finsternis. Am Himmel, über dem dunklen Umriß eines Hügels, in dessen Richtung ich mir auf den wackligen Holzplanken des Bürgersteigs und über die morastige ungepflasterte Fahrstraße meinen Weg ertastete, sah ich die schwache Helligkeit der Stadtlichter, aber hinter mir war nichts zu sehen als ein einziges Fenster in Moxons Haus. Es leuchtete, wie mir schien, mit einer geheimnisvollen und schicksalhaften Bedeutung. Ich wußte, daß es ein vorhangloses Fenster in der Maschinenwerkstatt meines Freundes war, und bezweifelte nicht, daß er die Experimente fortsetzte, die er während seiner Bemühung, mich über mechanisches Bewußtsein und die Vaterschaft des Rhythmus zu belehren, unterbrochen hatte. So kurios und bis zu einem gewissen Grade komisch mir seine Ansichten damals vorkamen, konnte ich mich doch nicht ganz von dem Gefühl befreien, daß sie in irgendeiner tragischen Beziehung zu seinem Leben und Charakter ständen – vielleicht zu seinem Schicksal –, wenn ich auch nicht mehr der Meinung war, daß sie die Hirngespinste eines gestörten Geistes seien, denn – für was man seine Ansichten auch halten mochte – dafür war deren Darlegung viel zu logisch. Immer aufs neue kamen mir seine letzten Worte in den Sinn: »Bewußtsein ist ein Geschöpf des Rhythmus.« Kurz und bündig, wie die Feststellung war, fand ich sie jetzt unendlich reizvoll. Jedesmal, wenn sie mir jetzt wieder einfiel, wurde sie umfassender in ihrer Bedeutung und suggestiver in ihrer gedanklichen Tiefe. Hier steckt doch, dachte ich, tatsächlich ein Weg zur Entwicklung einer Philosophie. Wenn das Bewußtsein ein Produkt des Rhythmus ist, dann sind in der Tat alle Dinge bewußt, da alle Dinge Bewegung haben und jede Bewegung rhythmisch ist. Ich fragte mich, ob Moxon wohl die Wichtigkeit und Tragweite seines Gedankens erkannte – den ganzen Spielraum dieser folgenreichen Verallgemeinerung? Oder war er zu seinem philosophischen Glauben auf dem quälenden und unsicheren Wege der Beobachtung gelangt?

Dieser Glaube war freilich neu für mich, und zu ihm hatten mich Moxons sämtliche Erläuterungen keineswegs bekehrt. Aber jetzt schien es, als ob ringsum ein neues Licht leuchtete, gleich dem, das Saulus von Tarsus überkam, und dort draußen, mitten in Unwetter, Finsternis und Einsamkeit, widerfuhr mir, was Lewes ›die unendliche Vielfalt und das Erregende philosophischen Denkens‹ nennt. Ich frohlockte in einem ganz neuen Hochgefühl von Wissen, einem neuen Stolz der Erkenntnis. Meine Füße schienen die Erde kaum zu berühren, es war, als würde ich von unsichtbaren Flügeln aufgehoben und durch die Lüfte getragen.

Einem Impuls gehorchend, weiteres Licht zu empfangen von ihm, den ich nun als meinen Lehrer und Führer anerkannte, hatte ich mich unwillkürlich umgedreht, und fast ehe ich auch nur merkte, daß ich das getan hatte, war ich schon wieder vor Moxons Tür. Ich triefte vom Regen, fühlte aber kein Unbehagen. Da ich in meiner Aufregung die Klingel nicht fand, probierte ich instinktiv am Türknauf herum. Er ließ sich drehen, ich trat ein und ging die Treppe zu dem Zimmer hinauf, das ich vorhin erst verlassen hatte. Alles war dunkel und still, Moxon war, wie ich erwartet hatte, in dem anstoßenden Raum, der Maschinenwerkstatt. Ich tastete mich an der Wand entlang, bis ich die Verbindungstür fand, und klopfte laut, mehrere Male, bekam aber keine Antwort, was ich auf das Toben des Wetters draußen schob, denn es herrschte ein heftiger Sturm, der den Regen in Strömen gegen die dünnen Mauern prasseln ließ. Das Trommeln auf das Ziegeldach, das den unverschalten Raum überspannte, war laut und pausenlos.

Ich war nie aufgefordert worden, die Maschinenwerkstatt zu betreten, vielmehr war mir der Eintritt sogar ausdrücklich verwehrt worden, wie allen anderen Leuten, mit einer einzigen Ausnahme – einem geschickten Maschinenschlosser, von dem kein Mensch etwas wußte, außer daß sein Name Haley war und seine Gewohnheit, zu schweigen. Aber in meiner geistigen Erregtheit vergaß ich Diskretion und Anstand zugleich und machte die Tür auf. Was ich sah, beraubte mich augenblicklich sämtlicher philosophischer Spekulationen.

Moxon saß, das Gesicht mir zugewendet, hinter einem kleinen Tisch, auf dem eine Kerze stand und die einzige Beleuchtung des Raumes bildete. Gegenüber von Moxon, mit dem Rücken zu mir, saß eine zweite Person. Auf dem Tisch zwischen ihnen stand ein Schachbrett; die beiden spielten. Ich verstand wenig von Schach, aber daraus, daß nur noch ein paar Figuren auf dem Brett standen, war ersichtlich, daß das Spiel sich seinem Ende näherte. Moxon war in starker Spannung – nicht so sehr, wie mir schien, wegen des Spiels als wegen seines Gegners, den er dermaßen intensiv fixierte, daß er mich, obgleich ich direkt in seinem Blickfeld stand, überhaupt nicht bemerkte. Sein Gesicht war gespenstisch bleich, und seine Augen glitzerten wie Diamanten. Von seinem Gegenspieler sah ich nur den Rücken, aber das genügte vollkommen. Sein Gesicht hätte ich nicht sehr gern gesehen.

Anscheinend war er nicht größer als fünf Fuß und hatte Proportionen, die an die eines Gorillas erinnerten, ungeheuer breite Schultern, einen dicken, kurzen Nacken, einen breiten, flachen Kopf mit wirrem schwarzem Haar, und darauf gestülpt war ein hochroter Fes. Eine Tunika in derselben Farbe, eng um die Taille gegürtet, reichte bis zum Sitz, einer Kiste offenbar, auf der er saß, seine Beine und Füße waren nicht zu sehen. Sein linker Unterarm schien auf den Knien zu ruhen, er bewegte die Schachfiguren mit der rechten Hand, die unverhältnismäßig lang zu sein schien.

Ich war zurückgewichen und stand nun ein wenig seitlich der Tür und im Schatten. Hätte Moxon weiter geblickt als nur bis zum Gesicht seines Gegenübers, so hätte er jetzt nichts mehr sehen können, außer daß die Tür offenstand. Irgend etwas hielt mich davon ab, näher zu treten, wie auch davon, wegzugehen, irgendein Gefühl – ich weiß selbst nicht, woher es kam –, das mir sagte, daß ich in der Nähe einer drohenden Tragödie sei und meinem Freund vielleicht helfen könnte, wenn ich bliebe. Mit einem mir nur flüchtig bewußten Widerstreben gegen die Taktlosigkeit meines Verhaltens blieb ich also.

Das Spiel ging rasch vonstatten. Moxon sah kaum auf das Brett hin, wenn er seine Züge machte, und meinem geübten Auge schien es, als ob er die Figuren nur so schöbe, wie sie seiner Hand gerade am nächsten waren, und seine Bewegungen dabei waren rasch, nervös und ohne Präzision. Die Gegenzüge seines Mitspielers erfolgten ebenso prompt, wurden aber mit langsamen, gleichmäßigen, mechanischen und, wie ich fand, etwas theatralischen Gebärden des Armes ausgeführt, für mich eine harte Geduldsprobe. Das Ganze hatte etwas Unwirkliches, und ich merkte, daß ich zitterte. Aber ich war ja durchnäßt, und mir war kalt.

Zwei-, dreimal senkte der Fremde, nachdem er eine Figur gezogen hatte, leicht den Kopf, und ich beobachtete, daß Moxon dann jedesmal die Stellung seines Königs wechselte. Plötzlich kam mir der Gedanke, daß der Mann taub sei. Und dann der, daß es eine Maschine wäre, ein Schachspiel-Automat. Dann erinnerte ich mich, daß Moxon mir einmal gesagt hatte, er habe einen derartigen Mechanismus erfunden, obgleich ich ihn nicht so verstand, als hätte er die Erfindung auch wirklich ausgeführt. War vielleicht all sein Gerede über das Bewußtsein und die Intelligenz von Maschinen lediglich das Vorspiel zu einer schließlichen Vorführung seiner Erfindung, nur ein Trick, um die Wirkung der mechanischen Tätigkeit, bei meiner Unkenntnis ihrer Geheimnisse, um so eindringlicher zu gestalten?

Das war freilich ein nettes Ende all meiner intellektuellen Entzückungen, der ›unendlichen Vielfalt und des Erregenden‹ meines philosophischen Denkens! Ich war schon im Begriff, mich angewidert zurückzuziehen, als etwas geschah, was meine Neugierde fesselte. Ich bemerkte ein Zukken der breiten Schultern des Geschöpfs, als ob es erregt wäre, und das hatte etwas so Natürliches, so völlig Menschliches, daß es mich, bei meiner neuen Betrachtungsweise der Dinge, erschreckte. Aber das war noch nicht alles, sondern einen Augenblick später schlug es mit geballter Faust auf den Tisch. Über diese Bewegung schien Moxon sogar noch erschrockener als ich: er stieß seinen Stuhl ein bißchen zurück, wie in Alarm.

Jetzt hob Moxon, der an der Reihe war, die Hand hoch über das Schachbrett, stieß damit wie ein Sperber auf eine seiner Figuren nieder, und mit dem Ruf ›schachmatt!‹ sprang er rasch auf und stellte sich hinter seinen Stuhl. Der Automat saß regungslos da.

Der Wind draußen hatte sich jetzt gelegt, aber ich hörte, in immer kürzeren Abständen und zunehmend lauter werdend, das Rumpeln und Rollen von Donner. In den Zwischenpausen kam mir jetzt ein tiefes Summen oder Brummen zu Bewußtsein, das gleich dem Donner mit jedem Augenblick lauter und deutlicher wurde. Es schien aus dem Automaten zu kommen und war unverkennbar das Kreisen von Rädern. Es erweckte die Vorstellung von einem gestörten Mechanismus, der aus der hemmenden und regulierenden Tätigkeit irgendeines Kontrollteiles geraten war, eine Wirkung, wie sie etwa zu erwarten ist, wenn eine Sperrvorrichtung sich aus der Verzahnung eines Rades gelöst hätte.

Aber bevor ich zu langen Mutmaßungen über die Art des Geräusches Zeit hatte, wurde meine Aufmerksamkeit von den sonderbaren Bewegungen des Automaten selbst in Anspruch genommen. Schwache, aber unaufhörliche Konvulsionen schienen Besitz von ihm ergriffen zu haben. Körper und Kopf schüttelten sich wie bei einem Menschen, der einen Schlaganfall erlitten oder der Schüttelfrost hat, und dies steigerte sich mit jeder Sekunde, bis die ganze Gestalt in wilder Bewegung war. Plötzlich sprang sie auf die Füße, und mit einer so schnellen Bewegung, daß das Auge ihr kaum folgen konnte, schoß sie, beide Arme weit vorwärtsstoßend, in ihrer ganzen Länge über Tisch und Stuhl – die Stellung und Gebärde eines Tauchers. Moxon versuchte sich nach hinten zu werfen, außer Reichweite des gräßlichen Wesens zu kommen, aber es war zu spät: ich sah, wie sich dessen Hände um seine Kehle schlossen und wie seine eigenen Hände dessen Gelenke umklammerten. Dann fiel der Tisch um, die Kerze fiel zu Boden, erlosch, und alles war pechschwarz. Aber das Geräusch des Kampfes war schrecklich deutlich, und am fürchterlichsten von allem klangen die rauhen, gequetschten Töne, die von den Atemanstrengungen des Gewürgten herrührten. Ich stürzte zur Befreiung meines Freundes in die Richtung des infernalischen Getöses, hatte aber kaum auch nur das erste Hindernis in der Dunkelheit überwunden, als der ganze Raum in einem grellweißen Licht aufleuchtete, welches mir in Hirn, Herz und Gedächtnis ein unauslöschliches Bild von den Kämpfenden einbrannte, die am Boden lagen. Moxon unter dem anderen, die Kehle immer noch umklammert von den Eisenhänden, mit nach hinten gepreßtem Kopf, herausquellenden Augen und mit weit aufgerissenem Mund, aus dem die Zunge heraushing, und – grausiger Kontrast! – auf dem gemalten Gesicht seines Würger lag ein Ausdruck friedlichen und tiefen Nachdenkens, wie über die Lösung eines Schachproblems. So viel nahm ich wahr, dann war alles Nacht und Schweigen.

Drei Tage später kam ich im Krankenhaus wieder zu mir. Als sich in meinem zerrütteten Gehirn allmählich die Erinnerung an diese tragische Nacht einstellte, erkannte ich in meinem Pfleger Moxons vertrauten Mitarbeiter Haley. Er erwiderte meinen Blick, indem er lächelnd zu mir herantrat.

»Erzählen Sie mir–«, brachte ich mühsam heraus, »erzählen Sie mir alles.«

»Gern«, sagte er. »Sie wurden bewußtlos aus einem brennenden Haus getragen, aus Moxons Haus. Niemand weiß, wie Sie dort hingeraten waren. Vielleicht werden Sie ein paar Erklärungen abgeben müssen. Die Ursache des Brandes ist ebenfalls mysteriös. Meine eigene Ansicht ist, daß das Haus vom Blitz getroffen wurde.«

»Und Moxon?«

»Wurde gestern begraben. Das, was von ihm übrig war.«

Offenbar konnte dieser zurückhaltende Mensch sich gelegentlich auch aussprechen. Jedenfalls ließ er sich herbei, einem Kranken erschütternde Neuigkeiten mitzuteilen. Nach einigen Augenblicken heftigsten seelischen Schmerzes wagte ich eine weitere Frage.

»Wer hat mich gerettet?«

»Na ja – wenn es Sie interessiert: ich.«

»Danke, Mister Haley, und Gott segne Sie dafür. Haben Sie auch dies charmante Produkt Ihrer Kunstfertigkeit gerettet, den automatischen Schachspieler, der seinen Erfinder ermordet hat?«

Der Mann schwieg lange und wandte sich von mir weg. Dann sah er mich wieder an und fragte eindringlich:

»Das wissen Sie?«

»Allerdings«, antwortete ich, »ich war dabei, als es geschah.«

Das ist viele Jahre her. Heute befragt, würde ich weniger überzeugt antworten.

Eine Straße im Mondschein

1. Bericht des Joel Hetman junior

Ich bin der unglücklichste aller Menschen. Wohlhabend, angesehen, von guter Bildung, gesund, und mit noch manchen anderen Vorzügen versehen, die von denen, die sie besitzen, gering geachtet, von denen aber, die sie nicht besitzen, heiß begehrt werden, denke ich manchmal, daß ich weniger unglücklich wäre, wenn ich all diese Vorzüge nicht besäße. Dann könnte sich jedenfalls der Kontrast zwischen meinen äußeren Umständen und meinem Innenleben nicht ständig so qualvoll bemerkbar machen. Unter der Belastung von Entbehrungen und notwendigen Mühen würde ich vielleicht manchmal das dunkle Geheimnis vergessen, das allen Versuchen, es aufzuklären, nur spottet.

Ich bin das einzige Kind von Joel und Julia Hetman. Der erstere war ein wohlhabender Farmer, die zweite eine schöne und vollkommene Frau, der er mit leidenschaftlicher, aber, wie ich jetzt weiß, auch eifersüchtiger und anspruchsvoller Liebe zugetan war. Das Heim meiner Familie lag ein paar Meilen vor Nashville in Tennessee und war ein großes, unregelmäßiges Gebäude, das keiner bestimmten Stilrichtung der Architektur angehörte. Ein wenig abseits der Straße lag es in einem Park voller Bäume und Büsche.

Zu der Zeit, von der ich hier berichte, war ich neunzehn Jahre alt und Student an der Yale-Universität. Eines Tages erhielt ich von meinem Vater ein so dringliches Telegramm, daß ich, um seinen nicht näher begründeten Wunsch zu erfüllen, sofort heimreiste. Am Bahnhof von Nashville erwartete mich ein entfernter Verwandter und nannte mir den Grund für meine Abberufung: Meine Mutter war barbarisch ermordet worden. Weshalb und von wem, wußte niemand; die Umstände jedoch waren wie folgt:

Mein Vater war eines Tages nach Nashville gegangen mit der Absicht, am nächsten Nachmittag zurückzukehren. Irgend etwas ließ ihn sein damaliges Geschäft nicht zu Ende führen, und so wanderte er noch in der gleichen Nacht zurück und kam kurz vor der Morgendämmerung an. Bei seiner Aussage vor dem Leichenbeschauer gab er an, er habe keinen Hausschlüssel gehabt, und da er die schlafende Dienerschaft nicht habe wecken wollen, sei er ohne klar zu bestimmende Absicht um das Haus herum zu dessen Rückseite gegangen. Als er um eine Ecke des Gebäudes bog, hörte er ein Geräusch, als ob eine Tür leise geschlossen würde, und sah undeutlich in der Dunkelheit die Gestalt eines Mannes, der sofort zwischen den Bäumen des Parks verschwand. Eine rasche Verfolgung und kurze Suche – in der Annahme, daß der Eindringling eine Dienerin heimlich besucht habe – blieben erfolglos. So trat mein Vater zu der unverschlossenen Tür ein und stieg die Treppe zu meiner Mutter Zimmer empor. Dessen Tür stand offen, und als mein Vater in die schwarze Dunkelheit trat, stürzte er der Länge lang über einen schweren Gegenstand auf den Fußboden. Ich darf mir die Einzelheiten hier ersparen; es handelte sich um meine arme Mutter, die durch menschliche Hände erwürgt worden war!

Im Hause fehlte nichts; die Diener hatten kein Geräusch gehört, und mit Ausnahme jener schrecklichen Fingerspuren an der Kehle seiner toten Frau – mein Gott! daß ich sie doch vergessen könnte! – wurde niemals mehr eine Spur von dem Mörder gefunden.

Ich gab mein Studium auf und blieb bei meinem Vater, der sich natürlich sehr veränderte. Schon immer von gesetztem und schweigsamem Charakter, verfiel er jetzt einer so tiefen Niedergeschlagenheit, daß nichts mehr seine Aufmerksamkeit auf längere Zeit fesseln konnte, dagegen alles – ein Schritt, das plötzliche Schließen der Tür – in ihm ein jähes krampfartiges Interesse erweckte. Man hätte diesen Zug fast Angst nennen können. Bei jeder kleinen Überraschung der Sinne fuhr er sichtlich zusammen und wurde oft bleich; und danach verfiel er wieder in seine melancholische Gleichgültigkeit, die tiefer war als vorher. Ich meine, er war einfach ein Nervenwrack. Was mich angeht, so war ich damals jünger als jetzt – und damit ist alles gesagt. Jugend bedeutet *Gilead*, wo Balsam für jede Wunde fließt. Oh, daß ich doch noch einmal in jenem gelobten Land wandeln könnte! Mit dem Leid noch unbekannt, wußte ich nicht, wie ich meinen Verlust bewerten mußte; die Stärke des Schlages konnte ich nicht richtig einschätzen.

Eines Nachts, einige Monate nach jenem schrecklichen Ereignis, gingen mein Vater und ich von der Stadt her nach Hause. Der volle Mond stand seit drei Stunden über dem östlichen Horizont; und über der ganzen Landschaft lag die feierliche Stille einer Sommernacht. Unsere Schritte und das nicht endenwollende Lied der Grillen waren die einzigen Laute. Die schwarzen Schatten der Bäume am Straßenrand lagen quer über der Straße, die in den kurzen Strekken dazwischen geisterhaft weiß schimmerte. Als wir das Tor zu unserem Anwesen erreichten, das ganz im Schatten lag und in dem kein Licht leuchtete, blieb mein Vater plötzlich stehen, packte mich am Arm und sagte kaum vernehmbar:

»Gott! Gott! Was ist das?«

»Ich höre nichts«, erwiderte ich.

»Aber sieh! Sieh doch!« sagte er und wies auf die Straße vor uns.

Ich sagte: »Da ist nichts. Komm, Vater, laß uns hineingehen – du bist krank.«

Er hatte meinen Arm wieder losgelassen und stand starr und bewegungslos in der Mitte der vom Mond beschienenen Straße. Er starrte vor sich hin wie einer, der seiner Sinne beraubt ist. Sein Gesicht zeigte in dem Mondlicht eine unsagbar qualvolle Blässe und Starre. Ich zog sanft an seinem Ärmel, aber er hatte meine Anwesenheit vergessen. Langsam begann er rückwärts zu gehen, Schritt um Schritt, und wandte seine Blicke nicht für eine Sekunde von dem ab, was er sah – oder zu sehen glaubte. Ich drehte mich halb um und wollte ihm folgen, blieb aber unentschlossen stehen. Ich kann mich dabei nicht an ein Gefühl der Furcht erinnern, falls nicht ein plötzlicher Schauder dessen physische Bekundung war. Mir schien, als ob ein eisiger Wind mein Gesicht gestreift und meinen Körper von Kopf bis Fuß eingehüllt hätte; ich konnte seine Bewegung sogar in meinem Haar spüren.

In diesem Augenblick wurde meine Aufmerksamkeit von einem Licht, das plötzlich aus einem oberen Fenster unseres Hauses fiel, abgelenkt. Eine Dienerin war durch was auch immer für eine mysteriöse Vorahnung des Bösen geweckt worden, und einem Drang gehorchend, den sie niemals mehr erklären konnte, hatte sie eine Lampe angezündet. Als ich mich umdrehte, um nach meinem Vater zu sehen, war er verschwunden, und in all den Jahren, die seitdem vergingen, drang über die Grenze der Mutmaßung aus dem Reich des Unbekannten kein Geflüster über sein Schicksal.

2. Bericht des Caspar Grattan

Heute hält man mich noch für lebendig: morgen wird hier in diesem Zimmer ein fühlloser Lehmklumpen liegen, der nur zu lange ich war. Falls irgend jemand das Tuch vom Gesicht dieses unschönen Gegenstandes heben wird, so nur um einer krankhaften Neugier willen. Einige werden zweifellos noch weitergehen und fragen: »Wer war er?« In diesem Bericht gebe ich die Antwort, die zu geben ich fähig bin – Caspar Grattan. Sicher sollte das genügen. Dieser Name hat meinen geringen Bedürfnissen während mehr als zwanzig Jahren eines Lebens von unbekannter Länge gedient. Es ist wahr, ich gab ihn mir selbst, aber da ich keinen anderen besaß, hatte ich das Recht dazu. In dieser Welt muß man einen Namen haben; er verhindert Unklarheiten, selbst wenn er keine Identität begründet. Manche Menschen sind nur durch Zahlen bezeichnet, was ebenfalls eine unzureichende Unterscheidung zu sein scheint.

Eines Tages ging ich zum Beispiel eine Straße in einer weit von hier entfernten Stadt entlang, als ich zwei Männern in Uniform begegnete, von denen einer kurz stehenblieb, mir neugierig ins Gesicht blickte und zu seinem Begleiter sagte: »Dieser Mann sieht aus wie 767.« Etwas an dieser Zahl kam mir vertraut und entsetzlich vor. Durch einen unbeherrschbaren Impuls gedrängt, sprang ich in eine Seitenstraße und rannte davon, bis ich auf einem Feldweg erschöpft niederfiel.

Niemals wieder habe ich diese Zahl vergessen, und immer, wenn sie mir ins Gedächtnis kommt, wird sie begleitet von der Erinnerung an durcheinandergeredete Zoten, dröhnendes, freudloses Gelächter und das Schmettern von Eisentüren. So sage ich denn, daß ein Name, auch ein selbstgewählter, besser ist als eine Zahl. Im Register des Urnenfeldes werde ich bald beides haben. Was für ein Reichtum!

Denjenigen, der diese Aufzeichnung findet, muß ich um Nachsicht bitten. Es handelt sich nicht um die Geschichte meines Lebens; das Wissen, um diese niederzuschreiben, ist mir versagt. Dies ist nur ein Bericht von einzelnen und anscheinend unzusammenhängenden Erinnerungen, von denen einige so klar einander folgen wie Brillantperlen auf einem Faden; andere aber sind weit zurückliegend und merkwürdig und erscheinen wie rote Träume mit leeren und schwarzen Zwischenräumen – wie Hexenfeuer, die still und rot in einer weiten Einöde glühen.

Während ich am Ufer der Ewigkeit stehe, wende ich mich um zu meinem letzten Blick landeinwärts auf den Weg, den ich bis hierher ging. Hinter mir liegen zwanzig Jahre mit deutlich erkennbaren Fußabdrücken – den Abdrücken blutender Füße. Die Spuren führen durch Armut und Qual, sind taumelig und unsicher wie von einem, der unter einer schweren Last dahinwankt – vereinsamt, freudlos, melancholisch, langsam.

Oh, diese dichterische Prophezeiung meines Daseins – wie bewundernswert, wie gräßlich bewundernswert!

Weiter zurück, vor dem Anfang dieser Via Dolorosa – dieses Epos des Leidens voller Episoden der Sünde – sehe ich nichts mehr klar; mein Weg kommt aus einer Wolke heraus. Ich weiß, daß er nur zwanzig Jahre durchläuft, und doch bin ich ein alter Mann.

Man erinnert sich nicht an seine Geburt; es muß einem davon erzählt werden. Mit mir aber war es anders; das Leben kam zu mir mit vollen Händen und stattete mich gleich von Anbeginn mit all meinen Fähigkeiten und Kräften aus. Von einer früheren Existenz weiß ich nicht mehr als andere, denn alle besitzen nur stammelnde Andeutungen, die Erinnerungen und vielleicht auch Träume sein mögen. Ich weiß nur, daß mein erstes Bewußtwerden ohne Überraschung oder Mutmaßungen aufgenommen wurde. Ich fand mich einfach in einem Wald laufen, nur halb angezogen, fußkrank, unaussprechlich müde und hungrig. Als ich ein Farmhaus erblickte, trat ich näher und bat um Essen, das mir von einem Mann gegeben wurde, der nach meinem Namen fragte. Ich kannte ihn selbst nicht, wußte aber, daß alle Menschen Namen hatten. Sehr verwirrt zog ich mich zurück, und da die Nacht hereinbrach, legte ich mich im Wald nieder und schlief.

Am nächsten Tag kam ich in eine große Stadt, deren Namen ich nicht nennen werde. Auch will ich weitere Einzelheiten dieses Lebens, das jetzt enden soll, nicht aufzählen. Es war ein Wanderleben, auf dem mich immer und überall das mächtige Bewußtsein von einem als Strafe für ein Unrecht begangenen Verbrechen und einem Schrecken als Strafe für dieses Verbrechen verfolgte. Ich will sehen, ob ich das in einen Bericht fassen kann.

Mir scheint, als ob ich einst in der Nähe einer großen Stadt gelebt hätte, wo ich ein wohlhabender Pflanzer und mit einer Frau verheiratet war, die ich liebte, der ich aber mißtraute. Wir hatten, so scheint es mir manchmal, ein Kind, einen vielversprechenden jungen Mann mit glänzenden Gaben. Er bleibt stets eine vage Gestalt, ist nie klar umrissen, sondern verschwindet häufig ganz aus dem Bild.

Eines unglücklichen Abends kam es mir in den Sinn, die Treue meiner Frau in einer vulgären und gewöhnlichen Weise, die jedem vertraut ist, der Tatsachenliteratur und Dichtung kennt, zu prüfen. Ich begab mich in die Stadt und sagte meiner Frau, daß ich bis zum nächsten Nachmittag abwesend sein würde. Ich kehrte jedoch noch vor Tagesanbruch zurück und ging zur Rückseite des Hauses, um dort durch eine Tür einzutreten, die ich insgeheim so hergerichtet hatte, daß sie verschlossen zu sein schien, es aber nicht wirklich war. Als ich mich dieser Tür näherte, hörte ich, wie sie leise geöffnet und geschlossen wurde, und ich sah einen Mann sich in die Dunkelheit davonstehlen. Mit Mordgedanken im Herzen sprang ich ihm nach, aber er war verschwunden, ohne auch nur das Pech gehabt zu haben, von mir erkannt worden zu sein. Heute kann ich mich manchmal nicht einmal mehr dazu überreden, daß es ein menschliches Wesen war.

Verrückt vor Eifersucht und Wut, blind und bestialisch in all den elementaren Leidenschaften beleidigter Männlichkeit, drang ich in das Haus ein und sprang die Treppe empor zum Zimmer meiner Frau. Die Tür war verschlossen, aber da ich auch ihr Schloß präpariert hatte, drang ich leicht ein und stand trotz der schwarzen Dunkelheit sofort neben dem Bett meiner Frau. Meine tastenden Hände sagten mir, daß das Bett zwar zerwühlt, aber leer sei.

»Sie ist unten«, dachte ich, »und durch mein Eindringen erschreckt, ist sie mir in der Dunkelheit der Halle ausgewichen!«

Mit der Absicht, sie zu suchen, drehte ich mich um und wollte das Zimmer verlassen, nahm aber eine falsche Richtung – die richtige! – und stieß mit dem Fuß gegen die Frau, die in einer Ecke des Zimmers kauerte. Sofort waren meine Hände an ihrer Kehle und erstickten einen Schrei. Meine Knie drückten auf ihren kämpfenden Körper, und dort in der Dunkelheit, ohne ein Wort der Anklage oder des Vorwurfs, würgte ich sie, bis sie tot war!

Damit endet mein Traum. Ich habe ihn in der Vergangenheit erzählt, aber die Gegenwartsform würde ihm mehr entsprechen, denn immer und immer wieder von neuem findet diese düstere Tragödie in meinem Bewußtsein statt. Hin und her überlege ich meinen Plan, erleide die Bestätigung meines Mißtrauens und vergelte das Unrecht. Dann aber ist alles leer, und später schlägt der Regen gegen die schmutzigen Fenster, oder der Schnee fällt auf meine armselige Kleidung, Räder rattern in den schmutzigen Straßen, wo mein Leben in Armut und mit gemeinen Arbeiten dahinläuft. Wenn da jemals Sonnenschein war, so erinnere ich mich dessen nicht mehr; wenn es Vögel gegeben hat, so sangen sie mir nicht.

Dann habe ich noch einen anderen Traum, eine andere Vision von einer Nacht. Ich stehe im Schatten neben einer mondlichtbeschienenen Straße. Ich bin mir der Anwesenheit eines anderen Menschen bewußt, aber wer das ist, kann ich nicht recht erkennen. Im Schatten eines großen Gebäudes entdecke ich das Schimmern weißer Gewänder; dann steht die Gestalt einer Frau vor mir auf der Straße – meine ermordete Frau! Tod steht in ihrem Antlitz; an ihrer Kehle sind Würgemale. Die Augen hat sie mit unendlichem Ernst, der weder Vorwurf noch Haß oder Drohung, noch irgend etwas anderes, weniger Schrecklicheres als nur Erkennen ist, auf mich gerichtet.

Vor dieser furchtbaren Erscheinung ziehe ich mich voller Entsetzen zurück – einem Entsetzen, das noch beim Schreiben auf mir lastet.

Ich kann nicht länger die Worte formen! Da! Sie...

Jetzt bin ich wieder ruhig, aber es gibt nun nichts mehr zu berichten: Der Vorfall endet, wo er begann – in Dunkelheit und Zweifel.

Ja, ich habe wieder die Herrschaft über mich selbst gewonnen, bin wieder der »Kapitän meiner Seele«. Aber das bedeutet keinen Aufschub; es ist nur ein anderes Stadium und eine andere Phase der Sühne. Meine Buße, die im Grad unveränderlich bleibt, ändert sich jedoch in der Art: Eine ihrer Varianten ist die Ruhe. Letztlich handelt es sich nur um ein lebenslängliches Urteil. »Auf Lebenszeit in die

Hölle« – das wäre freilich eine törichte Strafe, denn der Angeklagte kann ihre Dauer selbst wählen. Heute geht meine Frist zu Ende.

Jedem und allen wünsche ich den Frieden, den ich nicht kannte.

3. Bericht der verstorbenen Julia Hetmann, durch das Medium Bayrolles abgegeben

Ich hatte mich frühzeitig zurückgezogen und war fast augenblicklich in einen friedlichen Schlummer gefallen, aus dem ich mit jenem unbestimmbaren Gefühl der Gefahr erwachte, das, wie ich glaube, in jenem anderen, früheren Leben eine allgemeine Erfahrung ist. Von der Bedeutungslosigkeit dieses Gefühls war ich zwar völlig überzeugt, aber dadurch bannte ich es nicht. Mein Mann, Joel Hetman, war fort; die Dienerschaft schlief in einem anderen Teil des Hauses. Dies waren jedoch vertraute Bedingungen, die mich niemals vorher beunruhigt hatten. Trotz allem steigerte sich die seltsame Furcht zu so unerträglichem Ausmaß, daß sie mein Zögern besiegte, ich mich aufrichtete und die Lampe neben meinem Bett anzündete. Im Gegensatz zu meiner Erwartung verschaffte mir das keine Erleichterung; das Licht wirkte eher wie eine zusätzliche Gefahr, denn ich überlegte mir, daß es unter der Tür hervorscheinen und meine Anwesenheit dem Bösen, was auch immer draußen schleichen möchte, verraten würde. Ihr, die ihr noch im Fleisch wandelt und den Schrecken der Einbildungskraft unterworfen seid, stellt euch vor, wie entsetzlich eine Furcht sein muß, die Sicherheit vor den bösen Dingen der Nacht in der Dunkelheit sucht! Das bedeutet, nahe an einen unsichtbaren Feind heranzuspringen, und ist die Strategie der Verzweiflung!

Ich löschte also die Lampe wieder, zog die Bettdecke über den Kopf und lag zitternd und schweigend da, unfähig zu schreien und das Beten vergessend. In diesem erbarmungswürdigen Zustand muß ich stundenlang, wie ihr es nennt, gelegen haben. Für uns freilich gibt es keine Stunden, keine Zeit.

Endlich kam es – ein leises, unregelmäßiges Geräusch von Schritten auf der Treppe! Sie waren langsam, zögernd, unsicher, wie von jemandem, der den Weg nicht sehen kann; meinem verwirrten Verstand erschien das nur um so entsetzlicher, da es sich um die Annäherung irgendeines blinden und seelenlosen Unheils handeln mußte, mit dem man nicht verhandeln konnte. Ich glaubte sogar, daß ich die Lampe in der Halle brennen gelassen hätte und das Tappen dieser Kreatur also bewies, daß es sich um ein Monstrum der Nacht handeln müßte. Dies war töricht und mit meiner vorigen Furcht vor dem Licht unvereinbar, aber was will man machen? Die Furcht hat keinen Verstand, sie ist ein Narr. Das düstere Zeugnis, das sie ablegt, und der feige Rat, den sie einflüstert, stehen in keinem Zusammenhang. Wir wissen dies wohl, wir, die wir in das Reich des Schreckens eingegangen sind und in ewiger Dämmerung durch die Szenerie unseres früheren Lebens schleichen, unsichtbar selbst untereinander und doch uns an einsamen Orten versteckend; nach Rede mit unseren Lieben verlangend und doch stumm und vor ihnen so viel Angst empfindend wie sie vor uns. Manchmal allerdings wird unser Unvermögen beseitigt und das Gesetz aufgehoben: Durch die Mächte der Liebe oder des Hasses, die den Tod nicht kennen, brechen wir den Zwang und werden von denen gesehen, die wir warnen, trösten oder strafen wollen. Welche Gestalt wir für sie zu haben scheinen, wissen wir nicht; wir wissen nur, daß wir selbst jene erschrecken, die wir am meisten zu trösten wünschen und von denen wir am meisten Zärtlichkeit und Mitgefühl ersehnen.

Vergebt, ich bitte euch, einer, die einmal eine Frau war, diese inkonsequente Abschweifung. Ihr, die ihr uns auf diese unvollkommene Weise befragt – ihr versteht nichts. Ihr stellt törichte Fragen über unbekannte oder verbotene Dinge. Vieles, was wir wissen und in unserer Sprache mitteilen könnten, ist bedeutungslos in eurer Sprache. Wir müssen uns mit euch durch einen stammelnden Geist in Verbindung setzen und durch jene kleinen Bruchstücke unserer Sprache, die auch ihr verstehen könnt. Ihr glaubt, wir seien von einer anderen Welt. Nein, wir haben Kenntnis von keiner anderen Welt als der euren, obwohl sie für uns kein Sonnenlicht, keine Wärme, keine Musik, kein Lachen, kein Vogelsingen noch irgendeine Gesellschaft mehr birgt. O Gott! Was bedeutet es alles, ein Geist zu sein, zitternd und geduckt in einer veränderten Welt zu wandeln, eine Beute von Sorge und Verzweiflung!

Nein, ich starb nicht vor Furcht: Das Ding drehte um und ging davon. Ich hörte es die Treppen hinuntersteigen, sehr eilig, wie mir schien, als ob es selbst von plötzlicher Furcht erfaßt worden sei. Dann stand ich auf, um nach Hilfe zu rufen. Kaum hatte meine zitternde Hand den Türknauf gefunden, als ich – gnädiger Himmel! – es zurückkommen hörte. Seine Schritte, als es die Treppe heraufstieg, waren jetzt schnell, schwer und laut; sie erschütterten das Haus. Ich floh in eine Ecke des Zimmers und sank auf den Fußboden. Ich versuchte zu beten, versuchte auch den Namen meines geliebten Mannes zu rufen. Dann hörte ich, wie die Tür aufgerissen wurde. Es trat eine Pause der Bewußtlosigkeit ein, und als ich wieder zu mir kam, fühlte ich einen würgenden Griff an meiner Kehle, fühlte, wie meine Arme schwächlich gegen etwas schlugen, das mich rückwärts trug, fühlte meine Zunge sich zwischen den Zähnen vorschieben! Und dann glitt ich in dieses andere Leben hinüber.

Nein, ich habe keine Kenntnis davon, wer es war. Die Summe dessen, was wir bei unserem Tod wissen, ist auch das Maß dessen, was wir später von all dem wissen, das vor sich ging. Von der früheren Existenz kennen wir vieles, aber kein neues Licht fällt auf irgendeine ihrer Seiten; ins Gedächtnis eingeschrieben ist alles, was wir lesen können. Hier gibt es keine Höhen der Wahrheit, von denen man die wirre Landschaft jenes zweifelhaften Reiches überschauen könnte. Wir leben noch immer im Tal der Schatten, schleichen auf seinen trostlosen Plätzen umher, spähen durch Sträucher und Dickichte auf seine verrückten, boshaften Bewohner. Wie sollten wir neue Kenntnisse über jene verblassende Vergangenheit haben?

Was ich jetzt berichte, geschah während einer Nacht. Wir wissen, wann es Nacht ist, denn dann kehrt ihr in eure Häuser zurück, und wir können uns furchtlos aus unseren Verstecken zu unseren alten Heimen wagen, zu den Fenstern hineinblicken, selbst eintreten und auf eure Gesichter blikken, während ihr schlaft. Ich hatte mich lange in der Nähe des Gebäudes aufgehalten, wo ich so grausam zu dem gemacht wurde, was ich jetzt bin. Ich tat das, was wir häufig tun, wenn jemand, den wir lieben oder hassen, zurückgeblieben ist. Vergebens hatte ich nach einer Methode gesucht, mich bemerkbar zu machen, oder nach einem Weg, meinem Mann und meinem Sohn meine fortdauernde Existenz, meine große Liebe und mein nagendes Mitleid mitzuteilen. Immer, wenn sie schliefen, erwachten sie zu früh, oder wenn ich es in meiner Verzweiflung wagte, mich ihnen während des Wachseins zu nähern, richteten sie die schrecklichen Augen der Lebenden auf mich und entsetzten mich durch jene Blicke, die ich doch nur gesucht hatte.

Während jener Nacht sah ich mich ergebnislos nach ihnen um, fürchtete aber zugleich, sie zu finden. Sie waren nirgends im Haus, auch nicht im mondlichtübergossenen Park. Obwohl uns die Sonne für immer untergegangen ist, bleibt uns doch der Mond, ob nun voll oder als Sichel. Manchmal leuchtet er bei Nacht, manchmal bei Tag, aber immer geht er auf und unter wie in jenem anderen Leben.

Ich verließ den Park und trat ziellos und trauernd in das weiße Licht und das Schweigen auf der Straße. Plötzlich hörte ich die Stimme meines armen Mannes. Er schrie vor jähem Erstaunen, worauf ihm mein Sohn beruhigend und überredend antwortete, und da, im Schatten einer Baumgruppe, standen sie – nah, so nah! Ihre Gesichter waren mir zugewandt, die Augen des älteren Mannes auf mich gerichtet. Er sah mich – endlich, endlich sah er mich! Während mir das bewußt wurde, wich aller Schrecken von mir wie ein böser Traum. Der Todeszwang war gebrochen: Liebe hatte das Gesetz bezwungen! Verrückt vor Freude schrie ich – ich muß geschrien haben: »Er sieht mich, er sieht mich; er wird mich verstehen!« Dann faßte ich mich wieder, trat lächelnd und meiner Schönheit bewußt vor, um mich seinen Armen hinzugeben, ihn mit Zärtlichkeiten zu trösten und, mit meines Sohnes Hand in der meinigen, Worte zu sprechen, die das zerrissene Band zwischen den Lebenden und den Toten wieder knüpfen sollten.

Aber oh, oh! Sein Gesicht wurde weiß vor Furcht, seine Augen starrten wie die eines gehetzten Tieres. Er wich vor mir zurück, während ich vortrat, und zuletzt drehte er sich um und floh in den Wald – wohin, das zu wissen ist mir nicht gegeben.

Meinen armen Jungen, der doppelt verzweifelt zurückblieb, habe ich niemals meine Anwesenheit spüren lassen können. Bald wird auch er in dieses unsichtbare Leben überwechseln und auf ewig für mich verloren sein.

Eine Mittelzehe des rechten Fußes

I

Es ist allgemein bekannt, daß es in dem alten Manton-Haus spukt. In der ganzen Gegend gibt es wohl keinen vernünftigen, unvoreingenommenen Menschen, der an dieser Tatsache zweifelt. Nur unverbesserliche Skeptiker können sich einer so offensichtlichen Wahrheit verschließen.

Zweierlei Beweise gibt es für das Vorhandensein von Gespenstern in diesem Haus; nämlich die Aussagen glaubwürdiger und unparteiischer Augenzeugen, und dann das Haus selbst. Erstere mögen aus diesem oder jenem Grund abgelehnt werden; aber was jeder selbst beobachten kann, muß doch wohl Beweiskraft haben.

Seit mehr als zehn Jahren wird das Manton-Haus von keinem Sterblichen mehr bewohnt und verfällt mit all seinen Nebengebäuden von Jahr zu Jahr mehr. So bietet es schon von außen einen trostlosen und gespenstischen Anblick. Es steht an der einsamsten Stelle der Landstraße zwischen Marshall und Harriston, umgeben von den Resten einer morschen Umzäunung und wild wucherndem Gestrüpp. In den meisten Fenstern stecken nur noch Scherben der ursprünglichen Glasscheiben, als Zeichen des Unwillens der männlichen Jugend dieser Gegend über das unbewohnte Wohnhaus. Das Gebäude ist zweistöckig und fast quadratisch; die einzige Haustür befindet sich in der Vorderfront, zwischen brettervernagelten Fenstern. Durch die ungeschützten Fenster des Obergeschosses haben Licht und Regen freien Zugang. Gras und Unkraut wuchern aus Mauerspalten. Kurz, das Gebäude sieht genauso aus, wie man sich gemeinhin ein Gespensterhaus vorstellt. Zweifellos hat zu den Gerüchten über die übernatürlichen Vorgänge in diesem Haus nicht unwesentlich ein tragisches Ereignis beigetragen, das sich vor etwa zehn Jahren an diesem Ort begab, als nämlich der damalige Besitzer und letzte Bewohner, Mr. Manton, eines Nachts seiner Frau und seinen beiden kleinen Kindern die Kehle durchschnitt und noch in derselben Nacht aus der Gegend verschwand.

An diesem Haus fuhr an einem Sommerabend ein Wagen mit vier Männern vor. Drei von ihnen stiegen sofort aus, und einer davon band das Gespann an dem letzten Pfosten fest, der von dem alten Zaun übriggeblieben war. Der vierte Mann blieb im Wagen sitzen.

»Kommen Sie«, sagte derjenige, der die Pferde angebunden hatte, während die beiden anderen bereits auf die Haustür zugingen. »Wir sind am Ziel.«

Doch der Mann im Wagen rührte sich noch immer nicht. »Bei Gott!« knirschte er. »Das ist eine Falle! Und Sie sind mit im Komplott!«

Der andere zuckte die Schultern, und in seiner Stimme schwang so etwas wie Verachtung mit. »Erinnern Sie sich bitte, daß die Wahl des Ortes mit Ihrem Einverständnis der Gegenseite überlassen wurde. Wenn Sie sich allerdings vor Gespenstern fürchten...«

»Ich fürchte mich vor nichts und niemand!« Damit sprang der Mann aus dem Wagen und folgte mit einem Fluch den anderen.

Mit einiger Mühe öffnete man die Haustür, deren Schloß und Angeln verrostet waren. Dann traten alle ein. Drinnen war es dunkel, doch einer der Männer hatte eine Kerze und Streichhölzer mitgebracht und machte Licht. Dann öffnete er eine Tür zur Rechten, die in ein großes, leeres Zimmer führte. Dicker Staub bedeckte den Boden und dämpfte ihre Schritte. Von der Decke hingen Spinnweben wie zerfetzte Spitzenschleier herab und wehten leise im Luftzug. Der

Raum hatte zwei nebeneinanderliegende Fenster, durch die man aber nichts weiter sehen konnte als die groben Bretter, mit denen sie von außen vernagelt waren. Es gab keine Feuerstelle und keine Möbel; außer dem Staub und den Spinnweben waren die vier Männer die einzigen Objekte, die nicht zum Gebäude gehörten.

Merkwürdig genug nahmen sie sich im flackernden Licht der Kerze aus, wie sie da in dem leeren Zimmer standen. Derjenige, der als letzter und nur widerwillig den Wagen verlassen hatte, stach durch seine auffallende Erscheinung besonders hervor. Er war groß und kräftig, ja athletisch gebaut, mit mächtigem Brustkasten und breiten Schultern, und er sah aus, als ob er über Riesenkräfte verfügte. Der harte Ausdruck seines Gesichts ließ auch keinen Zweifel daran, daß er von diesen Kräften durchaus Gebrauch zu machen pflegte. Er war glattrasiert und sein ergrauendes Haar kraus und kurz geschnitten. Seine niedrige Stirn hatten Falten durchfurcht; die tief eingesunkenen, zu kleinen Augen blickten unstet und waren von unbestimmbarer Farbe. Zusammengewachsene Brauen, ein grausam geschnittener Mund und breite Kinnbacken gaben ihm ein düsteres und brutales Aussehen. Die Nase mochte hingehen, denn von Nasen erwartet man nicht viel; doch seine bleiche Gesichtsfarbe verstärkte nur den abstoßenden Gesamteindruck. Der Mann war so bleich, daß er fast blutleer wirkte.

An den andern drei Männern war nichts Auffälliges zu bemerken. Es waren Leute, die man trifft und gleich wieder vergißt. Zwischen dem oben beschriebenen und dem vierten, der sich etwas abseits hielt, gab es offenbar keine freundschaftlichen Gefühle. Sie vermieden es sogar, einander anzusehen.

»Gentlemen«, sagte der Mann mit der Kerze und den

Schlüsseln, »ich glaube, wir können anfangen. Sind Sie bereit, Mr. Rosser?«

Der etwas abseits stehende Mann trat vor und verbeugte sich lächelnd. »Und Sie, Mr. Grossmith?«

Der große Mann verbeugte sich finster.

»Dann wollen Sie bitte Ihre Überkleidung ablegen.«

Ihre Hüte, Jacken, Westen und Halstücher hatten sie schnell abgelegt und durch die offene Tür in den Flur hinausgeworfen. Der Mann mit der Kerze nickte. Daraufhin brachte jener, welcher vorhin Mr. Grossmith zum Verlassen des Wagens aufgefordert hatte, zwei lange, mörderisch aussehende Jagdmesser zum Vorschein, die er aus ihren Lederscheiden zog.

»Sie sind genau gleich«, erklärte er und bot jedem der Kontrahenten eines davon an. Zu dieser Zeit hätte wohl auch der schwerfälligste Beobachter begriffen, worum es sich bei dieser nächtlichen Zusammenkunft handelte: Es sollte ein Duell auf Leben und Tod ausgefochten werden.

Jeder der beiden Kontrahenten ergriff ein Messer, untersuchte es sorgfältig und prüfte die Stärke von Klinge und Griff über dem angewinkelten Knie. Dann wurde jeder vom gegnerischen Sekundanten durchsucht.

»Wenn es Ihnen beliebt, Mr. Grossmith«, sagte der Mann mit der Kerze, »so stellen Sie sich jetzt bitte in jener Ecke dort auf.« Er wies nach der Ecke, die am weitesten von der Tür entfernt war.

Mr. Grossmith zog sich in die angewiesene Ecke zurück, nachdem sein Sekundant ihn mit einem Handschlag, aber ohne jede Herzlichkeit verabschiedet hatte. Sein Gegner bezog Stellung in der Ecke zunächst der Tür. Die beiden Sekundanten stellten sich neben der Tür auf.

In diesem Augenblick wurde die Kerze plötzlich ausgelöscht, so daß tiefe Dunkelheit herrschte. Ob dies ein Luftzug von der offenen Tür her oder eine absichtliche Bewegung verursacht hatte – die Wirkung war jedenfalls erschreckend.

»Gentlemen«, sagte eine Stimme, die unter den veränderten Umständen seltsam fremd und bedrohlich klang, »Gentlemen, rühren Sie sich nicht von der Stelle, bis Sie das Zufallen der Haustür hören.«

Dann waren eilige Schritte zu vernehmen. das Schließen der Zimmertür, Schritte im Flur, und schließlich fiel die Haustür krachend ins Schloß, daß das ganze Haus erzitterte.

Wenige Minuten später begegnete ein Bauernjunge einem leichten Wagen, der mit halsbrecherischer Geschwindigkeit in Richtung auf das Städtchen Marshall fuhr. Der Junge berichtete, er habe hinter den beiden dunklen Gestalten auf dem Kutschbock eine dritte, stehende Gestalt bemerkt, die sich über die beiden anderen beugte und sie offenbar mit eisernem Griff, aus dem sie sich vergeblich zu befreien suchten, am Genick festhielt. Diese dritte Gestalt erschien ganz in Weiß gekleidet und war zweifellos auf den Wagen gesprungen, als dieser an dem Geisterhaus vorbeifuhr. Da der Junge sich schon früherer Erfahrungen mit übernatürlichen Erscheinungen rühmen konnte, hatte sein Wort natürlich besonderes Gewicht. Die Geschichte erschien sogar im Lokalblatt, begleitet von einer Aufforderung an die oben erwähnten Herren, sich zu melden und ihre nächtlichen Erlebnisse im Lokalblatt zu schildern. Unnütz zu sagen, daß die Aufforderung unbeantwortet blieb.

2

Die Ereignisse, die zu diesem Duell im Dunkeln geführt hatten, sind schnell berichtet. Eines Abends saßen drei junge Männer in einer ruhigen Ecke des einzigen Hotels von Marshall, rauchten und unterhielten sich über dies und jenes. Die drei Männer hießen King, Rosser und Sancher. An einem anderen Tisch, aber in Hörweite, saß ein vierter, etwas älterer Mann, der ihnen fremd war. Sie wußten nur, daß er an diesem Nachmittag mit der Postkutsche angekommen war und sich unter dem Namen Grossmith in die Gästeliste des Hotels eingetragen hatte. Seit seiner Ankunft hatte er mit keinem Menschen gesprochen, außer mit dem Hotelangestellten, und mied in auffallender Weise jeden Umgang mit anderen Gästen. Seine eigene Gesellschaft schien ihm vollauf zu genügen, was in Anbetracht seiner wenig einnehmenden Persönlichkeit als ein Zeichen von zweifelhaftem Geschmack angesehen werden mußte.

»Ich hasse jede Art von Mißbildung bei einer Frau«, erklärte King gerade. »Gleichgültig, ob es sich um eine angeborene oder erworbene Mißbildung handelt. Ich bin nämlich der Meinung, daß jeder körperliche Makel auch einen seelischen oder geistigen Defekt mit sich bringt.«

»Das heißt also«, erwiderte Rosser ernst, »daß Sie niemals eine Frau heiraten würden, die des moralischen Vorzugs einer Nase ermangelt?«

»Wenn Sie so wollen – ja«, war die Antwort. »Aber im Ernst, ich habe einmal eine reizende junge Dame sitzengelassen, weil ich zufällig erfuhr, daß ihr eine Zehe amputiert worden war. Sie können mein Verhalten grausam nennen. Aber ich weiß, ich wäre mit ihr niemals glücklich geworden und hätte auch sie unglücklich gemacht.«

»So aber«, warf Sancher ein, »hat sie einen Herrn mit großzügigeren Ansichten geheiratet und endete mit durchschnittener Kehle.«

»Ah, Sie wissen, auf wen ich anspielte! Ja, sie heiratete Manton. Ob er großzügiger dachte, weiß ich nicht. Aber ich halte es durchaus für möglich, daß er ihr nur deshalb die Kehle durchschnitt, weil er es nicht verwinden konnte, daß ihr die mittlere Zehe des rechten Fußes fehlte.«

»Seht euch mal den Kerl dort drüben an!« sagte Rosser leise und schickte einen Blick zu dem Fremden hinüber.

Der Kerl verfolgte offenbar mit großer Aufmerksamkeit ihr Gespräch.

»Das ist eine Unverschämtheit!« murmelte King. »Was sollen wir tun?«

»Da gibt es nur eines!« meinte Rosser und erhob sich. Dann wandte er sich an den Fremden. »Sir, ich muß Sie auffordern, Ihren Stuhl zu nehmen und sich ans andere Ende der Veranda zu setzen. Offenbar ist die Gegenwart von Gentlemen eine völlig ungewohnte Situation für Sie!«

Der Fremde sprang auf und trat mit geballten Fäusten und zornbleichem Gesicht auf seinen Beleidiger zu. Auch die beiden anderen waren aufgestanden. Sancher trat zwischen die Streitenden.

»Sie waren voreilig und ungerecht«, sagte er zu Rosser. »Dieser Herr hat nichts getan, was eine solche Sprache rechtfertigen würde!«

Aber Rosser war nicht bereit, auch nur ein Wort zurückzunehmen. Nach der Sitte des Landes und der Zeit blieb also nur eine einzige Lösung möglich.

»Ich verlange Genugtuung, wie sie einem Gentleman zusteht!« sagte der Fremde, der sich etwas beruhigt hatte. »Da ich keinen Menschen in dieser Gegend kenne, wären Sie vielleicht, Sir«, und er verneigte sich gegen Sancher, »so freundlich, mein Sekundant zu sein und mich in dieser Angelegenheit zu vertreten?«

Sancher übernahm die Verpflichtung, wenn auch widerwillig, denn er empfand ebensowenig Sympathie für den Fremden wie seine Gefährten.

King hatte während dieses ganzen Wortwechsels kein Auge von dem Fremden gelassen und kein einziges Wort gesprochen. Mit einem Nicken gab er sein Einverständnis, als Rosser ihn darum bat, sein Sekundant zu sein. Das Treffen wurde für den folgenden Abend festgesetzt; und die näheren Umstände kennen wir bereits.

Ein Duell mit Messern in einem dunklen Raum war damals im Südwesten gar nicht so ungewöhnlich. Wie dünn die Decke von »Ritterlichkeit« war, unter der sich die Brutalität eines Sittenkodex versteckte, der solche Begegnungen möglich machte, werden wir noch sehen.

3

In der strahlenden Mittagssonne hatte das alte Manton-Haus nichts von einem Spukhaus an sich. Es schien irdisch und ganz von dieser Welt zu sein. Der Sonnenschein liebkoste es zärtlich, ungeachtet seines schlechten Rufs. Gras und Unkraut wucherten in fröhlicher Lebensfülle, in den Bäumen zwitscherten die Vögel, und selbst die glaslosen Fenster des Obergeschosses sahen hell und freundlich aus. Über den steinigen Feldern flirrte die Hitze, und alles bot ein Bild lebendiger Heiterkeit, wie sie mit den düsteren Schatten des Übernatürlichen unvereinbar ist.

So bot sich Manton-Haus dem Sheriff Adams und seinen beiden Begleitern dar, die aus Marshall gekommen waren, um es in Augenschein zu nehmen. Einer der Männer war

Mr. King, der Stellvertreter des Sheriffs; der andere ein Bruder der verstorbenen Mrs. Manton, ein Mann namens Brewer. Nach dem Gesetz untersteht ein Besitztum, dessen Eigentümer tot oder verschollen ist, bis zur Klärung der Erbfolge dem Sheriff. Sein heutiger Besuch stand im Zusammenhang mit einem gerichtlich geltend gemachten Erbanspruch des Mr. Brewer. Es war ein reiner Zufall, daß dieser Besuch am Tag nach jener Nacht stattfand, in der Mr. King das Haus zu einem ganz andern Zweck aufgeschlossen hatte. King war nicht aus freiem Antrieb hier; er hatte vielmehr die Anweisung, seinen Vorgesetzten zu begleiten, und hielt es für geraten, diesem Befehl nachzukommen.

Der Sheriff war etwas überrascht, als er die Tür nicht versperrt fand. Auf dem Fußboden im Flur stieß man auf einen Haufen Kleidungsstücke: Dort lagen zwei Hüte, zwei Jakken, ebensoviele Westen und Halstücher. Alles war in gutem Zustand und nur leicht von dem Staub des Fußbodens beschmutzt. Auch Mr. Brewer zeigte sich überrascht; nur Mr. Kings Gefühle sind nicht bekannt.

Mit neuem und noch verstärktem Interesse entriegelte und öffnete der Sheriff die Tür zur Rechten, und die drei Männer traten ein. Auf den ersten Blick schien das Zimmer leer; doch als ihre Augen sich an das Dämmerlicht gewöhnt hatten, sahen sie in der entferntesten Ecke eine menschliche Figur. Es war ein Mann, der in der Ecke kauerte. Etwas in seiner Haltung ließ die Eindringlinge schon an der Schwelle stocken. Der Mann hockte auf einem Knie, hatte den Kopf zwischen die Schultern gezogen, die Hände wie Klauen verkrampft schützend vors Gesicht gepreßt, den Mund wie zum Schreien geöffnet und einen Ausdruck namenlosen Entsetzens in den starren, unglaublich weit aufgerissenen Augen. Der Mann war tot. Außer einem Jagdmesser, das offensichtlich seiner Hand entfallen war, konnten sie nichts weiter in dem Zimmer entdecken.

Der dicke Staub, der auf dem Boden lag, war nahe der Tür und entlang der Türwand von einem Gewirr von Fußspuren aufgewirbelt. Der tote Mann hatte auch eine deutliche Spur hinterlassen, als er von der Tür bis in seine Ecke gegangen war.

Instinktiv hielten sich die drei Männer an diese Spur, als sie sich der Leiche näherten. Der Sheriff griff nach einem Arm des Toten, der bereits steif wie Holz war und unter dem Griff des Sheriffs ruckte.

Bleich vor Erregung starrte Brewer in das verzerrte Gesicht des Toten und rief: »Gott im Himmel – das ist ja Manton!«

»Sie haben recht«, murmelte King. »Ich kannte Manton. Damals trug er allerdings einen Vollbart und längeres Haar. Aber das ist er!«

Er hätte hinzufügen können: »Ich erkannte ihn schon im Hotel. Ich sagte es Rosser und Sancher, und daraufhin spielten wir ihm diesen furchtbaren Streich. Als Rosser uns auf den Fersen aus diesem dunklen Zimmer folgte, vergaß er in der Aufregung seinen Rock und mußte in Hemdsärmeln mit uns fahren. Wir wußten die ganze Zeit, mit wem wir es zu tun hatten. Wir erkannten ihn, diesen Mörder und Feigling!«

Aber Mr. King hütete sich, dergleichen zu sagen. Er, der mehr wußte als die andern, versuchte für sich allein, das Geheimnis von Mantons Tod zu enträtseln. Daß er offenbar kein einziges Mal seine Ecke verlassen hatte; daß seine Haltung weder auf Angriff noch auf Verteidigung hindeutete; daß er sein Messer hatte fallenlassen; daß er offenbar vor Entsetzen über irgendeinen Anblick gestorben war – alle diese Umstände konnte auch Mr. King nicht begreifen.

Während er sich abmühte, die Situation zu erfassen, fiel sein Blick von ungefähr auf etwas, das ihn trotz des Tageslichts und der Gegenwart lebendiger Gefährten mit kaltem Grauen erfüllte. Im Staub der vielen Jahre, der den Fußboden bedeckte, zeichneten sich deutlich dreifache Fußspuren ab, die von der Tür her quer durchs Zimmer bis zu Mantons Ecke führten. Es waren die Spuren nackter Füße. Die beiden äußeren stammten offenbar von zwei kleinen Kindern, die in der Mitte von einer Frau. Von der Stelle, an der sie endeten, gab es keine Umkehr; alle Fußabdrücke wiesen in dieselbe Richtung.

Im selben Augenblick bemerkte auch Brewer die Spuren. Schreckensbleich beugte er sich hinunter und wies mit beiden Händen auf den letzten Abdruck des rechten Frauenfußes.

»Da! Seht doch!« schrie er fassungslos. »Die Mittelzehe fehlt – es war Gertrude!«

Gertrude aber war die ermordete Mrs. Manton, die Schwester von Mr. Brewer.

Das verfluchte Ding

Man ißt nicht immer, was auf dem Tisch ist

Beim Licht einer Talgkerze, die am Ende eines rohen Holztisches stand, las ein Mann irgend etwas in einem Buch. Es war ein altes Kontobuch, stark abgegriffen, und die Schrift war anscheinend nicht sehr leserlich, denn der Mann hielt die Seiten manchmal dicht an die Kerzenflamme, um bessere Beleuchtung zu haben. Der Schatten des Buches hüllte dann das halbe Zimmer in Finsternis und verdunkelte eine Anzahl Gesichter und Gestalten, denn außer dem Lesenden waren noch acht andere Männer anwesend. Sieben von ihnen saßen gegen die unverkleideten Wände des Blockhauses gelehnt, schweigend, reglos und, da der Raum klein war, nicht sehr weit vom Tisch entfernt. Mit ausgestreckter Hand hätte jeder von ihnen den achten Mann berühren können, der auf dem Tisch lag, das Gesicht nach oben, teilweise bedeckt mit einem Laken, die Arme an die Seiten gelegt. Er war tot.

Der Mann mit dem Buch las nicht laut, und keiner sprach, alle schienen auf etwas zu warten, was sich ereignen sollte, der tote Mann allein erwartete nichts. Aus der pechschwarzen Dunkelheit draußen kamen durch eine Öffnung, die als Fenster diente, all die ewig fremden Geräusche einer Nacht in der Wildnis: der langgezogene, unnennbare Schrei eines fernen Präriewolfs; das gleichmäßig pulsierende Schrillen unermüdlicher Bauminsekten; fremde Rufe von Nachtvögeln, so anders als die der Tagvögel; das eintönige Summen großer, umhertaumelnder Käfer und der ganze geheimnisvolle Chor aus kleinen Tönen, die man immer nur halb gehört zu haben meint, wenn sie plötzlich, wie im Bewußtwerden einer Unbesonnenheit, verstummen. Aber nichts von alledem wurde von dieser Versammlung zur Kenntnis genommen, ihre Mitglieder neigten nicht besonders zu starkem Interesse an Dingen, die keinen praktischen Wert haben. Das zeigt sich in jedem Zug ihrer harten Gesichter und ließ sich sogar noch im schwachen Licht der einen Kerze erkennen. Es waren augenscheinlich Leute aus der Umgebung, Farmer und Holzfäller.

Der Lesende war von etwas anderer Art, man würde vielleicht gesagt haben, daß er aus der Welt kam, weltläufig sei, obwohl seine Kleidung etwas hatte, was eine gewisse Zugehörigkeit zu seiner Umgebung verriet. Sein Mantel hätte in San Franzisko kaum Zustimmung gefunden, sein Schuhwerk war nicht städtischen Ursprungs, und der Hut, der neben ihm am Boden lag – übrigens saß nur er hier ohne Kopfbedeckung –, war so, daß jemand, der ihn etwa für eine ganz besondere Zierde gehalten hätte, sich sehr geirrt haben würde. In seinem Ausdruck war der Mann recht anziehend, wenn auch mit einer Spur von Strenge, obgleich er diese nur angenommen oder ausgebildet haben mochte, wie es einer Amtsperson zukommt. Er war nämlich Untersuchungsrichter. Und kraft seines Amtes war er im Besitz des Buches, in welchem er las. Man hatte es unter den Sachen des Toten gefunden, in dessen Blockhütte, wo eben jetzt die Untersuchung stattfand.

Als der Richter fertig gelesen hatte, schob er das Buch in seine Brusttasche. In diesem Augenblick wurde die Tür aufgestoßen, und ein junger Mann kam herein. Man sah sofort, daß er nicht in den Bergen geboren und aufgewachsen war: er war angezogen wie die Leute, die in Großstädten leben, seine Kleider waren aber bestaubt, als ob er lange unterwegs gewesen wäre, und tatsächlich war er auch scharf geritten, um der Untersuchung beiwohnen zu können.

Der Richter nickte, von den übrigen grüßte ihn niemand.

»Wir haben auf Sie gewartet«, sagte der Richter. »Diese Angelegenheit muß unbedingt heute nacht erledigt werden.«

Der junge Mann lächelte. »Es tut mir leid, daß ich Sie aufgehalten habe«, sagte er. »Ich bin nicht weggewesen, um mich Ihrer Vorladung zu entziehen, sondern nur, um meiner Zeitung einen Bericht über das zu schicken, was zu erzählen ich hierher zurückgerufen wurde, nehme ich an.«

Der Untersuchungsrichter lächelte.

»Der Bericht, den Sie Ihrer Zeitung geschickt haben«, sagte er, »unterscheidet sich vermutlich von dem, den Sie hier unter Eid erstatten werden.«

»Das richtet sich nach Ihrem Belieben«, gab der andere

ziemlich hitzig und mit sichtbarem Erröten zurück. »Ich habe Durchschlagspapier benutzt und besitze eine Kopie meines Berichts. Er ist nicht als Tagesnachricht abgefaßt, denn dazu ist er zu unglaubhaft, sondern als etwas Erdichtetes. Er kann aber als ein Teil meiner eidlichen Aussage gelten.«

»Aber Sie sagen doch, er ist unglaubhaft!«

»Das ist ohne Bedeutung für Sie, Sir, wenn ich zugleich beschwöre, daß es wahr ist.«

Der Untersuchungsrichter schwieg eine Zeitlang, die Augen zu Boden gerichtet. Die Männer, die an die Wände der Blockhütte gelehnt dasaßen, flüsterten miteinander, wandten dabei aber ihre Blicke nur selten vom Gesicht der Leiche ab. Jetzt sah der Richter wieder auf und sagte: »Wir wollen die Untersuchung fortsetzen.«

Die Männer nahmen ihre Hüte ab. Der Zeuge wurde vereidigt.

»Wie heißen Sie?« fragte der Untersuchungsrichter.

»William Harker.«

»Alter?«

»Siebenundzwanzig.«

»Sie kannten den Verstorbenen, Hugh Morgan?«

»Ja.«

»Sie waren zugegen, als er starb?«

»Ganz nah.«

»Wie kam das – Ihre Anwesenheit, meine ich.«

»Ich war zu Besuch bei ihm, zum Jagen und Fischen. Dabei hatte ich aber teilweise auch die Absicht, ihn und seine merkwürdige, einsame Lebensweise zu beobachten. Er schien mir ein gutes Modell für eine Romanfigur. Ich schreibe nämlich manchmal Erzählungen.«

»Und ich lese sie manchmal.«

»Vielen Dank.«

»Erzählungen überhaupt, nicht gerade Ihre.«

Ein paar der Geschworenen lachten. Vor einem düsteren Hintergrund wirft Humor sehr helle Lichter. Soldaten lachen in den Zwischenpausen einer Schlacht besonders leicht, und im Zimmer, wo ein Toter liegt, hat ein Scherz eine so unwiderstehliche Wirkung, weil ihn hier keiner erwartet.

»Berichten Sie über die Umstände beim Tod diese Mannes«, sagte der Untersuchungsrichter. »Sie können dabei alle Notizen oder Memoranden benutzen, die Sie wollen.«

Der Zeuge verstand. Er zog ein Manuskript aus der Brusttasche, hielt es nah ans Kerzenlicht, blätterte darin, und als er die gesuchte Stelle gefunden hatte, begann er zu lesen.

Was auf einem Haferfeld passieren kann

»...Die Sonne war kaum aufgegangen, als wir das Haus verließen. Wir waren auf Wachteln aus, jeder mit einer Schrotflinte, aber wir hatten nur einen einzigen Hund. Morgan sagte, daß der beste Jagdgrund jenseits von einem Hügel läge, auf den er zeigte, und wir überquerten ihn auf einem Fußpfad durch Gestrüpp von Zwergeichen. Auf der anderen Seite war der Boden verhältnismäßig eben und dicht mit wildem Hafer bestanden. Als wir aus dem Gestrüpp herauskamen, war Morgan höchstens ein paar Meter vor mir. Plötzlich hörten wir rechts vorne und ziemlich nah ein Geräusch wie von einem Tier, das in den Büschen herumraschelt, die sich auch heftig bewegten.

›Wir haben ein Reh aufgescheucht‹, sagte ich. ›Ich wünschte, wir hätten eine Büchse.‹

Morgan, der stehengeblieben war und gespannt die sich bewegenden Büsche beobachtete, antwortete nicht, hatte aber beide Läufe seiner Flinte gespannt und hielt sie bereit, um zu zielen. Ich merkte ihm eine leichte Erregtheit an, was mich wunderte, weil er in dem Ruf stand, ganz besonders kaltblütig zu sein, sogar in Momenten plötzlicher und großer Gefahr.

›Ach geh‹, sagte ich, ›du willst doch nicht etwa ein Reh mit Wachtelschrot vollschießen, oder?‹

Er gab immer noch keine Antwort, aber bei einem Blick auf sein Gesicht, als er es mir leicht zuwandte, fiel mir die starke Spannung darin auf. Da begriff ich, daß wir es mit einer ernsthaften Sache zu tun hatten, und zunächst dachte ich, daß wir an einen Grislybären geraten seien. Ich stellte mich neben Morgan, während ich meine Flinte spannte. Das Gebüsch war jetzt ruhig, und die Geräusche hatten aufgehört, aber Morgan paßte noch genauso scharf auf wie zuvor.

›Was ist es? Was zum Satan ist es denn?‹ fragte ich.

›Dies verfluchte Ding‹, sagte er, ohne den Kopf zu wenden. Seine Stimme klang heiser und unnatürlich. Ich sah, daß er zitterte.

Ich war im Begriff, wieder etwas zu sagen, als ich sah, wie der Wildhafer sich nahe bei dem Fleck von vorhin in ganz unbeschreiblicher Art bewegte. Ich kann das schwer beschreiben, es sah aus, als ob der Hafer von einem Wind gestreift würde, der ihn nicht bloß beugte, sondern ihn niederpreßte, ihn so zu Boden drückte, daß er nicht wieder aufstand. Und diese Bewegung lief langsam weiter und direkt auf uns zu.

Ich hatte noch nie etwas dermaßen Sonderbares gesehen wie dieses befremdliche und unerklärliche Phänomen, aber ich kann mich nicht erinnern, daß ich Angst hatte. Ich entsinne mich – und erzähle es hier, weil es mir seltsamerweise gerade dort einfiel –, daß ich einmal, als ich zerstreut aus einem offenen Fenster hinaussah, einen Moment lang einen kleinen, ganz nahen Baum für einen von einer Gruppe viel größerer Bäume hielt, die etwas weiter weg standen. Er hatte die gleiche Größe wie diese anderen, weil er aber deutlicher und schärfer im Umriß und in den Einzelheiten war, schien er nicht in Einklang mit ihnen. Es war nur eine Verfälschung des Gesetzes der Luftperspektive, aber es erschreckte, ja entsetzte mich beinahe. Wir sind ja so abhängig vom ordnungsmäßigen Funktionieren der vertrauten Naturgesetze, daß wir jede scheinbare Abweichung davon als eine Bedrohung unserer Sicherheit empfinden, als Ankündigung unausdenkbaren Unheils.

Daher war die scheinbar grundlose Bewegung der Pflanzen und das langsame, stetige Näherkommen dieser Bewegung recht bestürzend. Mein Begleiter schien wirklich erschreckt, und ich traute meinen Augen kaum, als ich sah, wie er plötzlich die Flinte anlegte und beide Läufe auf den sich regenden Hafer abfeuerte. Noch bevor der Rauch vom Abschuß sich verzogen hatte, hörte ich einen lauten, heftigen Schrei, einen schrillen Schrei wie von einem wilden Tier, und Morgan warf seine Flinte weg und rannte schleunigst davon. Im selben Augenblick wurde ich mit Gewalt zu Boden geworfen durch den Anprall von irgend etwas, was in dem Rauch unsichtbar war – einer weichen, schweren Substanz, die anscheinend mit großer Kraft auf mich geschleudert wurde.

Bevor ich wieder auf die Füße kam und meine Flinte ergreifen konnte, die mir wohl aus der Hand geflogen war, hörte ich Morgan schreien wie in Todesangst, und zugleich mit seinem Schreien erklangen jene heiseren, wütenden Töne, wie man sie bei Hundebeißereien hört. Maßlos erschrocken stand ich auf und sah in die Richtung, in die Morgan gelaufen war, und der Himmel möge mich gnädig davor zu bewahren, daß ich noch einmal einen solchen Anblick habe! Mein Freund war kaum dreißig Schritt entfernt, auf einem Bein kniend, sein Kopf war erschreckend weit zurückgebogen, ohne Hut, sein langes Haar zerrauft, und sein ganzer Körper bewegte sich wild von einer Seite zur anderen, rückwärts und vorwärts. Der rechte Arm war ausgestreckt und schien ohne Hand – wenigstens konnte ich sie nicht entdecken. Der andere Arm war unsichtbar. Für Augenblicke – und jedenfalls ist mir diese ausgefallene Szene so in Erinnerung – konnte ich nur einen Teil seines Körpers wahrnehmen; es schien, als ob er teilweise ausgelöscht wäre, anders kann ich es nicht ausdrücken. Dann wieder machte ein Wechsel seiner Stellung von neuem alles sichtbar.

Das Ganze muß sich innerhalb weniger Sekunden abgespielt haben, obwohl Morgan in dieser Zeit sämtliche Körperhaltungen eines heftig Ringenden einnahm, der von einem schwereren und kräftigeren Gegner überwunden wird. Ich sah nichts weiter als ihn, und ihn nicht immer deutlich. Während des ganzen Vorgangs war sein Schreien und Fluchen zu hören, durch einen Tumult von derart rasenden und wütenden Tönen hindurch, wie ich sie weder aus einer menschlichen noch tierischen Kehle je vernommen habe.

Nur eine Sekunde lang stand ich unentschlossen da, dann lief ich, indem ich meine Flinte fallen ließ, meinem Freund zu Hilfe. Ich war der vagen Meinung, daß er irgendeinen Anfall oder eine Art von Krämpfen hätte. Noch ehe ich bei ihm anlangte, lag er da und war still. Alle Geräusche hatten aufgehört, aber mit einem Grauen, wie es nicht einmal dies gräßliche Geschehnis hervorgerufen hatte, sah ich jetzt wiederum diese mysteriöse Bewegung des wilden Hafers, die von der zertrampelten Stelle um meinen hingestreckten Freund bis zum Waldrand fortglitt. Erst nachdem sie den Wald erreicht hatte, war ich dazu fähig, meine Augen abzuwenden und auf meinen Begleiter zu schauen. Er war tot.«

Der Untersuchungsrichter erhob sich von seinem Stuhl und trat zu dem toten Mann. Er faßte einen Zipfel des Lakens und zog es fort, den ganzen Körper entblößend, der völlig nackt war und im Kerzenlicht eine lehmgelbe Farbe zeigte. Außerdem aber hatte er große blauschwarze Flecke, die offenbar von Prellungen herrührten, bei denen die Adern geplatzt waren. Oben auf der Brust und an den Seiten sah es aus, als wäre er mit einem Knüppel geprügelt worden. Er hatte schreckliche Wunden, und die Haut war in Streifen und Fetzen gerissen.

Der Untersuchungsrichter ging ans andere Ende des Tisches und entfernte ein seidenes Tuch, das oben am Kopf zusammengeknüpft war und den Kiefer hielt. Als das Tuch weggenommen wurde, zeigte sich das, was die Kehle gewesen war. Ein paar der Geschworenen, die aufgestanden waren, um besser sehen zu können, bereuten ihre Neugierde schnell und wandten die Gesichter ab. Der Zeuge Harker ging zum offenen Fenster und lehnte sich hinaus, weil ihm schwach und übel wurde. Der Untersuchungsrichter ließ das Tuch über den Hals des Toten fallen und ging zu einer Ecke des Raumes, wo er von einem Kleiderhaufen ein Stück nach dem anderen nahm und jedes einen Moment zur Prüfung in die Höhe hielt. Alle waren zerrissen und steif von Blut.

Die Geschworenen unternahmen keine eingehendere Untersuchung, sie schienen ziemlich uninteressiert. All das hatten sie ja auch tatsächlich schon vorher gesehen. Das einzig Neue für sie war Harkers Aussage.

»Meine Herren«, sagte der Untersuchungsrichter, »weitere Beweise haben wir nicht, glaube ich. Ihre Aufgabe ist Ihnen bereits erläutert worden. Wenn Sie keine weiteren

Fragen zu stellen haben, so können Sie hinausgehen und über Ihren Urteilsspruch beraten.«

Der Obmann, ein großer, bärtiger Mann von sechzig Jahren, in einfachem Anzug, sagte:

»Ich hätte eine Frage, Herr Untersuchungsrichter«, sagte er. »Aus was für 'nem Irrenhaus is' eigentlich der Zeuge da entsprungen?«

»Mister Harker«, fragte der Untersuchungsrichter unbewegt und ernsthaft, »aus welchem Irrenhaus sind Sie eigentlich entsprungen?«

Harker errötete aufs neue, sagte aber nichts, und die sieben Geschworenen erhoben sich und gingen feierlich, einer nach dem anderen, aus der Blockhütte hinaus.

»Wenn Sie Ihre Beleidigungen beendet haben, Sir«, sagte Harker, sobald er und der Beamte mit dem Toten allein waren, »so steht es mir wohl frei, denke ich, zu gehen?«

»Ja.«

Harker war im Begriff, sich zu entfernen, hielt aber inne, die Hand auf der Türklinke. Seine Berufsgewohnheiten waren stark, stärker als sein Gefühl für persönliche Würde. Er drehte sich um und sagte:

»Das Heft, das Sie da haben – ich erkenne es, es ist Morgans Tagebuch. Sie schienen so sehr daran interessiert, Sie haben sogar darin gelesen, während ich meine Aussage machte. Darf ich es sehen? Meine Leser würden gerne –«

»Das Heft spielt bei dieser Sache hier keine Rolle«, sagte der Beamte und ließ es in seine Rocktasche gleiten, »alle Eintragungen darin sind vor dem Tode des Eigentümers gemacht.«

Als Harker das Haus verließ, kamen die Geschworenen gerade wieder zurück und stellten sich um den Tisch, auf welchem der nun wieder bedeckte Leichnam sich unter dem Laken genau abzeichnete. Der Obmann setzte sich neben der Kerze hin, zog einen Bleistift und ein Stück Papier aus seiner Brusttasche und schrieb mit etwas unbeholfener Sorgfalt folgendes Urteil nieder, das die übrigen mit unterschiedlichen Anstrengungen unterzeichneten:

›Wir, die Geschworenen, befinden, daß die irdischen Überrester zu Tode gekommen sind von der Hand von ein Berglöwen, aber paar von uns denken, ganz egal, der muß bestimmt Krämpfe gehabt haben.‹

Eine Erklärung aus dem Grab

Das Tagebuch des verstorbenen Hugh Morgan enthält gewisse Eintragungen, die vielleicht als Hinweise wissenschaftlichen Wert haben. In bezug auf die Untersuchung seines Leichnams wurde von dem Heft kein Gebrauch gemacht; möglicherweise hielt der Untersuchungsrichter es nicht für der Mühe wert, die Geschworenen damit in Verwirrung zu setzen. Das Datum der ersten erwähnten Eintragungen ist nicht feststellbar, der obere Teil des Blattes ist weggerissen, der erhalten gebliebene Teil lautet folgendermaßen:

›... lief in einem Halbkreis, hielt den Kopf immer dem Zentrum zugewendet, und wieder stand er still, mit wütendem Gebell. Zum Schluß lief er ins Unterholz davon, so rasch er nur konnte. Zuerst dachte ich, er hätte die Tollwut bekommen, aber auf dem Heimweg fand ich sein Betragen nur so weit verändert, wie es aus seiner Furcht vor Strafe ganz erklärlich war.

Kann ein Hund mit der Nase sehen? Drücken Gerüche irgendeinem Gehirnzentrum Bilder des Gegenstandes ein, der sie ausströmt?

2. September. Als ich heute nacht die Sterne betrachtete,

wie sie über dem Hügelkamm östlich des Hauses aufstiegen, sah ich einen nach dem anderen allmählich erlöschen – von links nach rechts. Jeder war nur einen Augenblick lang verdeckt, und immer nur wenige zu gleicher Zeit, aber die ganze Linie des Hügelkamms entlang waren alle, die einen oder zwei Grad über dem Kamm standen, ausgelöscht. Es war, als ob irgend etwas sich zwischen sie und mich geschoben hätte, aber ich konnte es nicht sehen, und die Sterne standen nicht dicht genug, um seine Umrisse erkennen zu lassen. Nein, diese Sache gefällt mir nicht.‹

Die Eintragungen von einigen Wochen fehlen, da drei Blätter aus dem Heft herausgerissen sind.

›27. September. Es hat sich wieder hier herumgetrieben, jeden Tag finde ich Beweise seiner Gegenwart. Ich habe die letzte Nacht wieder unter derselben Deckung gelauert, die doppelt mit Rehposten geladene Flinte im Anschlag. Am Morgen waren die frischen Fußspuren wieder da, genau wie früher. Trotzdem hätte ich schwören können, daß ich nicht eingeschlafen war, und tatsächlich kann ich ja überhaupt kaum noch schlafen. Es ist entsetzlich und unerträglich! Wenn diese unerklärlichen Beobachtungen wirklich stimmen, dann werde ich verrückt, und wenn es Einbildungen sind, so bin ich schon verrückt.

3. Oktober. Ich weiche nicht, es soll ihm nicht gelingen, mich zu vertreiben. Nein, denn dieses Haus und dieser Boden gehören mir! Gott verabscheut einen Feigling...

5. Oktober. Ich kann es nicht länger aushalten, ich habe Harker eingeladen, ein paar Wochen mit mir zu verbringen. Er hat einen klaren Verstand – ich werde es seinem Benehmen anmerken, wenn er mich für verrückt hält.

7. Oktober. Ich habe die Lösung des Rätsels, sie ist mir heute nacht eingefallen, ganz plötzlich, wie durch Eingebung. Wie einfach, wie schrecklich einfach!

Es gibt Töne, die wir nicht hören können. An beiden Enden der Skala sind Töne, die keine Taste dieses unvollkommenen Instrumentes, des menschlichen Ohrs, berühren. Sie sind zu hoch oder zu tief. Ich habe einen Schwarm Drosseln beobachtet, der die Krone eines ganzen Baumes einnahm, nein, sogar die Kronen von mehreren Bäumen, und alle sangen aus voller Kehle. Plötzlich, in einer Sekunde, in absolut dem gleichen Augenblick, werfen sie sich allesamt in die Luft und fliegen davon. Wieso? Sie konnten einander nicht alle sehen, ganze Baumkronen waren dazwischen. An keinem Punkt auch konnte ein Leitvogel allen anderen sichtbar sein. Es muß ein warnendes oder befehlendes Signal gegeben haben, hoch und schrill über ihrem Gelärme, aber unhörbar für mich. Dasselbe gleichzeitige Auffliegen habe ich auch beobachtet, als sie alle still waren, und nicht nur bei Drosseln, sondern auch bei anderen Vögeln – Wachteln zum Beispiel, die durch Gebüsch weit voneinander getrennt waren, die sogar auf den entgegengesetzten Seiten eines Hügels saßen.

Seeleuten ist es bekannt, daß einzelne Gruppen von Walfischen, die sich an der Meeresoberfläche wärmen oder herumtummeln, meilenweit entfernt voneinander, zwischen ihnen die Erdkrümmung, manchmal im selben Augenblick untertauchen – alle mitsammen in ein und demselben Moment unsichtbar werden. Das Signal ist gegeben worden, zu tief für das Ohr des Matrosen im Mastkorb und seiner Kameraden auf Deck, die nichtsdestotrotz die Vibrationen am Schiff spüren, ganz so, wie die Steine einer Kathedrale vom Baß der Orgel beben.

Und wie mit Tönen, so auch mit Farben. An beiden Enden des Solarspektrums kann der Chemiker das Vorhandensein von etwas verfolgen, was als ›aktinische Strahlen‹ bekannt ist. Sie repräsentieren Farben – integrierende Farben in der Zusammensetzung des Lichts –, die wahrzunehmen wir unfähig sind. Das menschliche Auge ist ein unvollkommenes Instrument, sein Vermögen umfaßt nicht mehr als ein paar Stufen der wirklichen Farbenskala. Ich bin nicht wahnsinnig: es gibt Farben, die wir nicht sehen können.

Und so wahr mir Gott helfe, das verfluchte Ding ist von solch einer Farbe!‹

Ein Bewohner von Carcosa

Denn da sein mannigfache Todesarten. Manche, worein der Leib bleibet; manche auch, worein er ganz enteilet mit dem Geiste. Solches begiebt sich zumeist nur in der Einsamkeit (denn solches ist Gottes Wille) und da wir den Sinn nicht erkennen, so sprechen wir, der Mensch sei verschollen oder habe eine weite Reise angetreten, welch selbiges er in der Tat getan. Doch manches Mal trug solches sich zu im Angesichte vieler, wie mannigfach bezeuget. In einer andren Art des Todes stirbt auch der Geist, welches bekannt ist, daß ers getan, dieweil der Leib noch viele Jahr in voller Lebenskraft. Manch Mal, wie wahrhaftiglich bestätiget ist, stirbt er mit dem Leibe zugleich, nach einiger Zeit aber erhebet er sich wieder am gleichen Orte, wo der Leib verwesete.

Diese Worte von Hali (der im Frieden Gottes ruhen möge) bedachte ich, indem ich, als einer, der zwar versteht, sich aber trotzdem fragt, ob nicht noch mehr dahintersteckt als das, was er begriffen hat, nach ihrer vollen Bedeutung grübelte, und so bemerkte ich nicht, daß ich mich verirrt hatte, bis plötzlich ein frostiger Lufthauch meine Wangen streifte und die Besinnung auf meine Umgebung wieder in mir wachrief. Mit Erstaunen merkte ich, daß mir alles ganz fremd zu sein schien. Ringsum erstreckte sich eine öde, einsame Ebene, bewachsen mit dürren, hohen Gräsern, deren Rascheln und Raunen im herbstlichen Wind Gott weiß welche mysteriöse und unheimliche Botschaft enthielt. In großen Abständen ragten seltsam geformte düstere Felsbrocken daraus hervor, die im Einverständnis miteinander zu sein und Blicke voll unheilvoller Bedeutung zu wechseln schienen und aussahen, als ob sie den Hals gereckt hätten, um irgend etwas zu beobachten, was sie bereits im voraus wußten. Ein paar entlaubte Bäume hier und dort wirkten wie Teilnehmer an dieser bösartig schweigenden Erwartung.

Es muß schon ziemlich spät am Tage sein, dachte ich, obwohl die Sonne nicht zu sehen war. Und wenn ich auch spürte, daß die Luft rauh und frostig war, nahm ich dies doch eher geistig als physisch wahr und hatte kein Empfinden von Unbehagen. Über der gesamten bedrückenden Landschaft hing tief eine fahle Wolkenbank wie ein sichtbar gewordener Bann. In alledem lag eine Bedrohung und Vorbedeutung, eine Anspielung auf Schlimmes, ein Vorzeichen des Verderbens. Vogel, Insekt, Lebewesen – es gab keine. Der Wind seufzte in den kahlen Ästen der toten Bäume, und das farblose Gras neigte sich und wisperte der Erde sein greuliches Geheimnis zu. Kein anderer Laut, keine andere Bewegung brachen die Totenstille dieser trostlosen Gegend.

Zwischen dem Graswuchs bemerkte ich eine Anzahl verwitterter Steine, die offensichtlich mit Werkzeugen bearbeitet waren. Sie waren geborsten, bedeckt von Moos und halb im Boden versunken. Einige lagen auf der Seite, einige lehnten sich schief nach links oder rechts, aber kein einziger stand aufrecht. Anscheinend waren es Grabsteine, obgleich die Gräber nicht mehr existierten, weder als Mulden noch als Hügel – die Jahre hatten sie eingeebnet. Hie und da bezeichneten massivere Blöcke die Stelle, wo ein prunkvolles oder rühmendes Monument einst seine schwächliche Herausforderung der Vergänglichkeit entgegengehalten hatte. Diese Überbleibsel schienen so alt, diese Spuren der Hinfälligkeit und Wahrzeichen von Zuneigung und Pietät so zerfallen, zerstört, verwittert, der Ort so vergessen und verlassen und verödet, daß ich nicht anders konnte, als mich für den Entdecker der Begräbnisstätte prähistorischer Menschen zu halten, deren Name längst verloschen war.

Mit solchen Überlegungen beschäftigt, vergaß ich eine Weile, was mit mir geschehen war, bald aber fragte ich mich wieder, wie ich eigentlich hierher geraten sei. Ein Moment der Überlegung schien all dies und auch, wenngleich auf beunruhigende Art, den sonderbaren Charakter zu erklären, mit dem meine Phantasie sicher alles, was ich hier sah und hörte, hervorgebracht hatte: ich war krank. Jetzt erinnerte ich mich daran, daß ein plötzliches Fieber mich niedergestreckt hatte und daß meine Angehörigen mir gesagt hatten, daß ich im Delirium fortwährend nach Befreiung und Luft schreie und man mich im Bett festhalten müsse, um meine Flucht nach draußen zu verhindern. Jetzt also hatte ich mich der Wachsamkeit meiner Familie entzogen und war hierher geraten, nach – ja, wohin eigentlich? Ich hatte absolut keine Ahnung, ganz bestimmt aber mußte ich mich in beträchtlicher Entfernung von zu Hause und der Stadt befinden, in der ich wohnte, der achtbaren und bekannten Stadt Carcosa.

Keinerlei Anzeichen menschlichen Lebens waren zu sehen oder zu hören, kein aufsteigender Rauch, kein Bellen eines Hofhundes, kein Brüllen einer Kuhherde, keine Rufe spielender Kinder, nichts als diese düstere Gräberstätte mit ihrem Anhauch von Geheimnis und Bedrohung, die meinem eigenen verwirrten Hirn entstammte. Ob ich womöglich wieder ins Delirium fiel, hier, weit weg von jeder menschlichen Hilfe? War vielleicht überhaupt das Ganze nur eine Einbildung meines Wahnes? Laut rief ich die Namen meiner Frau und meiner Söhne und streckte suchend die Hände nach ihnen aus, während ich doch zwischen verfallenen Steinen und verdorrtem Gras herumirrte.

Ein Geräusch hinter mir veranlaßte mich, mich umzudrehen. Ein wildes Tier, ein Luchs, kam auf mich zu. Der Gedanke durchzuckte mich, daß die Bestie mir sofort an die Kehle fahren würde, falls ich hier in der Einöde zusammenbrechen sollte, wenn das Fieber wiederkäme. Ich sprang auf das Tier los und schrie, aber es trottete gleichmütig an mir vorüber, keinen Schritt weit entfernt, und verschwand hinter einem Felsbrocken.

Gleich darauf erschien in der Nähe der Kopf eines Mannes, als ob er aus dem Erdboden käme. Er mußte wohl einen niedrigen Wall heraufgekommen sein, der sich von der Ebene kaum unterscheiden ließ. Schnell wurde seine ganze Gestalt vor dem Hintergrund der bleifarbenen Wolkenbank sichtbar, so daß ich sah, daß er zur Hälfte nackt, zur Hälfte mit Fellen bekleidet war. Sein Haar war ungekämmt, sein Bart lang und wild. In der einen Hand trug er Pfeil und Bogen, in der anderen eine brennende Fackel mit langer Rauchfahne. Er ging langsam und vorsichtig, als ob er Furcht hätte, in ein von den Gräsern verborgenes offenes Grab zu fallen. Die seltsame Gestalt war überraschend, aber nicht erschreckend, und ich richtete meine Schritte so, daß ich mit ihm zusammentreffen mußte, wobei ich dann die allbekannten Worte an ihn richtete: »Gott zum Gruß!«

Er zeigte keinerlei Reaktion, noch verlangsamte sich sein Schritt.

»Guter Fremdling«, fuhr ich fort, »ich bin krank und habe mich verirrt. Ich bitte Sie inständig, zeigen Sie mir die Richtung nach Carcosa.«

Der Mann brach in einen barbarischen Gesang in unbekannter Sprache aus, ging weiter und entschwand.

Jetzt stieß eine Eule auf dem Ast eines kahlen Baumes ihren trostlosen Ruf aus und eine andere in der Ferne antwortete. Als ich aufsah, erblickte ich durch einen plötzlichen Riß in den Wolken Aldebaran und die Hyaden. In all diesen Dingen lag eine Andeutung von Nacht – der Luchs, der Mann mit der Fackel, die Eulen. Doch ich sah – sah die Sterne, ohne daß es dunkel war. Ich sah, war aber offenbar selber weder zu hören noch zu sehen. Unter welch grauenhaftem Bann stand ich?

Ich setzte mich auf die Wurzeln eines Baumes, um zu überlegen, was ich tun sollte. Daß ich wahnsinnig war, konnte ich nicht mehr bezweifeln, entdeckte aber trotzdem in mir einen Zweifel an dieser Überzeugung. Von Fieber war keine Spur, und überdies hatte ich ein mir ganz unbekanntes Gefühl von Erheiterung und Energie, ein Empfinden von geistiger und physischer Wachheit. Alle meine Sinne schienen geschärft; ich spürte die Luft wie eine berührbare Substanz; ich konnte die Stille hören.

Eine große Wurzel des Baumes, an dessen Stamm ich mich lehnte, hielt einen Stein umklammert, von dem ein Stück aus der Mulde herausragte, die von einer anderen Wurzel gebildet wurde. So war der Stein teilweise vor der Witterung geschützt, wenn auch sehr beschädigt. Seine Kanten waren abgeschliffen, seine Oberfläche rissig und voller Löcher. Auf dem Erdboden ringsum glitzerten Stäubchen von Glimmer, Zeichen seines Zerfalls. Augenscheinlich hatte er auf einem Grab gestanden, aus welchem dann vor Urzeiten der mächtige Baum hervorgewachsen war. Seine starken Wurzeln hatten das Grab zerstört und den Stein zu ihrem Gefangenen gemacht.

Ein Windstoß blies ein paar dürre Blätter und Zweige von

der zutage liegenden Oberfläche des Grabsteines, und ich sah das Flachrelief einer Inschrift und beugte mich darüber, um sie zu entziffern. Gott im Himmel! Mein eigener Name. Das Datum meiner Geburt. Das Datum meines Todes.

Jetzt fiel ein schräger Sonnenstrahl auf den Stamm des Baumes, während ich voll Entsetzen aufsprang. Im rosigen Osten erhob sich die Sonne. Ich stand zwischen dem Baum und der riesigen, roten Sonne – kein Schatten fiel auf den Stamm!

Ein Rudel heulender Wölfe begrüßte den Morgen, ich sah sie auf ihren Hinterläufen sitzen, einzeln und in Gruppen, auf den unregelmäßigen Erderhebungen und Grabhügeln, die die Einöde ausfüllten und sich bis zum Horizont erstreckten. Und nun wußte ich, daß dies die Überreste der alten und berühmten Stadt Carcosa waren.

Dies sind die Tatsachen, die dem Medium Bayrolles mitgeteilt wurden durch den Geist Hoseib Alar Robardin.

Mitten im Leben

Die Brücke über den Eulenfluß

I

Ein Mann stand auf einer Eisenbahnbrücke in Nord-Alabama und sah auf das Wasser hinunter, das zwanzig Fuß unter ihm hastig dahinfloß. Des Mannes Hände waren auf seinem Rücken an den Gelenken mit einer Schnur zusammengeknüpft. Um seinen Hals lag lose ein Strick, der mit einem kräftigen Querbalken über seinem Kopf verbunden war, das freie Ende hing ihm bis zu den Knien hinunter. Ein paar Bretter, die locker über die Schwellen gelegt waren, welche die Gleise der Eisenbahn stützten, bildeten die Plattform für ihn und seine Henker – zwei Gemeine der Unionsarmee und ein Sergeant, der im Zivilberuf Stellvertreter eines Sheriffs sein mochte. Einen Schritt weiter weg stand auf derselben improvisierten Plattform ein Offizier, bewaffnet und in der Uniform seines militärischen Ranges. Er war Hauptmann. An beiden Enden der Brücke war je ein Posten, das Gewehr in ›Habtacht‹-Stellung haltend, das heißt vertikal vor der linken Schulter, den Hahn am Unterarm, der quer über der Brust liegt – eine steife und unnatürliche Stellung, die eine gestreckt aufrechte Körperhaltung erfordert. Zu wissen, was auf der Mitte der Brücke vorging, schien nicht die Pflicht dieser beiden Männer zu sein, sie blockierten lediglich die beiden Enden des Gehsteigs, der über die Brücke führte.

Jenseits des einen Postens war nichts zu sehen, die Schienen liefen geradeaus in ein Wäldchen hinein, beschrieben nach hundert Metern eine Kurve und kamen außer Sicht. Zweifellos war aber weiter weg ein Vorposten. Am anderen Flußufer war offenes Feld, ein sanfter Hang, gekrönt von einem Palisadenwerk aus senkrecht aufgestellten Baumstämmen, mit Spalten für die Flinten und mit einer Schießscharte, durch die die Mündung einer Messingkanone hervorragte, welche die Brücke beherrschte. In der Mitte des Abhangs, zwischen Brücke und Befestigungsanlage, befanden sich die Beobachter, eine einzelne Infanteriekompanie, in Formation unter dem Kommando ›Angetreten‹, die Gewehrgriffe am Boden, die Läufe leicht gegen die rechte Schulter geneigt, die Hände über dem Schaft gekreuzt. Zur Rechten der Formation stand ein Leutnant; die Spitze seines Degens berührte den Boden, während seine linke Hand auf der rechten ruhte. Außer der Gruppe der vier Männer auf der Mitte der Brücke regte sich niemand. Die Kompanie stand mit dem Gesicht zur Brücke, starren Blickes, reglos. Die beiden Posten, den Flußufern zugewandt, hätten Statuen zur Verzierung der Brücke sein können. Der Hauptmann stand mit gekreuzten Armen, schweigend, und beobachtete das Tun seiner Untergebenen, dirigierte sie aber durch keinerlei Zeichen. Der Tod ist ein Würdenträger und muß, wenn er ohne vorherige Ankündigung kommt, mit allen formellen Respektsbezeigungen empfangen werden, sogar von denen, die höchst vertraut mit ihm stehen. Im Kodex militärischer Etikette sind Schweigen und Exaktheit die Ausdrucksform der Ehrerbietung.

Der Mann, der gehängt werden sollte, war etwa fünfunddreißig Jahre alt. Er war Zivilist, und falls man Schlüsse aus seiner Kleidung ziehen wollte: sie war die eines Farmers. Seine Gesichtszüge waren gut geschnitten, eine gerade Nase, energischer Mund und hohe Stirn, von der das lange, dunkle Haar glatt zurückgekämmt war und hinter den Ohren auf den Kragen seiner gutsitzenden Arbeitsjoppe fiel. Er trug Schnurrbart und spitzen Kinnbart, aber keinen Backenbart. Seine Augen waren groß und dunkelgrau und hatten einen gütigen Ausdruck, den man kaum bei jemandem erwarten würde, dessen Hals in der Schlinge steckt. Augenscheinlich war er kein gemeiner Meuchelmörder. Der liberale Militärkodex bietet Handhaben, viele Arten von Menschen aufzuhängen, und Ehrenmänner sind keineswegs davon ausgenommen.

Nachdem die Vorbereitungen beendet waren, traten die beiden Gemeinen zur Seite, und jeder zog das Brett weg, auf dem er gestanden hatte. Der Sergeant tat einen Schritt seitwärts, salutierte und stellte sich unmittelbar hinter den Offizier, der sich nun seinerseits um einen Schritt weiterbewegte. All diese Schritte verursachten, daß jetzt der Verurteilte und der Sergeant auf den beiden Enden der Planke standen, die über drei der Bahnschwellen lag. Das Ende, auf welchem der Zivilist stand, reichte beinahe, aber nicht ganz, bis zu einer vierten Schwelle. Diese Planke war vorher durch das Gewicht des Hauptmanns gehalten worden, jetzt wurde sie durch das des Sergeanten gehalten. Dieser sollte bei einem Zeichen des Hauptmanns zur Seite treten, so daß die Planke kippen und der verurteilte Mann zwischen zwei Eisenbahnschwellen abwärts fallen würde. Dieses Arrangement für die Hinrichtung empfahl sich durch seine Einfachheit und Wirksamkeit. Das Gesicht des Verurteilten war nicht verhüllt, und auch die Augen hatte man ihm nicht verbunden. Er sah einen Moment auf seinen unsicheren Standort, dann ließ er seinen Blick zu den wirbelnden Wassern des Flusses wandern, das hastig unter seinen Füßen dahinschoß. Ein Stück tanzendes Treibholz fesselte seine Aufmerksamkeit, und seine Augen folgten ihm den Fluß hinunter. Wie langsam es sich zu bewegen schien! Was für ein träger Strom!

Er schloß die Augen, um seine letzten Gedanken auf seine Frau und seine Kinder konzentrieren zu können. Das Wasser, vergoldet von den ersten Strahlen der Morgensonne, die Nebelschwaden, die ein Stück weiter stromabwärts tiefer lagerten als das Flußufer, die Befestigungsanlage, die Soldaten, das Stück Treibholz – all das hatte ihn abgelenkt. Und jetzt wurde er sich einer neuen Störung bewußt. Durch die Gedanken an seine Lieben drang ein Ton, den er weder zu ignorieren noch zu begreifen vermochte, ein scharfes, deutliches, metallisches Hämmern, wie das Schlagen eines Schmiedehammers auf einen Amboß, von der gleichen, durchdringenden Art. Er fragte sich, was das sein könne und ob es unermeßlich fern oder ganz nahe wäre – es schien beides zu sein. Die Wiederholungen waren regelmäßig, aber so langsam wie das Läuten einer Totenglocke. Jeden Schlag erwartete er mit Ungeduld und, ohne zu wissen weshalb, mit Bangen. Die Intervalle der Stille dazwischen dauerten zunehmend länger, die Verzögerungen wurden qualvoll. Aber je seltener die Töne wurden, um so mehr nahmen sie an Stärke und Schärfe zu. Sie schnitten wie Messerstiche in sein Ohr. Er fürchtete, daß er schreien würde. Was er da hörte, war das Ticken seiner Uhr.

Er öffnete die Augen aufs neue und sah wieder auf das Wasser drunten. ›Könnte ich meine Hände befreien‹, dachte er, ›dann würde ich die Schlinge abwerfen und in den Fluß springen. Den Kugeln könnte ich durch Tauchen entgehen, rasch schwimmen und ans Ufer und quer durch den Wald und nach Hause entkommen. Mein Heim ist Gott sei Dank ja noch außerhalb ihrer Linien. Meine Frau und meine Kleinen sind noch weit weg von der Front dieser Eindringlinge.‹

Während dieser Gedanken, die hier in Worten wiedergegeben werden müssen, in Wirklichkeit aber eher ins Gehirn des Verurteilten hineinblitzten, als daß sie darin entstanden, nickte der Hauptmann dem Sergeanten zu. Der Sergeant trat zur Seite.

2

Peyton Farquhar war ein wohlhabender Pflanzer aus einer alten und hochgeachteten Alabama-Familie. Da er Besitzer von Sklaven und, gleich anderen Sklavenbesitzern, auch Politiker war, war er selbstverständlich Sezessionist bis in die Knochen und der Sache der Südstaaten glühend ergeben. Zwingende Umstände, die hier nicht berichtet zu werden brauchen, hatten ihn daran gehindert, bei der tapferen Armee zu dienen, welche die unglücklichen Schlachten geschlagen hatte, die mit dem Fall von Corinth endeten, und er litt unter dem ruhmlosen Rückzug und sehnte sich nach Anwendung seiner Kräfte, dem glorreichen Soldatenleben, der Gelegenheit, sich auszuzeichnen. Diese Gelegenheit würde kommen, so hatte er gefühlt, wie sie in Kriegszeiten für alle kommt. Inzwischen tat er so viel, wie er eben konnte. Kein Dienst war ihm zu gering, um dem Süden Hilfe zu leisten, kein Abenteuer zu gefährlich, um es nicht zu wagen, wenn es vereinbar war mit dem Stand eines Zivilisten, der in seinem Herzen Soldat war und der in gutem Glauben, aber ohne allzu viel Eignung dazu zu besitzen, dem niederträchtigen Wort wenigstens teilweise zustimmte, daß in der Liebe und im Krieg alles erlaubt sei.

Eines Abends, als Farquhar mit seiner Frau auf einer Bank beim Eingang zu seinem Grundstück saß, kam ein grau uniformierter Soldat ans Tor geritten und bat um einen Trunk Wasser. Mrs. Farquhar war nur allzu glücklich, ihn mit ihren eigenen weißen Händen bedienen zu dürfen, und während sie fort war, um Wasser zu holen, trat ihr Mann zu dem durstigen Reitersmann und forschte ihn eindringlich nach Neuigkeiten von der Front aus.

»Die Yankees reparieren die Bahngleise«, sagte der Mann, »und machen Vorbereitungen zu ihrem nächsten

Vormarsch. Sie haben die Brücke am Eulenfluß erreicht, sie in Ordnung gebracht und eine Befestigung am Nordufer gebaut. Der Kommandant hat eine Verordnung erlassen, die überall angeschlagen ist und in der es heißt, daß jeder Zivilist, der sich an dem Bahnkörper zu schaffen macht, an den Brücken, Tunnels oder den Zügen, kurzerhand aufgehängt wird. Ich habe die Verordnung gesehen.«

»Wie weit ist es bis zur Eulenflußbrücke?« fragte Farquhar.

»Ungefähr dreißig Meilen.«

»Und ist auf dieser Seite des Flusses kein Militär?«

»Nur ein Vorposten, eine halbe Meile davor, am Bahndamm, und eine einzelne Wache am diesseitigen Ende der Brücke.«

»Angenommen: ein Mann, Zivilist und Liebhaber des Gehängtwerdens, würde den Vorposten umgehen und vielleicht die Wache überwältigen«, fragte Farquhar lächelnd, »– was könnte der zustandebringen?«

Der Soldat überlegte. »Vor einem Monat bin ich dort gewesen«, sagte er, »und habe bemerkt, daß das Hochwasser vom vergangenen Winter hier auf dieser Seite der Brücke eine Menge Treibholz gegen den hölzernen Brückenpfeiler angeschwemmt hat. Jetzt ist es sicher trocken und würde brennen wie Zunder.«

Die Dame hatte jetzt das Wasser gebracht, und der Soldat trank. Er dankte höflich, verneigte sich vor ihrem Mann und ritt davon. Eine Stunde später, nach Einbruch der Dunkelheit, kam er wieder an der Plantage vorbei; er ritt nordwärts in die Richtung, aus der er gekommen war. Er war ein Späher von den Unionstruppen.

3

Als Peyton Farquhar senkrecht abwärts durch die Brücke fiel, verlor er das Bewußtsein und war wie einer, der bereits tot ist. Aus diesem Zustand wurde er – wie es ihm vorkam: nach endloser Zeit – geweckt durch einen heftigen Ruck an seiner Kehle, gefolgt von einem Erstickungsgefühl. Scharfe, stechende Schmerzen schienen von seinem Hals her durch seinen Körper zu schießen. Diese Schmerzen schienen ganz bestimmte, auseinanderlaufende Linien entlangzuzucken, in unbegreiflich rapider Regelmäßigkeit. Sie schienen wie Ströme von pulsierendem Feuer, das ihn bis zu einer unerträglichen Temperatur erhitzte. In seinem Kopf aber hatte er nur ein Gefühl von Fülle, von Blutandrang. Diese Wahrnehmungen waren keineswegs von Gedanken begleitet, der intellektuelle Teil seines Wesens war schon ausgetilgt. Er besaß Kraft nur noch, zu fühlen, und das Gefühl war Folterqual. Der Bewegung war er sich bewußt. Er war jetzt nur noch der in Flammen stehende Kern einer ihn umschließenden, blendenden Wolke, ohne materielle Substanz, und schaukelte in wahnsinnigen Schwüngen hin und her, ein riesiges Pendel. Dann schoß jählings mit entsetzlicher Plötzlichkeit das ihn umgebende Licht, mit dem Tosen eines lauten Aufrauschens, nach oben. Ein fürchterliches Krachen war in seinen Ohren, und dann war alles kalt und finster. Die Denkfähigkeit war wiederhergestellt. Er wußte, daß der Strick gerissen und er selber in den Fluß gefallen war. Es gab kein zusätzliches Würgen mehr, die Schlinge um seinen Hals erstickte ihn bereits und hielt das Wasser von seinen Lungen ab. Am Grund eines Flusses an Gehängtwerden zu sterben! – dieser Gedanke kam ihm lächerlich vor. Er öffnete die Augen in der Schwärze und sah über sich den Schein eines Lichtes, aber – wie fern, wie unerreichbar! Immer noch sank er tiefer, denn das Licht wurde schwächer und schwächer, bis es nur noch ein Schimmer war. Dann fing es an zu wachsen und heller zu werden, und er wußte, daß er zur Oberfläche aufstieg – wußte es mit Widerstreben, denn jetzt fühlte er sich ganz wohl. ›Gehängt und ertränkt zu werden‹, dachte er, ›das ist noch nicht so schlimm. Aber erschossen werden, das möchte ich nicht. Nein, erschießen lasse ich mich nicht, das ist nicht anständig.‹

Er war sich keiner Anstrengung bewußt, aber ein heftiger Schmerz in den Gelenken belehrte ihn darüber, daß er versuchte, seine Hände zu befreien. Er widmete dieser Bemühung all seine Aufmerksamkeit, ungefähr so, wie ein Müßiggänger den Kunststücken eines Jongleurs ohne jedes Interesse an den Resultaten zusehen könnte. Was für prachtvolle Anstrengungen, welch großartige, welch übermenschliche Kraft! Ah, das war fein! Bravo! Die Schnur fiel ab, seine Arme trennten sich und strebten aufwärts, die Hände wurden zu beiden Seiten im wachsenden Licht undeutlich erkennbar. Er betrachtete sie mit erneutem Interesse, als erst die eine, dann die andere sich über die Schlinge an seinem Hals hermachte. Sie rissen sie weg und schleuderten sie ungestüm zur Seite, und ihre Windungen erinnerten ihn an die einer Wasserschlange. ›Tut sie wieder hin, tut sie wieder hin!‹ Er dachte, daß er diese Worte seinen Händen zugeschrien habe, denn dem Lösen der Schlinge war das gräßlichste Stechen gefolgt, das er je erlebt hatte. Sein Nakken tat fürchterlich weh, sein Gehirn brannte lichterloh, sein Herz, das nur noch schwach geflattert hatte, tat einen wilden Schlag und versuchte sich ihm aus dem Halse zu zwängen. Sein ganzer Körper war von unerträglicher Qual gefoltert und zerrissen. Doch schenkten seine ungehorsamen Hände dem Befehl keine Beachtung, sie zerteilten energisch mit raschen, aufwärts führenden Bewegungen das

Wasser und zwangen ihn an die Oberfläche. Er fühlte, daß sein Kopf heraustauchte, seine Augen wurden vom Sonnenlicht geblendet, sein Brustkorb weitete sich konvulsivisch, und mit einer äußersten, alles überbietenden Qual sogen seine Lungen einen tiefen Zug von Luft ein, die er augenblicklich mit einem Schrei wieder ausstieß.

Er war jetzt seiner physischen Sinne wieder vollkommen mächtig, ja, sie waren sogar übernatürlich geschärft und wach. In der furchtbaren Störung seines organischen Systems hatte irgend etwas sie so erregt und verfeinert, daß sie niemals zuvor wahrgenommene Dinge registrierten. Er spürte die kleinen Wellen über seinem Gesicht und hörte sie einzeln, wenn sie ihn berührten. Er schaute nach dem Wald am Flußufer, sah die einzelnen Bäume, die Blätter und die Äderung jedes Blattes – sah genau die Insekten darauf, die Heuschrecken, die blitzenden Fliegen, die grauen Spinnen, die ihre Netze von Zweig zu Zweig spannten. Er nahm die prismatischen Farben in all den Tautropfen auf den Millionen von Grashalmen wahr, das Sirren der Mücken, die über den Stromschnellen tanzten, das Surren von den Flügeln der Libellen, das Beineschlagen der Wasserspinnen, das sich anhörte wie Ruder, die ein Boot antreiben – all dies verursachte hörbare Töne. Ein Fisch huschte unter seinen Augen dahin, und er vernahm das Rauschen des von seinem Leib zerteilten Wassers.

Er war so an die Oberfläche gelangt, daß er stromabwärts sah. Nach einem Augenblick schien die sichtbare Welt sich langsam rundum zu drehen, er selber war ihr Angelpunkt, und er sah die Brücke, die Schanze, die Soldaten auf der Brücke, den Hauptmann, den Sergeanten, die beiden Gemeinen – seine Henker. Sie waren Silhouetten gegen den blauen Himmel. Sie schrien und gestikulierten und zeigten auf ihn. Der Hauptmann hatte seine Pistole gezogen, feuerte aber nicht. Die anderen waren unbewaffnet. Ihre Bewegungen waren grotesk und furchtbar, ihre Gestalten gigantisch.

Plötzlich hörte er einen scharfen Knall, und irgend etwas streifte heftig das Wasser ganz nah bei seinem Kopf, und sein Gesicht wurde von einem Sprühregen benäßt. Er hörte einen zweiten Knall und sah einen der Wachsoldaten mit dem Gewehr an der Schulter, und aus der Mündung stieg eine leichte blaue Rauchwolke. Der Mann im Wasser sah das Auge des Mannes auf der Brücke, das durch das Visier der Flinte in die seinen starrte. Er nahm wahr, daß es ein graues Auge war, und entsann sich gelesen zu haben, daß graue Augen die schärfsten seien und daß alle berühmten Meisterschützen graue Augen hätten. Immerhin – dieser dort hatte fehlgeschossen.

Eine Gegenströmung hatte Farquhar erfaßt und ihn halb herumgedreht. Wieder sah er in den Wald auf der der Schanze gegenüberliegenden Uferseite. Der Klang einer klaren, hohen Stimme ertönte in einem monotonen Singsang jetzt hinter ihm und kam mit einer Deutlichkeit über das Wasser, die alle anderen Geräusche durchbrach und übertönte, sogar das Anprallen der kleinen Wellen an seinem Ohr. Wenn er auch kein Soldat war, so hatte er doch oft genug militärisches Treiben beobachtet, um die schreckliche Bedeutung dieser bedächtigen, schleppend ausgestoßenen Töne zu kennen: der Leutnant am Ufer beteiligte sich jetzt an der morgendlichen Aufgabe. Wie kalt und erbarmungslos, mit welch gleichmäßiger, ruhiger Stimme übertrug er seine eigene Gelassenheit auf die Soldaten – in genau bemessenen Intervallen fielen die grausamen Worte: »Kompanie Achtung!... Gewehr anlegen!... Fertig!... Zielen!... Feuer!«

Farquhar tauchte, tauchte, so tief er nur konnte. Das Wasser brauste ihm in den Ohren wie die Stimme der Niagarafälle, doch hörte er den dumpfen Donner der Salve, und während er wieder zur Oberfläche aufstieg, traf er auf blanke Metallstückchen, die außerordentlich glatt waren und sich langsam abwärts wiegten. Ein paar berührten ihn an Gesicht und Händen, fielen dann weiter, setzten ihren Abstieg fort. Eines blieb ihm zwischen Kragen und Hals stecken, es war unangenehm warm, und er schnippte es weg.

Als er nach Atem ringend an die Oberfläche kam, sah er, daß er lange Zeit unter Wasser gewesen war – er war ein gutes Stück weiter stromabwärts, der Rettung näher. Die Soldaten waren fast damit fertig, ihre Gewehre neu zu laden, die metallenen Ladestöcke blitzten alle zu gleicher Zeit in der Sonne auf, als sie aus den Läufen gezogen, in der Luft gewendet und in ihre Hülsen gesteckt wurden. Wiederum schossen die beiden Posten, unabhängig voneinander und vergebens.

Der gejagte Mann beobachtete das alles über seine Schulter – er schwamm jetzt kräftig und mit der Strömung. Sein Gehirn war ebenso energiegeladen wie seine Arme und Beine, und er dachte mit Blitzesschnelle.

›Der Offizier‹, überlegte er, ›wird diesen Fehler eines strengen Vorgesetzten kein zweites Mal begehen. Es ist genauso leicht, einer Salve zu entkommen wie einem einzelnen Schuß, wahrscheinlich hat er schon den Befehl gegeben, ohne besonderes Kommando zu feuern. Gott steh mir bei – allen entkommen kann ich nicht!‹

Dann ein erschreckendes Aufplatschen in zwei Meter Entfernung, gefolgt von einem laut dahinrasenden Rauschen, das an Tonstärke abnahm und durch die Luft wieder zurückzukehren schien zur Schanze und in einer Explosion erstarb, die allein den ganzen Fluß schon bis in seine Tiefen aufrührte. Ein Berg aus Wasser erhob sich, bog sich über ihn, fiel auf ihn herunter, blendete ihn, erstickte ihn. Die Kanone beteiligte sich also an dem Spiel! Während er sich den Kopf vom Aufruhr des Wassers freischüttelte, hörte er den abweichenden Schuß weiter vorn durch die Luft brummen, und eine Sekunde später krachte es und zerschmetterte die Äste im Wald drüben.

›Das werden sie nicht noch einmal machen‹, dachte er, ›das nächste Mal nehmen sie eine Kartätschenladung. Ich muß die Kanone im Auge behalten. Der Rauch wird mich warnen – der Ton ist zu langsam, der bleibt hinter dem Geschoß zurück, es ist eine gute Kanone.‹

Plötzlich fühlte er sich um und um gewirbelt, drehte sich um sich selbst wie ein Ball. Das Wasser, die Ufer, der Wald, die nun schon entfernte Brücke, die Schanze und die Menschen – alles war miteinander vermengt und verwischt. Die Gegenstände waren nur noch durch ihre Farben angedeutet: waagrecht kreisende Farbstreifen – das war alles, was er noch sah. Er war von einem ungestümen Strudel erfaßt und weggewirbelt worden, in einer so schnell vorwärts drängenden und zugleich drehenden Bewegung, daß ihm schwindlig und übel wurde. In wenigen Sekunden wurde er auf den Kies am Fuß des linken Flußufers – des Südufers – und hinter einen Vorsprung geschleudert, der ihn seinen Feinden verbarg. Das plötzliche Stocken der Bewegung und die Hautabschürfung an einer seiner Hände, durch den Kies, brachten ihn zur Besinnung, und er weinte mit Hingabe. Er grub die Finger in den Sand, warf Hände voll davon über sich in die Luft und segnete ihn mit lauter Stimme. Er sah aus wie Gold, wie Diamanten, Rubine, Smaragde, es gab überhaupt nichts Schönes, woran er ihn nicht erinnert hätte. Die Bäume über dem Ufer waren riesige Gartenpflanzen, er bemerkte entschieden etwas Planvolles in ihrer Anordnung und atmete tief den Duft ihres Blühens ein. Eigenartiges, rosiges Licht schimmerte zwischen ihren Stämmen, und der Wind machte Musik in ihren Zweigen wie in Äolsharfen. Er hatte keinerlei Wunsch, seine Flucht zu vollenden, sondern war zufrieden, an diesem entzückenden Fleck zu bleiben, bis sie ihn wieder zurückholen würden.

Ein Zischen und Knarren von Kartätschenschüssen zwischen den Ästen hoch über seinem Kopf weckte ihn aus seinem Traum. Der verwirrte Kanonier hatte ihm blindlings ein Lebewohl nachgefeuert. Er sprang auf die Füße, eilte die schräge Sandbank hinauf und verschwand im Wald.

Diesen ganzen Tag war er unterwegs, indem er seinen Weg nach dem Bogen der Sonne richtete. Der Wald schien kein Ende zu nehmen, nirgends entdeckte er eine Lichtung in ihm, nicht einmal den Pfad eines Holzfällers. Er hatte nicht gewußt, daß er in einer Region von solcher Wildnis wohnte. In dieser Entdeckung war etwas Unheimliches.

Als die Nacht kam, war er ermüdet, wund an den Füßen und am Verschmachten. Der Gedanke an seine Frau und seine Kinder aber trieb ihn weiter. Schließlich fand er einen Pfad, der in die Richtung führte, von der er wußte, daß es die rechte war. Der Pfad war so breit und gerade wie die Straße in einer Stadt, doch schien er unbenutzt. Keine Felder säumten ihn, nirgends war eine Behausung, nicht einmal Hundegebell verriet menschliche Wohnstätten. Die schwarzen Gestalten der hohen Bäume bildeten zu beiden Seiten gerade Mauern, die am Horizont in einen Punkt zusammenliefen wie ein Diagramm in einer Unterrichtsstunde über Perspektive. Droben, wenn er durch die Öffnung im Wald hinaufschaute, schimmerten große goldene Sterne von unbekanntem Aussehen und in fremden Ordnungen gruppiert. Er war sicher, daß sie in einer Konstellation angeordnet waren, die ein Geheimnis und eine böse Vorbedeutung enthielt. Der Wald war zu beiden Seiten von eigenartigen

Geräuschen erfüllt, zwischen denen er einmal, zweimal und immer wieder deutliches Flüstern in einer unbekannten Sprache vernahm.

Sein Hals schmerzte, und als er ihn mit der Hand befühlte, fand er ihn schrecklich geschwollen. Er wußte, daß ein schwarzer Zirkel ihn dort umgab, wo der Strick ihn gequetscht hatte. Seine Augen fühlten sich dick an vom gestauten Blut, so daß er sie nicht mehr schließen konnte. Seine Zunge war geschwollen vor Durst, und er erleichterte ihre Fieberhitze, indem er sie zwischen den Zähnen in die kühle Luft hinausstreckte. Wie weich doch der Grasteppich den unbegangenen Weg bedeckte! Er fühlte den Straßenboden gar nicht mehr unter den Füßen.

Zweifellos war er trotz seiner Leiden während des Gehens eingeschlafen, denn jetzt erblickte er eine andere Szenerie – vielleicht ist er auch nur aus einem Fiebertraum erwacht. Er steht am Tor zu seinem eigenen Besitz. Alles ist so, wie er es verließ, und licht und schön im Morgensonnenschein. Er muß wohl die ganze Nacht unterwegs gewesen sein. Als er das Tor aufstößt und den breiten weißen Weg entlanggeht, sieht er das Wehen von Frauenkleidern. Seine Frau, frisch und kühl und süß anzusehen, kommt die Verandastufen herunter, um ihm entgegenzugehen. Am Fuß der Treppe wartet sie, mit einem Lächeln unaussprechlicher Freude, einer Gebärde unvergleichlicher Grazie und Würde. Ach, wie schön ist sie! Er stürzt vorwärts mit ausgebreiteten Armen. Als er im Begriff ist, sie zu umfangen, spürt er einen zerschmetternden Ruck im Genick. Ein blendend weißes Licht bricht rings um ihn aus mit einem Ton wie das Dröhnen einer Kanone – dann wird alles zu Finsternis und Schweigen.

Peyton Farquhar war tot. Sein Körper schwang mit gebrochenem Hals sacht von einer Seite zur anderen unter den Spanten der Eulenflußbrücke.

Chickamauga

Eines sonnigen Nachmittags im Herbst lief ein Kind beim Spielen von seinem ländlichen Elternhaus weg über ein schmales Feld und gelangte unbemerkt in den Wald. Es war glücklich in seinem neuen Gefühl, von Beaufsichtigung frei zu sein, glücklich über die Gelegenheit zu Abenteuern. Denn der Geist dieses Kindes war durch das Blut seiner Vorfahren seit Tausenden von Jahren zu Entdekkungs- und Eroberungstaten erzogen worden, zu Siegen in Schlachten, die über Jahrhunderte entschieden, deren Sieger sich Feldlager errichteten, die zu Städten aus behauenem Stein geworden waren. Von der Wiege seiner Rasse an hatte dieses Heldentum sich seinen Weg über zwei Kontinente hin erobert und war, nachdem es ein Weltmeer gekreuzt hatte, in einen dritten Kontinent eingedrungen, zu Krieg und Herrschaft, als seinem Erbe, bestimmt.

Das Kind war ein Knabe von etwa sechs Jahren, der Sohn eines armen Pflanzers. Der Vater war in jüngeren Jahren Soldat gewesen, hatte gegen nackte Wilde gefochten und war der Fahne seines Landes weit in den Süden, in die Hauptstadt einer zivilisierten Bevölkerung gefolgt. In dem friedlichen Leben eines Pflanzers lebte das kriegerische Feuer fort – einmal entflammt, erlischt es nie mehr. Der Mann liebte militärische Bücher und Bilder, und der Knabe hatte genug begriffen, um sich selber ein Holzschwert zu machen, obwohl sogar das Auge seines Vaters es kaum als das erkannt hätte, was es vorstellte. Diese Waffe trug er jetzt voll Tapferkeit, wie es dem Sohn einer heldischen Rasse ansteht, und hin und wieder auf den sonnigen Lichtungen des Waldes innehaltend, nahm er mit etwas Übertreibung die Angriffs- und Verteidigungsstellungen ein, in denen er durch die Kunst der Kupferstecher unterwiesen worden war. Unvorsichtig gemacht durch die Mühelosigkeit, mit der er unsichtbare Feinde überwältigte, die versucht hatten, seinen Vormarsch aufzuhalten, beging er den recht häufigen militärischen Fehler, die Verfolgung bis zu einem gefährlichen Extrem zu treiben, so lange, bis er am Ufer eines breiten, aber seichten Flusses stand, dessen rasch fließendes Wasser seinem direkten Vormarsch gegen den fliehenden Feind, der unbegreiflich leicht hinübergelangt war, Einhalt gebot. Aber der unerschrockene Sieger war nicht zu verwirren. Der Geist der Rasse, die das Weltmeer durchkreuzt hatte, brannte unüberwindbar in dieser kleinen Brust und war nicht zu verleugnen. Er fand eine Stelle, wo ein paar Steinblöcke im flachen Strombett lagen, nicht weiter als einen Schritt oder Sprung voneinander entfernt, und indem er seinen Weg querüber fortsetzte, fiel er von neuem über die Nachhut seines imaginären Feindes her und tötete alle mit dem Schwerte.

Jetzt, da die Schlacht gewonnen war, forderte die Klugheit, daß er sich auf seine Operationsbasis zurückzog. Aber leider – wie so mancher mächtigere Sieger und wie ein bestimmter, der allermächtigste, konnte er nicht bezwingen seine Gier nach Krieg, noch lernen, daß versuchtes Glück sogar dem Größten wehrt den Sieg.

Vom Flußufer aus weiter vordringend, fand er sich plötzlich einem neuen und schrecklicheren Feind gegenüber: auf dem Pfad, dem er gefolgt war, saß kerzengerade, mit aufgestellten Ohren und vorn herunterhängenden Pfoten ein Kaninchen. Mit einem entsetzten Schrei drehte der Knabe sich um und floh, er wußte nicht, in welche Richtung, mit unartikulierten Schreien nach seiner Mutter rufend, weinend, stolpernd – die zarte Haut grausam von Dornen zerrissen, das kleine Herz vor Entsetzen hart klopfend –, atemlos, tränenblind, verirrt im Wald. Dann streifte er mehr als eine

Stunde mit strauchelnden Füßen durch das verwachsene Unterholz, bis er endlich, von Müdigkeit überwältigt, sich auf eine schmale Stelle zwischen zwei Felsen, ein paar Schritt vom Fluß entfernt, niederlegte und sich, sein Holzschwert, das jetzt nicht mehr eine Waffe, sondern ein Kamerad war, immer noch fest umklammernd, in Schlaf weinte. Über seinem Kopf sangen lustig die Waldvögel; die Eichhörnchen, die Pracht ihrer Schwänze schwingend, liefen belfernd von Baum zu Baum, nichts ahnend von diesem Jammer, und irgendwo weit entfernt grollte seltsamer, dumpfer Donner, als ob Rebhühner trommelten zur Feier des Sieges der Natur über den Sohn ihrer ewigen Unterdrücker. Und auf der kleinen Plantage, wo weiße und schwarze Menschen hastig und in Angst die Felder und Heckenraine absuchten, brach fast das Herz einer Mutter wegen ihres verschollenen Kindes.

Das Abendfrösteln steckte ihm in den Gliedern, die Angst vor dem Dunkelwerden im Herzen. Aber er war ausgeruht und weinte nicht mehr. In irgendeinem blinden Instinkt, der ihn zu handeln trieb, kämpfte er sich durchs Unterholz und gelangte auf etwas lichteren Grund – zur Rechten war der Fluß, zur Linken eine sanfte Böschung mit vereinzelten Bäumen, und über dem Ganzen lag die zunehmende Schwermut des Zwielichts. Ein dünner, geisterhafter Nebel stieg über dem Wasser auf. Das ängstigte ihn und trieb ihn zurück. Anstatt den Fluß wieder zu überqueren, in der Richtung, aus der er gekommen war, drehte er ihr den Rükken und ging vorwärts, dem dunklen, dichten Wald zu. Plötzlich gewahrte er etwas Seltsames, sich Bewegendes, was er für irgendein großes Tier hielt – einen Hund, ein Schwein – er wußte es nicht. Vielleicht war es ein Bär. Er kannte Bilder von Bären, wußte aber nichts Nachteiliges über sie und hatte sich schon vage gewünscht, einen zu sehen. Aber irgend etwas in Gestalt und Bewegung dieses Dinges dort, etwas in der Unbeholfenheit seines Näherkommens, sagte ihm, daß es kein Bär war, und Neugierde überwog die Furcht. Er blieb stehen, und als es langsam herankam, wurde er mutiger, weil er sah, daß es wenigstens nicht die langen, bedrohlichen Ohren des Kaninchens hatte. Vielleicht kam seiner eindrucksfähigen Seele auch durch die torkelnden, unbeholfenen Bewegungen halbwegs etwas Bekanntes zum Bewußtsein. Bevor das Ding nah genug herangekommen war, um seine Zweifel zu lösen, sah er, daß noch ein zweites ihm folgte und noch eines. Und rechts und links waren noch viel mehr, die ganze Lichtung ringsum wimmelte jetzt von ihnen – und alle bewegten sie sich zum Fluß hin.

Es waren Menschen. Sie krochen auf Händen und Knien; sie benutzten nur die Hände und zogen die Beine nach; sie benutzten nur die Knie, und ihre Arme schleiften an der Seite; sie wollten sich auf die Füße stellen, fielen bei dem Versuch aber längelang hin. Sie taten nichts auf natürliche Art und nichts gemeinsam, außer daß sie langsam in ein und dieselbe Richtung strebten. Einzeln, zu zweit, in kleineren Gruppen kamen sie durch die Dämmerung. Ein paar hielten, während andere langsam an ihnen vorbeikrochen, da und dort inne, dann krochen sie wieder weiter. Sie kamen zu Dutzenden und zu Hunderten; so weit man in beiden Richtungen in der Dämmerung sehen konnte, sah man sie, und der schwarze Wald hinter ihnen schien unerschöpflich, der Erdboden selbst schien in Bewegung geraten zu sein, auf den Fluß zu. Manchmal bewegte einer, der gehalten hatte, sich nicht wieder weiter, sondern blieb reglos liegen. Er war tot. Ein paar, die innehielten, machten befremdliche Gesten mit den Händen, streckten die Arme aus und ließen sie wieder fallen, griffen sich an den Kopf oder breiteten die Handflächen nach oben, wie Menschen manchmal tun, wenn sie im Gottesdienst beten.

Das Kind bemerkte all dies nur teilweise, es sind Dinge, die ein älterer Beobachter bemerkt hätte. Es gewahrte nicht viel mehr, als daß dies Männer waren, wenn sie auch am Boden krochen. Da es Menschen waren, waren sie nicht zu fürchten, obwohl einige seltsam gekleidet waren. Der Knabe bewegte sich ungehindert zwischen ihnen, ging vom einen zum anderen und starrte ihnen mit kindlicher Neugier ins Gesicht. Ihre Gesichter waren alle sonderbar weiß, und viele waren rot gestreift und gefleckt. Etwas daran, vielleicht auch etwas in ihren grotesken Stellungen und Bewegungen, erinnerte ihn an den bemalten Clown, den er letzten Sommer im Zirkus gesehen hatte, und er lachte, während er ihnen zusah. Aber immer weiter und weiter krochen sie, diese verstümmelten und blutenden Menschen, und beobachteten den tragikomischen Gegensatz zwischen seinem Gelächter und ihrem eigenen furchtbaren Zustand so wenig wie er. Für ihn war es ein vergnügliches Schauspiel, er hatte die Neger seines Vaters zu seinem Gaudium auf Händen und Knien kriechen gesehen, und er war dann auf ihnen geritten und hatte gespielt, sie seien seine Pferde. Jetzt trat er von rückwärts zu einer dieser krabbelnden Gestalten und schwang sich ihr behende rittlings auf den Rücken.

Der Mann sank auf die Brust, besann sich und schleuderte den kleinen Jungen wütend herunter, wie ein wildes Fohlen es tun würde; dann wandte er ihm ein Gesicht zu, dem der Unterkiefer fehlte – von den oberen Zähnen bis zur Kehle war ein großes rotes Loch, befranst mit hängenden Fleischfetzen und Knochensplittern. Das unnatürliche Vorspringen der Nase, das Fehlen des Kinns und die wütenden Augen gaben dem Mann das Aussehen eines großen Raubvogels, an Kehle und Brust rot gefärbt vom Blut seiner

Beute. Der Mann erhob sich auf die Knie, das Kind auf die Füße. Der Mann schüttelte seine Faust gegen das Kind, und dieses, endlich erschreckt, lief zu einem nahen Baum, suchte Deckung dahinter und prüfte die Situation etwas ernsthafter. Und so schleifte sich die unheimliche Prozession langsam und mühselig in grausiger Pantomime dahin, bewegte sich die Halde hinunter wie ein Schwarm von großen schwarzen Käfern, ohne das mindeste Geräusch, in tiefer, vollkommener Stille.

Statt dunkel zu werden, begann die heimgesuchte Landschaft sich zu erhellen. Durch die Baumreihen jenseits des Flusses leuchtete ein merkwürdiges rotes Licht, die Stämme und Äste bildeten gegen diesen Hintergrund ein schwarzes Spitzenwerk. Es beleuchtete die kriechenden Gestalten und lieh ihnen monströse Schatten, die ihre Bewegungen auf dem erhellten Gras verzerrt wiedergaben. Es fiel auf ihre Gesichter, berührte ihre Blässe mit rötlicher Tönung und verstärkte die Flecken, mit denen so viele von ihnen gesprenkelt und bedeckt waren. Es funkelte auf den Knöpfen und Metallstücken ihrer Kleidung. Unwillkürlich wandte sich der Knabe der zunehmenden Pracht entgegen; er ging neben seinen fürchterlichen Gefährten den Hang hinunter und hatte nach ein paar Augenblicken die Vorhut der Schar überholt – keine große Leistung in Anbetracht seiner Überlegenheit. Sein hölzernes Schwert noch immer in der Hand, setzte er sich an die Spitze und führte feierlich den Zug an, sein Tempo dem ihrigen anpassend und sich gelegentlich umwendend, als ob er darauf achten wollte, daß seine Streitmacht sich nicht zerstreue. Gewiß hat noch niemals ein solcher Anführer eine solche Gefolgschaft gehabt.

Auf dem Erdboden, der sich jetzt langsam durch das Vordringen des grauenvollen Zuges füllte, lagen gewisse Gegenstände, an die sich für den Anführer keine bestimmten

Gedankenverbindungen knüpften – eine vereinzelte Schlafdecke, fest der Länge nach gerollt, zusammengelegt und die beiden Enden mit einem Strick gebunden, hier ein schwerer Tornister, dort eine zerbrochene Muskete, kurzum, lauter Sachen, wie man sie hinter zurückweichenden Truppen findet, die sogenannte Fährte von Menschen, die vor ihrem Verfolger fliehen. Überall in der Nähe des Flusses, der hier ein tief gelegenes Ufer hatte, war der Boden von den Tritten von Menschen und Pferden zu Morast zertrampelt. Jemand, der im Gebrauch seiner Augen geübter gewesen wäre, hätte bemerkt, daß diese Fußspuren in beide Richtungen wiesen: die Stelle war zweimal passiert worden, im Vormarsch und auf dem Rückzug. Ein paar Stunden zuvor waren diese verzweifelten, geschlagenen Männer zusammen mit ihren glücklicheren, jetzt weit entfernten Kameraden in den Wald eingedrungen. Ihre einander folgenden Bataillone, die ausschwärmten und sich wieder zu Linien formierten, waren rechts und links an dem Kind vorübergekommen – hatten es fast getreten, während es schlief. Das Rascheln und Murmeln während ihres Vormarsches hatten es nicht geweckt. Nicht weiter als ein Steinwurf von ihm entfernt hatten sie eine Schlacht geschlagen, aber von dem Heulen der Musketen, dem Kanonendonner, dem anfeuernden Geschrei der Offiziere hatte es nichts gehört. Es hatte alles verschlafen, während es vielleicht sein kleines Holzschwert mit festerem Griff umklammerte, in unbewußter Sympathie für seine kriegerische Umgebung, um die Erhabenheit des Kampfes aber so unbekümmert wie die Toten, welche starben, um den Sieg herbeizuführen. Der Schein des Feuers hinter dem Waldgürtel jenseits des Flusses, anfangs von dem Dach seines eigenen Rauches auf die Erde zurückgeworfen, breitete sich jetzt über die ganze Gegend aus. Er verwandelte den wallenden Nebelstreifen in goldenen Dampf, das Wasser schimmerte von roten Reflexen, und rot waren auch viele von den Steinen, die aus der Oberfläche ragten. Aber das war Blut, denn die weniger schwer Verwundeten hatten sie beim Überqueren des Flusses befleckt. Auf diesen Steinen überquerte jetzt auch das Kind mit eifrigen Schritten den Fluß, es wollte zum Feuer. Als es am anderen Ufer stand, drehte es sich nach den Gefährten seines Marsches um. Die Vorhut erreichte gerade das Wasser, die Kräftigeren hatten sich schon ans Ufer geschleppt und tauchten ihre Gesichter in die Flut. Drei oder vier von ihnen, die ganz reglos dalagen, sahen aus, als ob sie keine Köpfe hätten. Bei diesem Anblick weiteten sich die Augen des Knaben vor Staunen: nicht einmal seine so empfängliche Phantasie vermochte ein Phänomen hinzunehmen, das eine derartige Ausdauer voraussetzte. Nachdem sie ihren Durst gelöscht hatten, besaßen diese Menschen nicht mehr die Kraft, sich vom Wasser wegzuheben oder auch nur den Kopf hochzuhalten. Sie waren ertrunken. Hinter ihnen zeigten die offenen Stellen im Wald dem Anführer noch genauso viele formlose Gestalten wie zuvor, aber bei weitem nicht mehr so viele, die sich noch bewegten. Er schwenkte seine Mütze, um sie zu ermutigen, und deutete lächelnd mit seiner Waffe in die Richtung des geleitenden Lichtes – eine Feuersäule für diesen seltsamen Exodus.

Der Treue seiner Streitkräfte vertrauend, betrat er jetzt den Waldstreifen, durchquerte ihn rasch bei der roten Beleuchtung, überkletterte einen Zaun, lief über ein Feld, drehte sich hin und wieder um, um seinem Schatten zuzuwinken, der seinen Gruß erwiderte, und gelangte so an die in Flammen stehende Ruine eines Wohnhauses. Verwüstung allenthalben. In all dem weiten, blendenden Licht war kein einziges Lebewesen sichtbar, aber daraus machte er sich nichts, das Schauspiel war vergnüglich, und er hüpfte voller Lust und ahmte die wehenden Flammen nach. Er lief umher, um Brennstoff zu sammeln, aber alle Gegenstände, die er fand, waren zu schwer für ihn, um sie aus der Distanz, zu der die Hitze ihn zwang, in die Flammen zu werfen. Aus Verzweiflung schleuderte er sein Schwert hinein, ein Zeichen, daß er vor den überlegenen Streitkräften der Natur die Waffen streckte. Seine militärische Karriere war zu Ende.

Als er sich umwandte, fielen sein Blicke auf ein paar Nebengebäude, die ein merkwürdig bekanntes Aussehen hatten, als hätte er schon einmal von ihnen geträumt. Er stand und betrachtete sie voll Verwunderung, als plötzlich die ganze Plantage mitsamt dem sie umgebenden Wald sich wie um eine Achse zu drehen schien. Seine kleine Welt beschrieb einen Halbkreis, der Zeiger des Kompasses schwang zurück, er erkannte das flammende Gebäude als sein Elternhaus.

Einen Augenblick stand er betäubt von der Wucht der Entdeckung, dann lief er mit stolpernden Füßen halb um die Ruine herum. Da, deutlich im Licht des Brandes, lag der tote Körper einer Frau, das weiße Gesicht nach oben, die Arme ausgebreitet, die Hände um Büschel von Gras geklammert, die Kleider zerrissen, das lange, dunkle Haar wirr und voll von geronnenem Blut. Der größte Teil der Stirn war fortgerissen, und aus dem gezackten Loch quoll das Hirn heraus, floß über die Schläfe, eine schaumige graue Masse, bekränzt mit Trauben kleiner roter Blasen – das Werk einer Granate.

Das Kind bewegte seine kleinen Hände, machte wilde, unbestimmbare Gesten. Es stieß eine Folge unartikulierter und nicht zu schildernder Schreie aus – etwas zwischen dem Schnattern eines Affen und dem Kollern eines Truthahns, ein erschreckender, seelenloser, unheimlicher Laut, die Sprache eines bösen Geistes. Das Kind war taubstumm.

Dann stand es reglos, mit bebenden Lippen, und blickte auf den Trümmerhaufen.

Einer von den Vermißten

Jerome Searing, gemeiner Soldat in der Armee General Shermans, die damals dem Feind bei Kenesaw Mountain in Georgia gegenüberstand, wandte einer kleinen Gruppe von Offizieren, mit denen er leisen Tones geredet hatte, den Rücken, stieg über die leichte Linie von Erdwällen und entschwand im Wald. Keiner der hinter den Wällen aufgereihten Soldaten hatte ein Wort zu ihm gesagt, noch hatte er auch nur genickt, als er sie passierte, aber alle, die ihn sahen, begriffen, daß dieser tapfere Mann mit irgendeiner gefahrvollen Aufgabe betraut worden war. Jerome Searing, obgleich nur Gemeiner, diente nicht in den vordersten Linien, sondern war zum Dienst beim Divisionshauptquartier abkommandiert und wurde in den Listen als Ordonnanz geführt. ›Ordonnanz‹ ist ein Begriff, der eine Unmenge von Pflichten umschließt. Eine Ordonnanz kann Bote sein, Schreiber, Offiziersbursche – überhaupt alles. Er kann Dienste leisten, für die es in den Verordnungen und Militärreglements keine Bestimmungen gibt. Die Art dieser Dienste mag abhängig sein von seinen Fähigkeiten, von Gunst, vom Zufall. Der Gemeine Searing, ein unvergleichlicher Scharfschütze, jung – es ist überhaupt erstaunlich, wie jung wir alle in jenen Tagen waren –, verwegen, intelligent und unempfänglich für Furcht, war ein Patrouillengänger. Der General, der seine Division kommandierte, gab sich nicht damit zufrieden, Befehlen blindlings zu folgen, ohne zu wissen, was an seiner Front vorging, selbst dann nicht, wenn sein Kommando nicht für besondere Aufgaben eingesetzt war, sondern einen Frontabschnitt innerhalb der Linie der Armee bildete. Auch war er nicht befriedigt, wenn er seine Kenntnisse über den Gegner vor ihm durch die üblichen Kanäle bekam. Er wollte mehr wissen als das, was er vom Korpskommandeur erfuhr, und mehr als nur von Zusammenstößen der Vorposten und von Schützengeplänkeln. Daher denn Jerome Searing – mit seinem außerordentlichen Wagemut, seinem Jagdinstinkt, seinen scharfen Augen und seinen zuverlässigen Meldungen. Im heutigen Fall waren die Instruktionen einfach: so nah wie möglich an die feindlichen Linien heranzukommen und alles in Erfahrung zu bringen, was er nur konnte.

In wenigen Minuten hatte er die Vorpostenkette erreicht, wo die diensttuenden Soldaten in Gruppen von zweien oder vieren hinter kleinen Erdwällen lagen, die aus der leichten Bodensenkung aufgeschaufelt waren, während ihre Flinten aus den grünen Büscheln herausragten, mit denen sie ihre primitiven Verteidigungsstellungen getarnt hatten. Ohne Unterbrechung erstreckte sich der Wald gegen die Front zu, so einsam und schweigend, daß man sich nur mit angestrengter Phantasie vorstellen konnte, er sei von bewaffneten Männern bevölkert, munteren und wachsamen, ein Wald voll schrecklicher Möglichkeiten für ein Gefecht. Nachdem Searing einen Augenblick in einem der Schützenlöcher pausiert hatte, um die Kameraden über sein Vorhaben zu informieren, kroch er verstohlen auf Händen und Knien weiter und war bald in einem dichten Unterholzdickicht verschwunden.

»Das ist das letzte, was wir von ihm zu sehen bekommen haben«, sagte einer der Leute. »Ich wünschte, ich hätte seine Flinte. Diese Kerle werden ein paar von uns damit abknallen.« Searing kroch weiter, indem er alles, was ihm der Zufall bot, jede Senke, jedes Gebüsch, ausnützte, um sich bessere Deckung zu verschaffen. Seine Augen drangen überallhin, seine Ohren registrierten jedes Geräusch. Er atmete lautlos und schmiegte sich an den Boden. Es war ein langsames Tun, aber kein langweiliges. Die Gefahr machte es erregend, aber die Erregung machte sich physisch nicht bemerkbar. Sein Puls ging so regelmäßig, seine Nerven waren so ruhig, als ob er versuchte, einen Spatzen zu fangen.

›Es scheint lange zu dauern‹, dachte er, ›aber ich kann noch nicht weit gekommen sein. Noch bin ich am Leben.‹

Er lächelte selber über seine Methode, die Entfernung zu schätzen, und kroch weiter. Eine Sekunde darauf drückte er sich plötzlich flach an die Erde und lag reglos, Minute um Minute. Durch eine enge Öffnung im Buschwerk hatte er einen kleinen Hügel aus gelbem Lehm gesehen – einen der feindlichen Schützengräben. Nach einer Weile hob er vorsichtig den Kopf, zentimeterweise, dann den Körper, indem er ihn auf die rechts und links ausgespreizten Hände stützte, während er die ganze Zeit gespannt auf den Lehmwall sah. Im nächsten Augenblick war er auf den Füßen, das Gewehr in der Hand, und rannte blitzschnell vorwärts, ohne viel auf Deckung zu achten. Er hatte die Anzeichen, worin immer sie auch bestanden, richtig gedeutet: der Feind war abgezogen.

Um über jeden Zweifel hinaus völlig sicher zu sein, bevor er zurückging und eine dermaßen wichtige Nachricht überbrachte, drang Searing über die Linien der verlassenen Gräben weiter vor und lief durch den jetzt lichteren Wald von Deckung zu Deckung, die Augen voller Wachsamkeit, um eine mögliche Nachhut zu erspähen. Er gelangte an den Rand einer Ansiedlung, einer dieser verlassenen, verwüsteten Heimstätten der letzten Kriegsjahre, überwachsen von dornigem Gebüsch, häßlich, mit zerbrochenen Zäunen, trostlos mit ihren verloren dastehenden Gebäuden, die an

Stelle von Türen und Fenstern leer gähnende Löcher hatten. Nach scharfer Prüfung aus der sicheren Deckung einer jungen Kieferngruppe lief Searing leichtfüßig über ein Feld und durch einen Obstgarten zu einem kleinen Bau, der gesondert von den übrigen Farmhäusern auf einer leichten Erhöhung stand und von dem er meinte, er würde ihm die Möglichkeit geben, einen großen Teil des Gebietes zu überblicken, in dessen Richtung, wie er annahm, der Feind sich zurückgezogen hatte. Das Gebäude, das ursprünglich aus einem einzigen Raum bestanden hatte, erhob sich auf vier Pfosten von ungefähr zehn Fuß Höhe und war nur noch wenig mehr als ein bloßes Dach. Der Fußboden war verfallen, die Querbalken und Planken lagen auf der Erde übereinandergehäuft oder waren mit einem ihrer Enden oben hängengeblieben und starrten nach verschiedenen Richtungen. Die vier Pfosten selbst standen nicht mehr gerade, und das Ganze sah aus, als ob es schon bei der Berührung eines Fingers zusammenbrechen würde.

Im Schutz der Trümmer aus Balken und Brettern blickte Searing über das offene Feld, das zwischen seinem Aussichtspunkt und einem um eine halbe Meile entfernten Ausläufer des Kenesawgebirges lag. Eine Straße, die aufwärts und über diesen Ausläufer hinwegführte, war voller Truppen – der Nachhut des zurückweichenden Feindes –, die Rohre ihrer Geschütze funkelten im morgendlichen Sonnenlicht.

Searing hatte nun alles in Erfahrung gebracht, was zu wissen er überhaupt nur hoffen konnte. Es war seine Pflicht, so rasch wie möglich zu seinem Kommando zurückzukehren und über seine Entdeckung zu berichten. Aber die graue Infanteriekolonne der Konföderierten, die sich mühselig die Bergstraße hinaufarbeitete, brachte ihn in die größte Versuchung. Seine Flinte, eine gewöhnliche ›Springfield‹, aber mit einem vorgesetzten Kugelvisier und Stecherauslösung ausgestattet, hätte ohne weiteres ihre ein und ein Viertel Unzen Blei zischend mitten in die Kolonne geschickt. Das hätte zwar die Dauer und den Ausgang des Krieges nicht weiter beeinflußt, aber Töten ist nun einmal das Geschäft des Soldaten. Auch sein Vergnügen ist es, falls er ein guter Soldat ist. Searing spannte seine Flinte und stellte den Stecher ein.

Aber es war von Anbeginn der Zeiten bestimmt, daß der Gemeine Searing an diesem hellen Sommermorgen niemanden morden sollte, noch sollte er vom Rückzug der Konföderierten Rapport erstatten. Denn seit unmeßbaren Ewigkeiten hatten die Ereignisse sich zu diesem erstaunlichen Mosaik, dessen undeutlich erkennbaren Teilen wir den Namen ›Geschichte‹ geben, so zusammengefügt, daß die Aktionen, die er beabsichtigte, die Harmonie des Musters zerstört hätten.

Fünfundzwanzig Jahre zuvor hatte die höhere Macht, die mit der Ausführung der Arbeit, dem Entwurf entsprechend, betraut war, gegen eine derartige Kalamität Vorkehrungen getroffen, indem sie die Geburt eines gewissen Kindes männlichen Geschlechts in einem kleinen Nest am Fuß der Karpaten veranlaßte, es sorgfältig großzog, seine Erziehung überwachte, seine Wünsche auf eine militärische Laufbahn hinlenkte und es zu gegebener Zeit zum Artillerieoffizier machte. Durch das Zusammentreffen einer ungeheuren Zahl begünstigender Einwirkungen und ihres Übergewichts gegenüber einer ungeheuren Zahl hemmender Einwirkungen war dieser Artillerieoffizier dazu gebracht worden, einen Verstoß gegen die Disziplin zu begehen und aus dem Lande seiner Geburt zu entfliehen, um der Strafe zu entkommen. Er war nach New Orleans statt nach New York gelenkt worden, wo ihn am Hafen ein Rekrutierungsbeamter erwartete. Er wurde angeworben und befördert, und die

Dinge wurden dergestalt angeordnet, daß er nunmehr drei Meilen von da, wo gerade Jerome Searing, der Patrouillengänger der Unionstruppen, stand und seine Flinte spannte, eine konföderierte Batterie kommandierte. Nichts war außer acht gelassen worden – bei jedem Schritt im Lauf des Lebens dieser beiden Männer und im Leben ihrer Vorfahren und ihrer Zeitgenossen war das Rechte geschehen, um das gewünschte Resultat herbeizuführen. Wäre irgend etwas in diesen unermeßlichen Verkettungen übersehen worden, so hätte der Gemeine Searing vielleicht an diesem Vormittag auf die abziehenden Konföderierten geschossen und womöglich sein Ziel verfehlt. Wie es sich aber nun verhielt, so amüsierte sich ein Artilleriehauptmann der Konföderierten, der nichts Besseres zu tun hatte, während er darauf wartete, bis die Reihe an ihn kam, abzuziehen und wegzukommen, mit einer Feldhaubitze, die zu seiner Rechten versteckt war, etwas anzuvisieren, was er fälschlich für ein paar Offiziere der Unionstruppen auf dem Hügelkamm hielt, und zog das Geschütz ab. Der Schuß flog weit über sein Ziel.

Als Jerome Searing den Hahn seiner Flinte spannte und, die Augen auf die fernen Konföderierten gerichtet, überlegte, wohin er zielen könnte, um die meiste Aussicht zu haben, aus irgend jemandem eine Witwe oder eine Waise oder eine kinderlose Mutter zu machen – vielleicht sogar all dies zugleich, denn der Gemeine Searing war, obwohl er schon wiederholt eine Beförderung zurückgewiesen hatte, doch nicht ganz ohne einen gewissen Ehrgeiz –, hörte er einen sausenden Ton in der Luft, wie von den Schwingen eines großen Vogels, der auf seine Beute niederstößt. Rascher, als er die Steigerung wahrzunehmen imstande war, wuchs der Ton zu einem heiseren, entsetzlichen Dröhnen an, als das Geschoß, das dies verursachte, aus dem Himmel auf ihn niedersauste, mit betäubendem Anprall gegen einen der Pfosten stieß, die das Durcheinander der Spanten über ihm stützten, ihn zu Kleinholz zersplitterte und das baufällige Gefüge mit lautem Krachen, in Wolken von Staub, herunterbrachte.

Leutnant Adrian Searing, der das Vorpostenkommando an dem Frontabschnitt hatte, an dem sein Bruder Jerome bei seinem Auftrag vorübergekommen war, saß aufmerksam horchend hinter seiner Brustwehr an der Front. Nicht der mindeste Laut entging ihm. Der Schrei eines Vogels, das Belfern eines Eichhörnchens, das Wehen des Windes in den Pinien – alles wurde sorgfältig von seinen angestrengten Sinnen registriert. Plötzlich hörte er, unmittelbar gegenüber seiner Stellung, aus der Ferne ein schwaches verworrenes Poltern, wie vom Zusammenbrechen eines Gebäudes. Im gleichen Augenblick kam von rückwärts her ein Offizier zu Fuß auf ihn zu und salutierte. »Herr Leutnant«, sagte der Adjutant, »der Oberst befiehlt Ihnen, Ihre Linie weiter nach vorn zu verlegen und Fühlung mit dem Feind zu nehmen, wenn Sie ihn finden. Wenn nicht, sollten Sie weiter vorrükken, bis Ihnen Halt befohlen wird. Es besteht nämlich Grund zur Annahme, daß der Feind sich zurückgezogen hat.«

Der Leutnant nickte und antwortete nichts. Der andere Offizier ging. Eine Minute später hatten die Soldaten, durch die Unteroffiziere in gedämpftem Ton von dem Befehl in Kenntnis gesetzt, ihre Schützengräben verlassen, hatten in breiter Front Aufstellung genommen und bewegten sich in Gefechtsordnung voran, mit zusammengebissenen Zähnen und klopfenden Herzen. Der Leutnant blickte mechanisch auf seine Uhr: achtzehn Minuten nach sechs.

Als Jerome Searing wieder zum Bewußtsein kam, begriff er nicht gleich, was geschehen war. Tatsächlich dauerte es eine Weile, bis er auch nur die Augen öffnete. Eine Zeitlang meinte er, daß er gestorben und begraben sei, und versuchte sich an irgendwelche Vorgänge bei der Beerdigungsfeier zu erinnern. Er dachte, daß seine Frau über seinem Grab knie und das Gewicht der Erde auf seiner Brust durch das ihrige noch vermehre. Beides zusammen, Witwe und Erde, hatten seinen Sarg eingedrückt. Wenn die Kinder sie nicht dazu überredeten, nach Hause zu gehen, würde er nicht mehr lange imstande sein zu atmen. Er hatte das Gefühl, daß ihm unrecht geschah. ›Ich kann nicht mit ihr reden‹, dachte er, ›die Toten haben keine Stimme. Und wenn ich die Augen aufmache, bekomme ich sie voll Erde.‹

Er machte die Augen auf – ein großes Stück blauer Himmel, hinter einem Saum von Baumkronen. Im Vordergrund, die Aussicht auf ein paar dieser Bäume versperrend, ein hoher, schwarzbrauner Erdwall, von kantigem Umriß und durchkreuzt von einer verworrenen, planlosen Anlage gerader Furchen, und das Ganze in unermeßlich weiter Ferne – einer Ferne, so unbegreiflich groß, daß es ihn ermüdete und er die Augen wieder schloß. Im gleichen Moment aber, in dem er das tat, wurde er sich einer unerträglichen Helligkeit bewußt. In seinen Ohren war ein Ton wie das tiefe, rhythmische Donnern einer weit entfernten Meeresbrandung, die in regelmäßig einander folgenden Wellen auf einen Strand rollt. Und aus diesem Lärm heraus, anscheinend dazu gehörig, möglicherweise aber auch jenseits davon, aber vermischt mit seinem unaufhörlichen Unterton, kamen die deutlich artikulierten Worte: ›Jerome Searing, du bist gefangen wie 'ne Ratte in 'ner Falle – in 'ner Falle, Falle, Falle.‹

Plötzlich brach tiefe Stille ein, eine schwarze Finsternis, eine unendliche Gelassenheit, und Jerome Searing, seines Ratteseins durchaus bewußt und gänzlich überzeugt von der Falle, in die er geraten war, erinnerte sich an alles und machte, keineswegs alarmiert, die Augen wieder auf, um die Stärke seines Feindes zu erkunden, zu überprüfen und auf Verteidigung zu sinnen.

Er war gefangen in zurückgelehnter Haltung, sein Rükken fest gestützt durch einen soliden Balken. Ein weiterer Balken lag quer über seiner Brust, aber er war imstande gewesen, ein wenig unter ihm zurückzuweichen, so daß er nicht mehr so auf ihn drückte, wenn er auch nicht wegzuschieben war. Eine im rechten Winkel mit dem Balken verbundene Eisenstrebe hatte ihn gegen einen Bretterstapel zu seiner Linken gedrängt und keilte ihm auf dieser Seite den Arm ein. Seine Beine, leicht gespreizt und am Boden ausgestreckt, waren bis zu den Knien hinauf von einem Trümmerberg bedeckt, der über seinen beengten Horizont ragte. Sein Kopf steckte so unbeweglich fest wie in einem Schraubstock. Bewegen konnte er seine Augen, seinen Kiefer – weiter nichts. Lediglich sein rechter Arm war teilweise frei. »Du mußt uns hier heraushelfen«, sagte er zu ihm. Aber er konnte ihn weder unter dem schweren Balken, der quer über seinem Oberkörper lag, vorziehen noch ihn mehr als sechs Zoll vom Ellbogen an von sich weg bewegen.

Searing war weder ernstlich verwundet, noch hatte er Schmerzen. Ein derber Schlag auf den Kopf von einem Stück des zersplitterten Pfostens, der gleichzeitig mit dem entsetzlich jähen Schock seines Nervensystems erfolgt war, hatte ihn nur betäubt. Die Zeit seiner Bewußtlosigkeit, mit einbegriffen den Moment, in dem er wieder zu sich kam und jene eigenartigen Vorstellungen gehabt hatte, hatte wahrscheinlich nicht länger als ein paar Sekunden gedauert, denn der Staub von den Trümmern hatte sich noch nicht einmal ganz gesetzt, als er schon mit einer vernünftigen Begutachtung der Situation begann.

Mit seiner teilweise freien rechten Hand versuchte er jetzt den Balken zu greifen, der quer über seiner Brust, aber nicht gänzlich dagegen gepreßt lag. Es war ganz unmöglich. Er war nicht imstande, die Schulter so hinunterzudrücken, daß er den Ellbogen über die Sparrenkante bekommen konnte, die seinen Knien am nächsten war. Wenn er aber dazu nicht imstande war, so konnte er den Unterarm und die Hand nicht heben, um den Balken zu greifen. Die Strebe, die mit dem Balken nach unten und rückwärts einen Winkel bildete, hinderte ihn, irgend etwas in dieser Richtung zu unternehmen, und der Raum zwischen ihr und seinem Körper war nicht halb so groß wie die Länge seines Unterarmes. Es war klar, daß er seine Hand weder unter noch über den Balken bekommen konnte, er konnte ihn tatsächlich nicht einmal berühren. Nachdem er dieses Unvermögen eingesehen hatte, ließ er davon ab und begann darüber nachzudenken, ob er etwas von den Trümmern, die über seine Beine getürmt waren, erreichen könnte.

Als er den Haufen betrachtete, um diese Frage zu entscheiden, wurde seine Aufmerksamkeit von etwas gefesselt, was ein Ring aus glänzendem Metall zu sein schien, seinen Augen unmittelbar gegenüber. Zuerst kam es ihm so vor, als ob der Ring, ein bißchen weiter als ein halber Zoll im Durchmesser, irgendeine tiefschwarze Substanz umschließe. Plötzlich aber merkte er, daß das Schwarze bloßer Schatten und der Ring in Wirklichkeit die aus dem Trümmerhaufen herausragende Mündung seiner Flinte war. Er brauchte nicht lange, um sich darüber zu beruhigen, daß das wirklich stimmte – falls es eine Beruhigung war. Wenn er ein Auge zumachte, konnte er ein kleines Stück den Lauf entlangsehen, bis dorthin, wo er vom Schutt verborgen wurde. Er konnte mit dem entsprechenden Auge die eine Seite im genau gleichen Winkel sehen wie die andere Seite mit dem anderen Auge. Mit dem rechten Auge betrachtet, schien die Waffe auf eine linke Stelle seines Kopfes gerichtet zu sein und umgekehrt. Die Oberseite des Laufes war er nicht imstande zu sehen, aber die untere Seite des Schaftes konnte er in einem leichten Winkel erkennen. Die Waffe zielte wahrhaftig genau auf die Mitte seiner Stirn.

Bei der Erkenntnis dieses Umstandes und in Erinnerung daran, daß er kurz vor dem Mißgeschick, dessen Resultat die jetzige ungemütliche Situation war, seine Flinte gespannt und den Abzug so eingestellt hatte, daß die kleinste Berührung ihn auslösen konnte, überkam den Gemeinen Searing ein Gefühl von Unbehagen. Aber dies Gefühl war so weit wie nur möglich von Furcht entfernt. Er war ein tapferer Mensch, so ziemlich gewöhnt an den Anblick von Flinten und, was dies betrifft, auch an den von Kanonen. Und jetzt entsann er sich mit so etwas wie Erheiterung an einen Vorfall, den er beim Sturm auf Missionary Ridge erlebt hatte, wo er, zu einer der feindlichen Schießscharten hinaufgehend, eine schwere Kanone sah, die eine Kartätsche nach der anderen zwischen die Angreifer feuerte, und wie er einen Augenblick gemeint hatte, das Geschütz sei aus dem Gefecht gezogen worden. Er konnte in der Öffnung nichts weiter sehen als einen metallenen Kreis. Was das war, hatte er gerade noch rechtzeitig begriffen, um einen Schritt zur Seite zu tun, als schon ein neuer Eisenhagel über den wimmelnden Abhang hinunterprasselte. Es ist eines der gewöhnlichsten Vorkommnisse im Leben eines Soldaten, mit Feuerwaffen zu tun zu haben, auch mit solchen, die mißgünstig hinter ihm herzischen. Dafür ist ein Soldat ja da. Dennoch – der Soldat Searing fand die Situation nicht durchaus genußreich und wandte seine Augen weg.

Nachdem er ziellos eine Weile mit seiner rechten Hand herumgetastet hatte, machte er ohne Ergebnis den Versuch, seine Linke zu befreien. Dann probierte er, mit dem Kopf loszukommen, dessen Unbeweglichkeit um so ärgerlicher war, als er nicht wußte, was ihn eigentlich festhielt. Sodann versuchte er seine Füße herauszuziehen, aber während er zu diesem Zweck die kräftigen Muskeln seiner Beine bemühte, fiel ihm ein, daß das Rütteln an dem Trümmerhaufen, der sie fesselte, das Gewehr auslösen konnte. Wie die Flinte überhaupt alles, was ihm bisher schon zugestoßen war, überstanden hatte, konnte er nicht begreifen, wenn auch die Erinnerung ihm in dieser Hinsicht verschiedene Fälle lieferte. Besonders an einen entsann er sich: da hatte er in einem Moment der Zerstreutheit den Gewehrkolben benutzt, um einem anderen Gentleman den Schädel einzuschlagen, und erst hinterher bemerkt, daß die Waffe, die er so emsig, den Lauf in der Hand, geschwungen hatte, geladen, mit Zündhütchen versehen und gänzlich entsichert war – die Kenntnis dieser Sachlage hätte seinen Gegner zweifellos zu längerem Widerstand ermuntert. Immer hatte er bei der Erinnerung an diesen Schnitzer der grünen Anfänge seiner Soldatenlaufbahn gelächelt, aber jetzt lächelte er nicht. Er wandte die Augen wieder der Gewehrmündung zu und dachte einen Augenblick, sie habe sich bewegt. Sie schien jetzt etwas näher zu sein.

Wieder sah er weg. Die Kronen der fernen Bäume jenseits des Plantagengebietes interessierten ihn. Vorher hatte er nicht wahrgenommen, wie leicht und befiedert sie aussahen und wie tief das Blau des Himmels war, sogar zwischen den Ästen, wo er durch das Grün etwas blasser wirkte. Über ihm schien er beinahe schwarz. ›Es wird ungemütlich heiß hier werden, wenn es auf den Mittag zugeht‹, dachte er, ›ich möchte wissen, in welche Himmelsrichtung ich eigentlich schaue.‹

Aus den Schatten, die er zu sehen vermochte, schloß er, daß es Norden war. So würde er wenigstens nicht die Sonne in die Augen bekommen, und Norden – ja, das war dort, wo seine Frau und seine Kinder waren.

»Pah!« rief er ganz laut, »was haben denn die damit zu tun?« Er schloß die Augen. »Wenn ich hier doch nicht herauskomme, kann ich genausogut schlafen. Die Rebellen sind weg, und unsere Leute werden ganz bestimmt hier nach Proviant stöbern kommen. Die werden mich schon finden.«

Aber er schlief nicht. Allmählich merkte er, daß ihm die Stirn weh tat. Es war ein dumpfer Schmerz, zuerst kaum wahrnehmbar, dann aber wurde er immer unangenehmer. Searing machte die Augen auf, und schon war es weg – er schloß sie, und es war wieder da. »Verflucht noch mal!« sagte er unsachlicherweise und starrte wieder in den Himmel. Er hörte das Zwitschern der Vögel, die seltsam metallischen Töne der Feldlerche, wie vibrierend aneinanderklirrende Degen, und er versank in frohe Erinnerungen an seine Kindheit, spielte wieder mit Bruder und Schwester, rannte querfeldein, scheuchte mit Geschrei die Lerchen vom Boden auf, gelangte in den dunklen Wald drüben und ging mit zaghaften Schritten den undeutlich erkennbaren Pfad zum Geisterfelsen entlang, um schließlich mit hörbarem Herzklopfen vor der Höhle des Toten Mannes zu stehen und danach zu trachten, in ihr grausiges Geheimnis einzudringen. Zum ersten Mal bemerkte er, daß der Eingang zur Spukhöhle von einem Metallring umschlossen war. Sodann versank alles übrige, und wie zuvor starrte er in die Mündung seiner Flinte. Hatte sie aber vorhin näher geschienen, so schien sie jetzt in unbegreiflicher Ferne und eben deshalb um so unheimlicher. Er schrie auf, und erschreckt durch etwas in seiner eigenen Stimme – den Ton der Angst –, betrog er sich selbst mit der Lüge: ›Wenn ich nicht laut rufe, könnte ich ja womöglich bis ans Lebensende hierbleiben.‹

Nun machte er keinen Versuch mehr, dem drohenden Starren des Flintenlaufs zu entgehen. Wenn er für eine Sekunde die Augen abwandte, so war es, um nach einer Abhilfe zu schauen, obgleich er auf keiner Seite den Boden sehen konnte, und erlaubte seinen Augen dann wieder, zurückzukehren, dem hypnotisierenden Zwang gehorchend. Wenn er sie schloß, geschah es aus Ermattung, und sofort zwang ihn der stechende Schmerz in der Stirn – die Ankündigung und Drohung der Kugel –, sie wieder aufzumachen.

Die Spannung für Nerven und Gehirn war zu groß, die Natur erlöste ihn durch Momente von Bewußtlosigkeit. Aus einer solchen erwachend, fühlte er einen heftigen, schneidenden Schmerz in der rechten Hand, und als er die Finger aneinanderlegte oder die Handflächen mit ihnen rieb, spürte er, daß sie naß und schlüpfrig waren. Er konnte zwar die Hand nicht sehen, kannte aber das Gefühl: es war fließendes Blut. Während er besinnungslos war, hatte er mit der Hand gegen die spitzen Holztrümmer gehämmert, sie waren voller Splitter. Er beschloß sein Schicksal mannhafter zu ertragen. Er war ein schlichter, einfacher Soldat und hatte keinen Glauben und nicht viel Lebensweisheit. Er konnte nicht wie ein Heros mit großen und bedeutenden Worten auf den Lippen sterben, nicht einmal, wenn jemand dagewesen wäre, sie zu hören, aber er konnte in anständiger Haltung sterben, und das wollte er. Aber wüßte er doch nur, wann der Schuß zu erwarten war!

Ein paar Ratten, die wahrscheinlich den Schuppen bewohnten, kamen und schnüffelten und polterten umher. Eine erkletterte den Trümmerhaufen, der das Gewehr hielt, eine andere folgte ihr und dann noch eine. Searing betrachtete sie zunächst mit Gleichgültigkeit, dann mit freundlichem Interesse. Dann, als der Gedanke, daß sie den Flintenabzug berühren könnten, seinen verwirrten Kopf durchfuhr, fluchte er, sie sollten sich davonmachen. »Euch geht das gar nichts an!« schrie er.

Die Tiere verschwanden. Später würden sie sicher zurückkommen, über sein Gesicht herfallen, seine Nase anknabbern, seine Kehle durchbeißen – er wußte das, aber er hoffte bis dahin schon tot zu sein.

Nichts vermochte jetzt mehr seinen Blick von dem kleinen Metallring mit dem schwarzen Innern zu lösen. Der Schmerz in seiner Stirn war schneidend und gleichmäßig. Er spürte, wie er allmählich tiefer und tiefer das Gehirn durchdrang, bis sein Vordringen von dem Holz hinter seinem Kopf endlich aufgehalten wurde. Jede Sekunde wurde der Schmerz unerträglicher, und nun begann er mutwillig seine zerfetzte Hand von neuem gegen die Splitter zu hämmern, um diesem gräßlichen Schmerz entgegenzuwirken. In langsamer, regelmäßiger Wiederkehr schien er mit jedem Pulsschlag schärfer als beim vorigen, und manchmal schrie Searing auf: er vermeinte, er habe die tödliche Kugel schon gefühlt. Keine Gedanken an sein Heim, an Frau und Kinder, an Vaterland und Sieg. Jede Erinnerung war erloschen, die Welt war erloschen, keine Spur von ihr übriggeblieben. Hier, in der Wirrnis von Spanten und Brettern, ist das gesamte Universum. Hier ist Unsterblichkeit in der Zeit, jeder Schmerz ein ewig währendes Leben. Die Pulsschläge trennen Ewigkeiten.

Jerome Searing, ein Mann von Mut, der gefürchtete Gegner, der starke, entschlossene Krieger, war bleich wie ein Gespenst. Sein Kinn hing herunter, seine Augen waren aus den Höhlen getreten, er zitterte in allen Fasern. Sein Körper war gebadet in kaltem Schweiß, und er schrie vor Angst. Er war nicht wahnsinnig – er war von Schrecken gepeinigt.

Während er mit seiner zerrissenen blutenden Hand herumtastete, griff er ein Holzstück, und als er daran zog, merkte er, daß es nachgab. Es lag parallel zu seinem Körper, und wenn er den Ellbogen, soweit der beschränkte Raum es zuließ, beugte, konnte er es jedesmal um ein paar Zoll näherziehen. Endlich war es ganz aus den Trümmern, die seine Beine bedeckten, herausgelöst, und er konnte es, frei von Hemmnissen, in ganzer Länge vom Boden heben. Seine Seele füllte sich mit großer Hoffnung: vielleicht konnte er es hochbekommen oder vielmehr rückwärts, weit genug, um das Ende der Flinte damit zu heben und sie zur Seite zu stoßen, oder, wenn sie zu fest eingekeilt war, das Holzstück so halten, daß es die Richtung des Schusses ablenkte.

Mit dieser Absicht also schob er das Holzstück zurück, Zoll um Zoll, und wagte kaum zu atmen, aus Furcht, daß sein Vorhaben mißlinge, und unfähiger denn je, seine Augen von der Flinte abzuwenden, die sich jetzt womöglich eilen würde, ihre dahinschwindenden Chancen noch wahrzunehmen. Etwas zumindest war gewonnen: in der Beschäftigung mit diesem Versuch der Selbsterhaltung fühlte er den Schmerz in seinem Kopf weniger heftig, und er hatte aufgehört zu schreien. Aber immer noch war er voller Angst, und seine Zähne klapperten wie Kastagnetten.

Die Holzlatte hörte auf, seiner Hand zu folgen. Er zerrte an ihr mit aller Kraft, änderte ihre Längsrichtung, soweit er das konnte, aber sie war hinter ihm auf irgendeinen Widerstand gestoßen, und das vordere Ende war noch zu weit weg, um den Holzstoß zu heben und die Gewehrmündung zu erreichen. Tatsächlich reichte sie beinahe bis zum Abzugsbügel, der, vom Schutt nicht bedeckt, seinem rechten Auge halbwegs sichtbar war. Er versuchte die Latte mit der Hand zu zerbrechen, fand aber keinen Hebelpunkt dafür. Er begriff seine Niederlage, und sein ganzes Entsetzen kehrte zurück, zehnfach vergrößert. Die schwarze Mündung der Flinte schien zur Strafe für seine Rebellion mit einem böseren und baldigeren Tod zu drohen. Die Bahn der Kugel durch seinen Kopf schmerzte mit intensiverer Qual. Er fing wieder an zu zittern.

Plötzlich aber wurde er ruhig, sein Zittern flaute ab. Er biß die Zähne zusammen und runzelte die Brauen. Sein Selbstverteidigungswillen war nicht erschöpft, ein neuer Plan hatte sich von selbst in seinem Innern gebildet, ein anderer Schlachtplan. Indem er das vordere Ende der Latte hob, schob er sie vorsichtig vorwärts durch die Trümmer zur Seite des Gewehrs, bis sie gegen den Abzugsbügel drückte. Dann bewegte er das Ende langsam nach außen, bis er fühlen konnte, daß der Bügel ganz frei lag, dann machte er die Augen zu und stieß die Latte mit aller Kraft gegen den Abzug. Es erfolgte keine Explosion – das Gewehr war schon losgegangen, als es ihm beim Zusammenbrechen des Gebäudes aus der Hand gefallen war. Aber es hatte sein Werk getan: Jerome Searing war tot. Eine Vorpostenkette der Unionstruppen schwärmte über die Plantage auf den Berg zu. Sie kamen beiderseits des zerstörten Baues vorüber, ohne etwas zu bemerken. Kurz nach ihnen kommt ihr Kommandoführer Leutnant Adrian Searing. Neugierig läßt er die Augen über die Ruine schweifen und sieht einen toten Körper, halb unter Brettern und Latten begraben. Er ist so von Staub bedeckt, daß seine Kleidung ebenso grau ist wie die Uniform der Konföderierten. Das Gesicht ist gelblichweiß, die Wangen sind eingefallen, auch die Schläfen sind eingesunken, mit scharfen Furchen, die die Stirn abstoßend eng machen. Die Oberlippe, etwas hochgezogen, zeigt die weißen Zähne, krampfhaft aufeinandergebissen. Das Haar ist voller Nässe, das Gesicht ebenso feucht wie das betaute Gras ringsum. Von seinem Standort aus bemerkt der Offizier die Flinte nicht. Anscheinend ist der Mann durch das einstürzende Bauwerk getötet worden.

»Seit einer Woche tot«, sagt der Offizier kurz im Weitergehen und zieht mechanisch seine Uhr, wie zur Bestätigung seiner Zeitabschätzung. Es ist vierzig Minuten nach sechs.

Das vernagelte Fenster

Im Jahre 1830 erstreckte sich noch wenige Meilen von dem Ort entfernt, wo jetzt die große Stadt Cincinnati liegt, ein ungeheuer weiter und fast unberührter Wald. Das ganze Gebiet war damals nur dünn von Grenzern besiedelt; von jenen unsteten Charakteren also, die, soweit sie notdürftig bewohnbare Heimstätten aus der Wildnis herausgehauen und einen unteren Grad von Wohlstand erlangt hatten, den wir heutzutage Dürftigkeit nennen würden, auch schon wieder durch irgendeinen geheimnisvollen Zwang ihrer Natur aufgescheucht wurden, um weiter westwärts zu wandern und dort neue Gefahren und Entbehrungen auf sich zu nehmen, nur um wieder den gleichen dürftigen Wohlstand zu erringen, den sie vorher freiwillig aufgegeben hatten. Viele von ihnen hatten die oben erwähnte Gegend bereits wieder verlassen, um an noch abgelegeneren Stellen zu siedeln. Aber unter denen, die blieben, war einer, der zu den ersten Ansiedlern gehört hatte. Er lebte allein in einem Blockhaus, das auf allen Seiten von dichtem Wald umgeben war. Von dessen Düsterkeit und Schweigen schien der Mann selbst ein Teil zu sein, denn niemand hatte ihn jemals lächeln sehen oder mehr Worte als unbedingt nötig sprechen hören.

Seine einfachen Bedürfnisse deckte er, indem er die Felle wilder Tiere in der Stadt am Fluß verkaufte oder eintauschte. Auf dem Land um seine Hütte, das er völlig unangefochten hätte in Besitz nehmen können, baute er nicht das geringste an. Zwar erkannte man noch Anzeichen für eine gewisse »Kultur« – ein paar Äcker rund um das Haus herum waren einmal gerodet worden; aber die verrotteten Baumstümpfe wurden jetzt halb überwuchert von neuem Grün, das man anscheinend geduldet hatte, um die durch die Axt angerichteten Verwüstungen auszugleichen. Offensichtlich hatte die Lust dieses Mannes zum Ackerbau nur mit schwacher Flamme gebrannt und war unter Asche erstickt.

Das kleine Blockhaus mit seinem Schornstein aus Ästen und seinem Dach aus verzogenen Schindeln, die von querlaufenden Stangen belastet wurden, war lehmverschmiert, besaß nur eine einzige Tür und ihr gerade gegenüber ein einziges Fenster. Das letztere jedoch hatte der Bewohner mit Brettern vernagelt. Niemand konnte sich mehr an die Zeit erinnern, da dies noch nicht so gewesen war. Und niemand wußte auch, weshalb das Fenster auf diese Weise verschlossen war. Sicher nicht deshalb, weil der Bewohner Licht und Luft gehaßt hätte, denn an den seltenen Gelegenheiten, da ein Jäger an jenem einsamen Fleck vorüberkam, sah man den Einsiedler gewöhnlich, wie er sich auf seiner Türschwelle sonnte – falls der Himmel ihm gerade Sonnenschein bot. Ich glaube, daß es nur wenige heute noch lebende Personen gibt, die jemals das Geheimnis jenes Fensters erfuhren. Aber ich gehöre zu ihnen, wie Sie sehen werden.

Der alte Mann soll Murlock geheißen haben. Er schien damals schon siebzig Jahre alt zu sein, war aber in Wirklichkeit erst etwa fünfzig. Etwas anderes als die Jahre hatten ihn altern lassen. Sein Haar und sein langer, voller Bart schimmerten weiß, seine grauen, glanzlosen Augen waren eingesunken, sein Gesicht einzigartig von Runzeln überzogen, die zu zwei sich kreuzenden Systemen zu gehören schienen. Seine Gestalt war groß und hager, die Schultern gekrümmt – er trug an einer schweren Last. Ich selbst habe ihn freilich niemals gesehen; all diese Einzelheiten erfuhr ich von meinem Großvater, von dem ich auch die Geschichte des Mannes hörte, als ich noch jung war. Mein

Großvater hatte ihn gekannt, da er in jenen frühen Tagen in seiner Nähe wohnte.

Eines Tages dann wurde Murlock tot in seiner Hütte aufgefunden. Es war weder die Zeit noch der Ort für Leichenbeschauer oder Zeitungsanzeigen, und ich denke, man kam überein, daß er aus natürlichen Ursachen gestorben sei. Andernfalls hätte man es mir erzählt, und ich würde mich daran erinnern. Ich weiß nur noch, daß man den Leichnam, wahrscheinlich aus einem Sinn für Schicklichkeit heraus, neben seiner Hütte begrub, und zwar neben dem Grab seiner Frau, die ihm so viele Jahre vorausgegangen war, daß man in der örtlichen Überlieferung kaum noch einen Hinweis auf ihre Existenz fand. Damit endete das letzte Kapitel dieser wahren Geschichte; es bliebe höchstens noch die Tatsache zu erwähnen, daß ich einige Jahre später in Begleitung eines gleichfalls unerschrockenen Burschen bis zu jenem Platz vordrang und mich nahe genug an die verfallene Hütte wagte, um einen Stein dagegen zu werfen. Dann rannten wir davon und flüchteten vor dem Geist, der, wie jeder aufgeweckte Junge wußte, den Platz unsicher machte. Es gibt allerdings noch ein früheres Kapitel; nämlich jenes, das mir mein Großvater berichtete:

Als Murlock seine Hütte baute und sich mit seiner Axt energisch einen Platz aus der Wildnis heraushaute – das Gewehr blieb währenddessen das einzige Mittel zur Sicherung des Lebensunterhalts – da war er noch jung, stark und voller Hoffnungen. In der weiter im Osten gelegenen Gegend, aus der er kam, hatte er dem Brauch entsprechend eine junge Frau geheiratet, die in jeder Weise seine ehrliche Ergebenheit verdiente und alle Gefahren und Entbehrungen willigen Geistes und leichten Herzens mit ihm teilte. Ihr Name ist nicht mehr überliefert; vom Zauber ihres Geistes und ihrer Person schweigen die Berichte ebenfalls, und dem

Zweifler steht es frei, daran zu zweifeln, aber Gott bewahre mich davor, es ihm gleich zu tun! Von der Zuneigung dieser beiden Menschen und ihrem gemeinsamen Glück zeugt jeder zusätzliche Tag im Witwerdasein dieses Mannes im Übermaß; denn was sonst außer dem Magnetismus einer glücklichen Erinnerung konnte diesen waghalsigen Geist an einen Ort wie diesen gefesselt haben?

Eines Tages kehrte Murlock von der Jagd aus einem entfernteren Teil des Waldes zurück und traf sein Weib mit Fieber krank daniederliegend und nicht bei Bewußtsein. Im Umkreis von Meilen gab es weder einen Arzt noch Nachbarn; auch war die Frau nicht in der Verfassung, allein gelassen zu werden, damit er Hilfe heranholen könne. So nahm er die Aufgabe auf sich, sie allein wieder gesund zu pflegen. Doch am Ende des dritten Tages fiel sie abermals in Bewußtlosigkeit und glitt so hinüber, ohne anscheinend noch einmal einen Schimmer von Klarheit erlangt zu haben.

Nach dem, was wir über eine Natur wie die seine wissen, können wir es unternehmen, einige Details in die Umrisse einzusetzen, die von meinem Großvater gezeichnet wurden. Als Murlock sich überzeugt hatte, daß seine Frau tot sei, besaß er noch Fassung genug sich zu erinnern, daß die Tote für das Begräbnis vorbereitet werden müsse. Bei der Ausübung dieser heiligen Pflicht unterliefen ihm freilich immer wieder Fehler. Gewisse Dinge tat er unordentlich, und andere, die er korrekt ausführte, wiederholte er immer und immer wieder. Seine Unachtsamkeiten bei der Durchführung einer einfachen und ganz gewöhnlichen Tätigkeit erstaunten ihn. Es erging ihm wie einem Betrunkenen, der sich über die Aufhebung vertrauter Naturgesetze wundert. Murlock war auch überrascht, daß er nicht weinte. Er war überrascht und ein wenig beschämt; sicher fand er es herzlos, nicht um die Tote zu weinen. »Morgen«, sagte er laut vor sich hin, »morgen werde ich den Sarg machen und das Grab ausheben müssen, und wenn ich sie nicht länger sehen kann, dann erst werde ich sie vermissen! Jetzt aber – sie ist tot, natürlich, aber es ist alles in Ordnung – es muß doch irgendwie in Ordnung sein. Die Dinge können nicht so schlimm sein, wie sie einem erscheinen.«

Im schwächer werdenden Licht stand er über den Leichnam gebeugt, kämmte das Haar und legte letzte Hand an die einfache Toilette. Er tat alles mechanisch und mit seelenloser Sorgfalt. Und immer noch regierte in seinem Bewußtsein die undeutliche Überzeugung, daß alles gut sei – daß er sie wiederbekäme wie vorher, und daß sich alles aufklären würde. Er besaß noch keine Erfahrung im Trauern; seine Fähigkeit dazu war nicht durch die entsprechenden Gelegenheiten geübt worden. Sein Herz konnte nicht alles fassen und seine Vorstellungskraft nicht alles begreifen. Er wußte auch noch nicht, wie hart er getroffen war; dieses Wissen sollte ihm erst später kommen und ihn dann nie wieder verlassen. Das Leid ist ein Künstler; seine Wirkungen sind unterschiedlich wie die Instrumente, auf denen es die Klagelieder für die Toten spielt. Manchen entringt es die schärfsten und schrillsten Töne, anderen wieder nur tiefe und schwere Akkorde, die pulsend widerhallen wie der langsame Schlag einer fernen Trommel. Manche Naturen verwirrt es, und manche stumpft es ab. Manche trifft es wie ein Pfeil und regt alle ihre Gefühle zu rascherem Leben an; auf andere bricht es herein wie der Schlag eines Knüppels, der beim Treffen lähmt. Wir können annehmen, daß Murlock zu diesen letzteren gehörte, denn – und hier sind wir auf festerem Grund als auf dem der Vermutung – kaum hatte er sein frommes Werk vollendet, da ließ er sich auf einen Stuhl neben dem Tisch sinken, auf dem die Leiche lag. Während er noch feststellte, wie hell ihr Profil in der immer dunkler werdenden Dämmerung schimmerte, legte er seine Arme auf die Tischkante und ließ sein Gesicht darauf sinken. Immer noch war er ohne Tränen, nur unsagbar müde. In diesem Augenblick drang durch das offene Fenster ein langgezogener, klagender Laut wie der Schrei eines in den fernen Tiefen des dunkelnden Waldes verirrten Kindes. Der Mann rührte sich nicht. Wieder und diesmal näher als vorher ertönte dieser unirdische Schrei und drang in sein schwindendes Bewußtsein. Vielleicht war es ein wildes Tier, vielleicht auch nur ein Traum. Murlock schlief nämlich.

Es war schon einige Stunden später, wie es ihm anschließend erschien, als dieser ungetreue Totenwächter erwachte. Er hob den Kopf von den Armen und lauschte angespannt – weshalb, wußte er selbst nicht. Wie er da in der schwarzen Dunkelheit neben der Toten saß, erinnerte er sich plötzlich an alles Geschehene ohne Erschrecken. Er strengte seine Augen an, um etwas zu sehen – doch wußte er nicht was. Seine Sinne waren hellwach, sein Atem stockte, ja selbst sein Blut hatte aufgehört zu pulsieren, als ob es das Schweigen verstärken wolle. Wer – oder was hatte ihn geweckt und wo war es?

Plötzlich erbebte der Tisch unter seinen Armen, und im gleichen Moment hörte er – oder glaubte er zu hören – einen leichten, sanften Schritt – dann wieder einen – Geräusche wie von nackten Füßen auf dem Fußboden!

Sein Entsetzen war so groß, daß er nicht mehr die Kraft besaß zu schreien oder sich zu bewegen. Notgedrungen wartete er – wartete dort in der Dunkelheit, wie ihm schien, jahrhundertelang, angefüllt mit einer Furcht, wie man sie erfahren und doch überleben kann, nur um von ihr zu berichten. Vergeblich versuchte er, den Namen der toten Frau auszusprechen; vergeblich wollte er seine Hand über den

Tisch ausstrecken und fühlen, ob sie noch da sei. Seine Kehle war ohne Kraft, seine Arme und Hände schienen ihm aus Blei. Und dann geschah etwas Gräßliches. Ein schwerer Körper schien sich mit solcher Kraft gegen den Tisch zu werfen, daß dieser gegen seine Brust rammte und ihn fast zu Boden stieß. Im gleichen Augenblick hörte und spürte er, wie etwas auf den Fußboden stürzte, und zwar mit einem so kräftigen Aufprall, daß das ganze Haus erzitterte. Und dann folgte ein Scharren und wildes Durcheinander von Geräuschen, das unmöglich zu beschreiben ist. Murlock war aufgesprungen. Durch ihr Übermaß hatte die Furcht alle Macht über ihn verloren. Er warf seine Hände auf den Tisch, doch dort lag nichts mehr!

Es gibt einen Punkt, an dem sich Schrecken in Wahnsinn verwandelt; Wahnsinn aber treibt zur wilden Tat. Ohne bestimmte Absicht und ohne einen anderen Beweggrund als den eigensinnigen Drang eines Verrückten, sprang Murlock zur Wand, riß sein geladenes Gewehr herunter und feuerte es ab, ohne ein Ziel zu haben. Im Pulverblitz, der den Raum hell erleuchtete, erblickte er einen riesigen Panther, der seine Fänge in den Hals der toten Frau geschlagen hatte und sie zum Fenster zerrte! Danach war die Dunkelheit schwärzer als zuvor, und es herrschte wieder Schweigen. Als Murlock das Bewußtsein wiedererlangte, stand die Sonne hoch am Himmel, und der Wald hallte von Vogelstimmen wider.

Der Leichnam lag in der Nähe des Fensters, wo die Bestie ihn zurückgelassen hatte, als Blitz und Knall des Gewehrs sie verjagte. Die Kleidung war in Unordnung, das lange Haar zerzaust, und die Glieder lagen unnatürlich verrenkt. Aus der schrecklich zerrissenen Kehle war eine Blutlache geflossen und hatte sich ausgebreitet. Sie war noch nicht ganz geronnen. Das Band, mit dem Murlock ihre Handgelenke umwunden hatte, war zerrissen, die Hände fest verkrampft. Zwischen ihren Zähnen aber steckte ein Stück vom Ohr des Tieres.

Eine Totenwache

I

In einem der oberen Zimmer eines unbewohnten Hauses in dem Teil von San Franzisko, der als North Beach bekannt ist, lag unter einem Laken der Leichnam eines Mannes. Es war gegen die neunte Abendstunde, und das Zimmer war durch eine Kerze schwach erhellt. Obgleich warmes Wetter herrschte, waren die beiden Fenster entgegen dem Brauch, den Toten viel Luft zu gewähren, geschlossen und die Jalousien heruntergezogen. Die Einrichtung des Zimmers bestand nur aus drei Möbelstücken: einem Lehnstuhl, einem kleinen Lesepult mit der Kerze darauf und einem langen Küchentisch, auf dem der Leichnam des Mannes lag. Dies alles, wie auch der Leichnam, schien erst vor kurzem hereingebracht worden zu sein, denn ein Beobachter – wäre einer dagewesen – hätte gesehen, daß diese Dinge von Staub frei waren, während alles übrige im Raum reichlich damit bedeckt war, und in den vier Zimmerecken gab es auch Spinnweben.

Unter dem Leintuch konnte man die Umrisse des Körpers erkennen, sogar die Gesichtszüge, welche jene unnatürlich scharfe Ausgeprägtheit hatten, die zum Antlitz eines Toten zu gehören scheint, die aber wirklich charakteristisch nur für diejenigen ist, die an einem zehrenden Leiden zugrunde gegangen sind. Aus der Stille des Raumes hätte man mit Recht geschlossen, daß er nicht an der Vorderfront des Hauses, nicht zu einer Straße hin lag. Tatsächlich blickten auch die Fenster nur auf eine hohe Felswand, da die Rückfront des Gebäudes gegen einen Berg gesetzt war.

Als die Glocke einer nahegelegenen Kirche neun Uhr schlug, mit einer Indolenz, in der so viel Gleichgültigkeit gegen das Fliehen der Zeit lag, daß man sich verwundert fragen mußte, warum die sich überhaupt die Mühe machte zu schlagen, öffnete sich die Zimmertür, ein Mann kam herein und ging zu dem Leichnam hin. Während er dies tat, schloß sich die Tür, offenbar von selber. Es gab ein knirschendes Geräusch, wie von einem Schlüssel, der sich schwer umdrehen läßt, und dann das Schnappen des einrastenden Türschlosses. Draußen im Korridor verhallten Schritte, die sich entfernten, und der Mann war allem Anschein nach ein Gefangener. Einen Moment stand er vor dem Tisch und sah auf die Leiche hinab, dann ging er mit leichtem Achselzucken zu einem der Fenster und zog die Jalousie hoch. Draußen herrschte vollkommene Finsternis, und die Scheiben waren bedeckt von Staub; als er ihn aber wegwischte, konnte er sehen, daß das Fenster mit starken Eisenstäben vergittert war, die das Glas in Abständen von wenigen Zoll überkreuzten und auf beiden Seiten ins Mauerwerk eingelassen waren. Er untersuchte das andere Fenster: es war genauso. Er zeigte kein besonderes Interesse für diese Angelegenheit, nicht einmal so viel, daß er das Fenster öffnete. Wenn er ein Gefangener war, so war er jedenfalls ein fügsamer. Nachdem er die Untersuchung des Raumes beendet hatte, ließ er sich im Lehnstuhl nieder, nahm ein Buch aus der Tasche, zog das Pult mit der Kerze näher und begann zu lesen.

Der Mann war jung, nicht älter als dreißig Jahre, von dunklem Teint, bartlos, und hatte braunes Haar. Sein Gesicht war schmal, mit scharfer Nase und breiter Stirn; Kinn und Kieferpartie waren stark ausgeprägt; was diejenigen, bei denen es auch so ist, für Zeichen von Energie ansehen. Die grauen Augen waren ruhig und immer fest auf ein ganz bestimmtes Ziel gerichtet. Jetzt blickten sie meistens in das Buch, gelegentlich aber wandte er sie dem Körper auf dem Tisch zu, doch offensichtlich weder aus irgendeiner düsteren Faszination, die unter solchen Umständen sogar einen couragierten Menschen hätte befallen, noch in bewußter Auflehnung gegen ein entgegengesetztes Empfinden, das einen furchtsamen Menschen hätte beherrschen können. Er sah ihn an, als ob er beim Lesen auf etwas gestoßen wäre, was ihn an seine Umgebung erinnert hätte. Sicher ließ dieser Totenwächter seine Überlegenheit mit Intelligenz und Haltung walten, wie es seiner wohl würdig war.

Nachdem er etwa eine halbe Stunde gelesen hatte, schien er ans Ende eines Kapitels gekommen zu sein und legte das Buch ruhig beiseite. Dann stand er auf, nahm das Pult vom Boden, trug es in eine Zimmerecke in die Nähe eines der beiden Fenster, ergriff die Kerze und kehrte zu dem Platz am leeren Kamin zurück, vor dem er gesessen hatte.

Einen Augenblick darauf ging er zu dem Leichnam am Tisch hinüber, hob das Laken und zog es vom Kopf weg, wobei er eine Masse von dunklem Haar aufdeckte, sowie ein dünnes Tuch, unter dem die Gesichtszüge sich mit noch deutlicherer Schärfe zeigten als zuvor. Während er die Augen beschattete, indem er seine freie Hand zwischen sich und die Kerze hielt, die ihn blendete, stand er und sah mit ernstem und gelassenem Blick auf seinen reglosen Gefährten. Befriedigt von dieser Inspektion, zog er das Leintuch wieder über das Gesicht, kehrte zu seinem Stuhl zurück und entnahm dem Kerzenständer ein paar Streichhölzer, steckte sie in die Jackentasche und setzte sich nieder. Dann nahm er die Kerze aus dem Halter und betrachtete sie kritisch, als berechnete er, wie lange sie noch reichen könnte. Sie war gerade noch zwei Zoll lang, und in einer Stunde würde er im Finstern sein. Er steckte sie in den Halter zurück und blies sie aus.

2

In einem ärztlichen Sprechzimmer in der Kearny Street saßen drei Männer um einen Tisch, tranken Punsch und rauchten. Es war spätabends, beinahe schon Mitternacht, und an Punsch hatte es keinen Mangel gegeben. Doktor Helberson, der älteste der drei, war der Gastgeber, und sie befanden sich in seinen Räumen. Er war etwa dreißig Jahre alt, die beiden anderen waren sogar noch jünger, und alle drei waren Mediziner.

»Die abergläubische Furcht der Lebenden vor den Toten«, sagte Doktor Helberson, »ist ererbt und unheilbar. Keiner braucht sich ihrer zu schämen, genausowenig wie beispielsweise der Tatsache, daß er eine Unbegabtheit für Mathematik geerbt hat oder eine Neigung zum Lügen.«

Die anderen lachten. »Soll sich ein Mensch denn nicht schämen, ein Lügner zu sein?« fragte der Jüngste von den dreien, der eigentlich noch Medizinstudent war und noch keinen akademischen Grad hatte.

»Mein lieber Harper, davon habe ich nichts gesagt. Die Neigung zum Lügen ist eine Sache für sich, Lügen eine andere.«

»Aber halten Sie denn dieses abergläubische Gefühl«, sagte der dritte, »diese Furcht vor den Toten, so unvernünftig sie unseres Wissens ist, für ganz allgemein? Ich persönlich bin mir ihrer nicht bewußt.«

»Ach, sie steckt aber in Ihnen drin«, erwiderte Helberson. »Es bedarf nur der richtigen Bedingungen – dessen, was Shakespeare das begünstigende Klima nennt, damit sie sich auf eine recht unangenehme Art zeigt, die Ihnen dann die Augen öffnet. Natürlich sind Mediziner und Soldaten viel eher fast frei davon als andere Leute.«

»Mediziner und Soldaten – warum fügen Sie nicht hinzu: Henker und Scharfrichter? Sagen wir: alles in allem die Kategorie der Mörder.«

»Nein, mein lieber Mentcher. Die Geschworenen lassen die öffentlichen Strafvollstrecker nicht zu genügender Vertrautheit mit dem Tod kommen, um gänzlich unberührt von ihm zu sein.«

Der junge Harper, der sich an einem Seitentischchen mit einer neuen Zigarre bedient hatte, setzte sich wieder auf seinen Platz. »Was würden Sie denn als diejenigen Bedingungen betrachten, unter denen ein vom Weibe geborener Mensch sich in unerträglicher Weise seines individuellen Anteils an unserer allgemeinen Schwäche in dieser Hinsicht bewußt würde?« fragte er etwas weitschweifig.

»Nun, ich würde sagen: wenn ein Mann die ganze Nacht über mit einer Leiche eingesperrt wäre, allein, in einem finsteren Raum eines leerstehenden Hauses, ohne Bettdecken, die er sich über den Kopf ziehen könnte, und das durchhielte, ohne im geringsten überzuschnappen – dann könnte er sich wohl rühmen, weder vom Weibe auf normale Weise geboren noch auch durch einen Kaiserschnitt – wie Macduff – zur Welt gekommen zu sein.«

»Ich dachte schon, Sie würden gar nicht mehr damit aufhören, die Bedingungen zu häufen«, sagte Harper. »Aber ich kenne einen Mann, der weder Mediziner noch Soldat ist und der sie alle akzeptieren wird, darauf wette ich, was Sie wollen.«

»Wer ist denn das?«

»Er heißt Jarette – ein Zugewanderter hier in Kalifornien, kommt aus der gleichen Stadt in New York wie ich. Ich habe nicht das Geld, um auf ihn zu wetten, aber das wird er selber reichlichst besorgen.«

»Woher wissen Sie das?«

»Weil er lieber wetten als essen würde. Und was die Furcht angeht, so wage ich zu behaupten, daß er sie für eine Art Hautkrankheit hält oder möglicherweise auch für eine besondere Sorte religiöser Irrlehre.«

»Wie sieht er aus?« Helberson wurde offensichtlich interessierter.

»Genau wie Mentcher – könnte sein Zwillingsbruder sein.«

»Ich nehme die Wette an«, sagte Helberson bereitwillig.

»Denke, daß ich Ihnen für das Kompliment schrecklich verpflichtet bin«, gähnte Mentcher, der immer müder wurde.

»Kann ich da nicht auch mitmachen?«

»Nicht gegen mich«, sagte Helberson, »nicht Ihr Geld will ich.«

»Schön«, sagte Mentcher, »dann werde ich eben die Leiche spielen.« Die anderen lachten. Das Ergebnis dieses verrückten Gespräches haben wir bereits gesehen.

3

Bei der Schonung seiner mageren Kerzenration war es Mr. Jarettes Absicht, sie für einen unvorhergesehenen Bedarfsfall aufzusparen. Auch mochte er gedacht oder doch halbwegs gedacht haben, daß die Finsternis zur einen Zeit nicht schlimmer sein würde als zu einer anderen und daß es, falls die Situation unerträglich würde, besser wäre, die Möglichkeit zu haben, sie zu erleichtern, oder sogar, sich aus ihr zu befreien. Auf alle Fälle war es klug, eine kleine Lichtreserve zu haben, auch wenn sie nur dazu taugte, daß er auf seine Uhr sehen konnte.

Kaum hatte er die Kerze ausgeblasen und sie neben sich auf den Fußboden gestellt, als er sich auch schon bequem in seinem Sessel zurechtsetzte, sich zurücklehnte und die Augen schloß, in der Hoffnung und Erwartung einzuschlafen. Hierin wurde er enttäuscht. Nie in seinem Leben hatte er sich weniger schläfrig gefühlt, und nach ein paar Minuten gab er den Versuch auf. Was aber sollte er anfangen? Er konnte doch nicht in vollkommener Finsternis herumtappen, auf das Risiko hin, sich irgendwo zu stoßen, auf das Risiko auch, gegen den Tisch zu stolpern und den Toten grob zu stören. Wir alle erkennen ihr Recht an, in Frieden zu ruhen, geschützt vor allem, was roh und gewalttätig ist. Jarette hatte beinahe Erfolg damit, sich einzureden, daß Überlegungen dieser Art ihn davor zurückhielten, die Kollision zu riskieren, und ihn an seinen Sessel festnagelten.

Während er über diese Angelegenheiten nachdachte, bildete er sich ein, aus der Richtung des Tisches ein schwaches Geräusch zu hören – welche Art von Geräusch, hätte er schwerlich erklären können. Er wandte den Kopf nicht um. Warum sollte er auch – in dieser Dunkelheit? Aber er horchte – warum sollte er auch nicht? Und horchend wurde er schwindlig und packte die Armlehnen des Sessels, um sich zu stützen. In seinen Ohren summte ein befremdliches Klingen, sein Kopf schien zu bersten, seine Brust war bedrängt von der Beengung seiner Kleider. Er fragte sich, woher das komme und ob es Symptome der Angst seien. Plötzlich schien seine Brust unter seinem langen, heftigen Ausatmen zusammenzufallen, und mit dem mächtigen, schweren Einatmen, mit dem sich seine erschöpften Lungen wieder füllten, verließ ihn das Schwindelgefühl, und er merkte, daß er dermaßen angestrengt gehorcht hatte, daß er den Atem fast bis zum Ersticken anhielt. Diese Erkenntnis war ihm verdrießlich. Er stand auf, stieß den Stuhl mit dem Fuß beiseite und strebte mit langen Schritten zur Mitte des Zimmers. Aber in der Dunkelheit kommt man auf diese Art nicht sehr weit. Er begann umherzutasten, und als er die Wand gefunden hatte, verfolgte er sie bis zur Zimmerecke, machte eine Wendung, folgte ihr an den beiden Fenstern vorbei, und da, in der nächsten Zimmerecke, stieß er heftig gegen das Lesepult und warf es um. Das Klappern erschreckte ihn. Er war ärgerlich. »Verdammt, wie konnte ich denn vergessen, wo es steht?« brummte er und ertastete sich die dritte Wand entlang den Weg zum Kamin. »Ich muß die Sache wieder in Ordnung bringen«, sagte Mr. Jarette und tastete am Boden nach der Kerze.

Nachdem er sie gefunden hatte, zündete er sie an und richtete den Blick sofort auf den Tisch, wo sich natürlich nicht das mindeste verändert hatte. Das Lesepult lag irgendwo am Boden, er hatte vergessen, daß er es ›in Ordnung bringen‹ wollte. Er sah sich im ganzen Raum um, dessen tiefere Schatten er durch die Bewegungen mit der Kerze zerstreute, und schließlich versuchte er, nachdem er zur Tür hinübergegangen war, sie zu öffnen, indem er mit aller Kraft an dem Griff drehte und zog. Der aber gab nicht nach, was ihm eine gewisse Befriedigung zu gewähren schien. Tatsächlich sicherte er ihn noch zusätzlich durch einen Riegel, den er zuvor nicht bemerkt hatte. Zu seinem Stuhl zurückgekehrt, schaute er auf die Uhr – es war halb zehn. Mit erschreckter Verwunderung hielt er die Uhr ans Ohr. Sie stand keineswegs. Die Kerze war jetzt deutlich kürzer. Wieder löschte er sie und stellte sie wie vorher neben sich auf den Boden.

Mr. Jarette war es nicht behaglich zumute, er war durchaus unzufrieden mit seiner Umgebung und mit sich selbst darüber, daß er das war. ›Was habe ich denn zu fürchten?‹ dachte er. ›Das ist lächerlich und unwürdig. Ich werde doch kein solcher Narr sein?‹ Aber Mut kommt weder, wenn man sagt: ›Ich will mutig sein‹, noch weil man ihn der Gelegenheit angemessen findet. Je mehr Jarette sich selber mißbilligte, um so mehr Grund gab er sich zur Mißbilligung. Je größer die Anzahl der Varianten wurde, die er sich über das Thema von der Harmlosigkeit der Toten vorspielte, um so schlimmer wurde der Mißklang seiner Empfindungen. »Was?« rief er ganz laut in seiner Seelenqual, »soll ich, der keinen Schatten von Aberglauben im Herzen hat, ich, der nicht an die Unsterblichkeit glaubt und der weiß, und zwar noch niemals bestimmter als gerade jetzt, daß das Leben nach dem Tode ein Wunschtraum ist – soll ich etwa meine Wette verlieren und meine Ehre und meine Selbstachtung, womöglich meinen Verstand, weil irgendwelche barbarische Vorfahren, die in Höhlen und Erdlöchern lebten, die monströse Idee ausgeheckt haben, daß die Toten bei Nacht herumwandeln, daß –.« Deutlich und unverkennbar hörte Mr. Jarette hinter sich ein leichtes, weiches Geräusch von Schritten, behutsam, gleichmäßig, näher und näher kommend.

4

Kurz vor Anbruch des nächsten Morgens fuhren Doktor Helberson und sein junger Freund Harper in dem Coupé des Arztes durch die Straßen von North Beach.

»Haben Sie immer noch das Vertrauen der Jugend zur Courage oder Stumpfheit Ihres Freundes?« fragte der Ältere.

»Glauben Sie, daß ich die Wette verloren habe?«

»Das weiß ich sogar«, erwiderte der andere mit entwaffnender Emphase.

»Na jedenfalls hoffe ich es zu Gott.«

Das wurde inbrünstig gesagt, beinahe feierlich. Ein paar Sekunden herrschte Schweigen.

»Harper«, begann der Doktor wieder und schaute sehr ernst in das vorübergleitende Halblicht, das jedesmal in den Wagen fiel, wenn sie eine Straßenlaterne passierten, »mir ist ganz und gar nicht wohl bei dieser Sache. Wenn Ihr Freund mich nicht gereizt hätte durch die verächtliche Art, mit der er meinen Zweifel an seiner Standhaftigkeit abtat – die ja eine rein physische Eigenschaft ist –, und durch die zynische Roheit seines Vorschlags, daß es der Leichnam eines Arztes sein solle, dann hätte ich die Sache nicht länger mitgemacht. Wenn irgend etwas passiert sein sollte, dann sind wir so ruiniert, wie ich fürchte, daß wir es eigentlich auch verdienen.«

»Was kann denn passieren? Selbst wenn die Sache eine ernsthafte Wendung nehmen sollte, was ich nicht im geringsten befürchte, so braucht Mentcher doch weiter nichts zu tun, als ›aufzustehen‹ und alles zu erklären. Mit einer echten Leiche aus dem Seziersaal oder mit einem Ihrer toten Patienten wäre es freilich etwas anderes gewesen.«

Also war Doktor Mentcher seinem Vorsatz treu geblieben: er war die ›Leiche‹.

Doktor Helberson schwieg lange, während der Wagen im Schneckentempo die gleiche Straße entlangschlich, die er schon zwei- oder dreimal durchfahren hatte. Jetzt sprach Helberson von neuem: »Also hoffen wir, daß Mentcher, falls er von den Toten hat auferstehen müssen, sich taktvoll benommen hat. Ein Fehler dabei würde die Dinge schlimmer statt besser machen.«

»Ja«, sagte Harper, »Jarette würde ihn umbringen. Aber,

Doktor –«, er sah auf seine Uhr, als der Wagen wieder an einer Gaslaterne vorbeikam, »es ist schon beinahe vier Uhr.«

Einen Augenblick später hatten die beiden das Gefährt verlassen und gingen rasch auf das seit langem unbewohnte Haus zu, das dem Doktor gehörte und in dem sie Mr. Jarette gemäß den Bedingungen der verrückten Wette eingeschlossen hatten. Als sie sich dem Hause näherten, begegneten sie einem rennenden Mann. »Können Sie mir sagen«, rief er, sein Tempo plötzlich mäßigend, »wo ich einen Arzt finden kann?«

»Was ist los?« fragte Helberson zurückhaltend.

»Gehen Sie selber nachsehen«, rief der Mann und rannte davon.

Sie hasteten weiter. Am Hause angelangt, sahen sie mehrere Leute, die rasch und aufgeregt hineingingen, nebenan und gegenüber lehnten sich Köpfe aus ein paar geöffneten Fenstern. Alle stellten Fragen, und keiner beachtete die Fragen der anderen. Hinter einigen Fenstern mit heruntergelassenen Jalousien brannte Licht, weil die Bewohner sich anzogen, um hinunterzugehen. Genau gegenüber der Haustür, zu der sie hinstrebten, warf eine Straßenlaterne gelbes, unzulängliches Licht über die Szene und schien zu sagen, daß sie ein gut Teil mehr enthüllen könnte, wenn sie nur wollte. Harper, der jetzt totenblaß war, blieb an der Türe stehen und legte die Hand auf den Arm seines Begleiters. »Mit uns ist's aus, Doktor«, sagte er in hellster Aufregung, die seltsam zu seinen leichten burschikosen Worten kontrastierte, »das Spiel hat sich gegen uns gewendet. Lassen Sie uns lieber nicht reingehen, ich bin für Vorsicht.«

»Ich bin Arzt«, sagte Doktor Helberson ruhig, »vielleicht wird hier ein Arzt gebraucht.«

Sie gingen die Eingangsstufen hinauf und waren im Begriff einzutreten. Die Haustür stand offen, und eine Laterne der gegenüberliegenden Straßenseite beleuchtete den Flur, auf den die Tür führte. Er war voller Menschen. Einige von ihnen hatten die weiter rückwärts liegende Treppe erklommen und warteten, da sie keinen Einlaß bekamen, auf gut Glück. Alles redete durcheinander, und keiner hörte zu. Plötzlich entstand auf dem oberen Treppenabsatz heftige Bewegung; ein Mensch war aus einer der Türen gedrungen und durchbrach die Behinderung derer, die ihn zurückhalten wollten. Schon kam er mitten durch die Menge der erschreckten Müßiggänger herunter, puffte sie zur Seite, drückte sie hier platt gegen die Wand, zwang sie dort, sich ans Treppengeländer zu klammern, würgte sie an der Kehle, prügelte wild auf sie ein, schleuderte sie rücklings die Stufen hinunter und trat auf die am Boden Liegenden. Seine Kleider waren zerrissen, er war ohne Hut. In seinem wilden, unsteten Blick lag etwas, was noch erschreckender wirkte als seine anscheinend übermenschliche Körperkraft. Sein glattrasiertes Gesicht war blutleer, seine Haare waren schneeweiß.

Als die Menge, die am Fuß der Treppe mehr Platz hatte, zurückwich, um ihn durchzulassen, sprang Harper herzu. »Jarette! Jarette!« rief er.

Doktor Helberson faßte Harper am Kragen und zog ihn zurück. Der Mann blickte ihnen ins Gesicht, offenbar ohne sie zu sehen, und lief durch die Haustür, die Stufen hinunter, auf die Straße und davon. Ein stämmiger Polizist, der nur langsam vorangekommen war, als er sich die Treppe hinunterkämpfte, folgte ihm kurz darauf und begann die Jagd, und alle Leute in den Fenstern – jetzt nur noch Frauen und Kinder – wiesen ihm schreiend die Richtung.

Da die Menschen auf die Straße hinuntergelaufen waren, um die Flucht und Verfolgung mitanzusehen, war die

Treppe jetzt halbwegs frei, und so stieg Doktor Helberson, gefolgt von Harper, zu dem Treppenabsatz hinauf. An einer Tür des oberen Korridors verwehrte ein Beamter den Eintritt. »Wir sind Ärzte«, sagte der Doktor, und sie traten ein. Der Raum war voller Menschen, die nur undeutlich sichtbar waren und sich um einen Tisch drängten. Die Neuangekommenen bahnten sich ihren Weg und blickten über die Schultern derer, die in der vordersten Reihe standen. Auf dem Tisch lag, die unteren Gliedmaßen mit einem Laken bedeckt, der Körper eines Mannes, hell beleuchtet vom Kegel einer Blendlaterne, die ein am Fußende stehender Polizist hielt. Die übrigen Personen, außer denen nahe am Kopfende, auch der Beamte, waren alle im Dunkeln. Das Gesicht der Leiche war gelb, abstoßend, scheußlich. Die Augen waren halb geöffnet und nach oben verdreht und das Kinn heruntergesunken, Spuren von Schaum besudelten die Lippen, das Kinn und die Wangen. Ein langer Mensch, offensichtlich ein Arzt, beugte sich über den Leichnam und hielt die Hand unter die Hemdbrust. Dann zog er sie heraus und steckte zwei Finger in den offenstehenden Mund. »Der Mann ist seit etwa sechs Stunden tot«, sagte er. »Das ist ein Fall für den Untersuchungsrichter.«

Er zog eine Karte aus der Tasche, händigte sie dem Beamten ein und ging auf die Tür zu.

»Räumen Sie das Zimmer! Alles raus!« rief der Beamte, und die Leiche verschwand, als wäre sie weggezaubert worden, da er die Blendlaterne bewegte und den Lichtkegel hier und dort auf die Gesichter der Menge fallen ließ. Der Effekt war verblüffend. Die Menschen, geblendet, verwirrt, beinahe erschreckt, stürzten in einem Tumult zur Tür, stießen und drängten sich und taumelten einer über den andern, indem sie, wie die Heerscharen der Finsternis vor den Lichtspeeren Apollos, entflohen. Über die sich sträubende, trampelnde Menge ließ der Beamte das Licht unaufhörlich ohne Erbarmen hin- und herzucken. Eingekeilt in den Strom, wurden Helberson und Harper mit aus dem Raum hinaus, die Treppe hinunter und bis auf die Straße geschwemmt.

»Allmächtiger Gott! Doktor, habe ich Ihnen nicht gesagt, daß Jarette ihn umbringen würde?« fragte Harper, sowie sie sich von der Menge entfernt hatten.

»Ich glaube, das haben Sie getan«, antwortete der andere, ohne sich offenbar über diese Äußerung zu wundern.

Sie gingen schweigend weiter, Straße um Straße. Gegen den erblassenden Osten zeichneten sich die Behausungen der Hügelbewohner als Silhouetten ab. Der vertraute Milchwagen war bereits munter in den Straßen unterwegs, bald würde der Bäckerjunge auf der Bildfläche erscheinen, der Zeitungsträger war schon außerhalb der Stadt.

»Es kommt mir so vor, junger Mann«, sagte Helberson, »als ob Sie und ich unlängst zu viel von der Morgenluft abgekriegt hätten. Sie ist unbekömmlich. Wir brauchen eine Abwechslung. Was meinen Sie zu einer Europareise?«

»Wann?«

»Das ist mir ziemlich egal. Ich möchte annehmen, daß heute nachmittag, vier Uhr, früh genug wäre.«

»Wir treffen uns am Schiff«, sagte Harper.

5

Sieben Jahre danach saßen diese beiden Männer auf einer Bank am Madison Square, New York, im vertrauten Gespräch. Ein anderer Mann, der sie, von ihnen unbemerkt, eine Weile beobachtet hatte, ging jetzt auf sie zu und sagte, indem er höflich den Hut von seinen Locken zog, die weiß wie Schnee waren: »Ich bitte um Verzeihung, meine Herren, aber wenn man einen Menschen dadurch umgebracht hat, daß man selber zum Leben erwachte, so ist es am besten, man tauscht die Kleider mit ihm und macht bei der ersten Gelegenheit einen Ausbruchsversuch, um in Freiheit zu kommen.«

Helberson und Harper wechselten bedeutungsvolle Blicke. Sie waren anscheinend belustigt. Dann sah Helberson dem Fremden freundlich in die Augen und entgegnete:

»Das war schon immer mein Plan. Ich stimme völlig mit Ihnen überein hinsichtlich der Vorteile –«

Plötzlich hielt er inne, sprang auf und wurde totenbleich. Er starrte den Menschen offenen Mundes an und zitterte sichtlich.

»Oh«, sagte der Fremde, »ich sehe, Sie fühlen sich nicht wohl, Doktor? Wenn Sie sich nicht selber behandeln können, so bin ich sicher, daß Doktor Harper Ihnen helfen kann.«

»Wer, zum Teufel, sind Sie?« fragte Harper barsch.

Der Fremde trat näher, und während er sich zu ihnen beugte, sagte er flüsternd: »Manchmal nenne ich mich Jarette, aber aus alter Freundschaft will ich Ihnen verraten, daß ich Doktor William Mentcher bin.«

Diese Enthüllung brachte auch Harper auf die Füße. »Mentcher!« rief er, und Helberson fügte hinzu: »Bei Gott, es ist wahr!«

»Ja«, sagte der Fremde, unbestimmt lächelnd, »es ist gewiß wahr, kein Zweifel.«

Er zögerte und schien den Versuch zu machen, sich an etwas zu erinnern, begann aber dann, einen populären Schlager zu summen. Offenbar hatte er ihre Gegenwart vergessen.

»Hören Sie, Mentcher«, sagte der Ältere der beiden, »erzählen Sie uns genau, was in jener Nacht passiert ist – mit Jarette, Sie wissen doch!«

»Ach ja, das mit Jarette«, sagte der andere. »Ist doch komisch, daß ich unterlassen habe, es Ihnen zu erzählen – ich erzähle es doch so oft! Also sehen Sie – ich wußte, weil ich ihn laut mit sich selber reden hörte, daß er ganz hübsch Angst hatte. Da konnte ich der Versuchung nicht widerstehen, wieder lebendig zu werden und mir auf seine Kosten ein bißchen Spaß zu verschaffen – ich konnte einfach nicht anders. Und das gelang auch, obwohl ich bestimmt nicht dachte, daß er es so ernst nehmen würde, wahrhaftig, das hatte ich nicht gedacht. Und nachher – na ja, es war eine harte Aufgabe, die Rolle mit ihm zu tauschen, und dann – Gott verdamm euch! Ihr habt mich ja nicht rausgelassen.«

Nichts hätte die Grausamkeit überbieten können, mit der diese letzten Worte ausgestoßen wurden. Beide Männer schraken bestürzt zurück.

»Wir? Aber wieso – wieso denn –«, stammelte Helberson, völlig die Selbstbeherrschung verlierend, »wir hatten doch nichts damit zu tun!«

»Hab ich denn nicht gesagt, Sie wären die Ärzte Hellborn und Sharper?« erkundigte sich der Irre lachend.

»Mein Name ist Helberson, ja, und dieser Herr hier ist Mr. Harper«, antwortete der erstere, durch das Lachen Mentchers beruhigt. »Aber wir sind keine Ärzte mehr. Wir sind – na ja, zum Henker damit, lieber Freund – wir sind Spieler.«

Und das war die Wahrheit.

»Ein sehr guter Beruf, wirklich sehr gut. Übrigens – ich hoffe, Sharper hat Jarettes Geld ausbezahlt wie ein ehrlicher Bankhalter? Ein sehr guter, ehrenhafter Beruf«, wiederholte er nachdenklich, indem er sich zerstreut entfernte, »aber ich, ich bleibe bei meinem früheren. Ich bin Erster Offizial der medizinischen Behörde im Bloomingdale-Irrenhaus. Ich habe das Amt, den Oberaufseher zu kurieren.«

Visionen der Nacht

Ich halte an den Glauben fest, daß die Gabe zum Träumen ein kostbares literarisches Talent ist, denn wenn durch eine Kunst – auf die man sich jetzt noch nicht versteht – die flüchtigen Phantasien, die sie liefert, eingefangen, fixiert und dienstbar gemacht werden könnten, würden wir eine ›außergewöhnlich reine‹ Literatur haben. Eingefangen und domestiziert, könnte diese Gabe zweifellos aufs herrlichste veredelt werden, wie ja auch Tiere, die für einen bestimmten Dienst gezüchtet werden, neue Fähigkeiten und Kräfte entwickeln. Durch das Gefügigmachen unserer Träume werden wir unsere Arbeitsstunden verdoppeln, und unsere fruchtbarste Arbeit wird im Schlaf getan werden. So wie die Dinge liegen, ist das Traumland eine tributfähige Provinz, das bezeugt ›Kubla Khan‹.

Was ist ein Traum? Eine freie und gesetzlose Anordnung von Erinnerungen – eine ungeordnete Folge von Dingen, die einst im wachen Bewußtsein gegenwärtig waren. Er ist eine Wiederauferstehung des Toten: kunterbunt springen Alt und Modern, Rechtes und Unrechtes aus ihren geborstenen Gräbern, jedes ›wie es zu Lebzeiten seine Gewohnheit war‹, sie drängen in einem einzigen Durcheinander vorwärts, um eine Audienz beim Zeremonienmeister zu bekommen, und schnappen sich gegenseitig im Laufen die Kleider weg. Beim Meister? Nein; er hat seine Autorität abgelegt, sie haben seine Macht übernommen; seine eigene ist tot und mit dem, was ihm bleibt, kann er sich nicht mehr erheben. Auch sein Geist ist dahin und mit ihm die Fähigkeit, zu erstaunen.

Es mag ihn schmerzen, freuen, erschrecken oder bezaubern, Verwunderung kann er nicht empfinden. Das Ungeheuerliche, das Unsinnige, das Übernatürliche – es ist einfach, richtig und vernünftig. Das Spaßige amüsiert nicht, noch bestürzt das Unmögliche. Der Träumer ist dein einzig wahrer Dichter; er besteht ›nur aus Einbildungskraft‹.

Einbildungskraft ist nichts als Erinnerung. Versuche dir etwas vorzustellen, was du nie beobachtet, erfahren, gehört oder gelesen hast. Versuche dir zum Beispiel ein Tier ohne Körper, Kopf, Glieder oder Schwanz – ein Haus ohne Wände oder Dach – vorzustellen. Im Wachen, wenn uns Wille und Urteil zur Seite stehen, können wir ein wenig kontrollieren und dirigieren; wir können aus dem Erinnerungsbestand sorgfältig aussuchen, das nehmen, was nützt, das ausschließen, was nicht geeignet ist, obgleich das manchmal schwierig ist; im Schlaf ›beerben uns‹ unsere Phantasien. Sie kommen gruppiert, die eine mit der anderen vermischt und verbunden, die eine aus Elementen der anderen gearbeitet, so daß das Ganze neu erscheint; die alten vertrauten Einheiten der Konzeption sind da, weiter keine. Wachend oder schlafend, gibt uns die Einbildungskraft nichts Neues, außer neuen Einstellungen: ›Der Stoff, aus dem die Träume gemacht sind‹, wurde von den Sinnen gesammelt und im Gedächtnis gespeichert, wie Eichhörnchen Nüsse horten. Aber einer der Sinne zumindest trägt zu der Traumherstellung nichts bei: niemand träumte je einen Geruch. Gesicht, Gehör, Gefühl, vielleicht auch Geschmack, sind alles Arbeiter, die für unsere nächtliche Unterhaltung Vorsorge treffen; aber der Schlaf ist ohne Nase. Es überrascht, daß jene scharfen Beobachter, die alten Dichter, den schlummernden Gott nicht so beschrieben haben und daß ihre gehorsamen Diener, die alten Bildhauer, ihn nicht so dargestellt haben. Vielleicht glaubten jene verdienstvollen Männer, die für die Nachwelt arbeiteten, daß Zeit und Mißgunst ihr Werk ja doch unvermeidbar in dieser Weise sieht und mit den Tatsachen der Natur in Einklang bringen würden.

Wer kann einen Traum so schildern, daß er als solcher erscheinen wird? Kein Dichter hat eine so leichte Feder. Ebensogut könnte man versuchen, Musik für Äolsharfe zu schreiben. Es gibt eine wohlbekannte Spezies der Gattung Nervensäge *(penetrator intolerabilis)*, die, wenn sie eine Geschichte gelesen hat – vielleicht von einem großen Stilisten –, zu deiner Erbauung und deinem Vergnügen sich bemüht, sorgfältig ihre Handlung zu erläutern; dann denkt die gute Seele, jetzt brauchst *du* sie nicht mehr zu lesen. ›Unter im wesentlichen ähnlichen Umständen und Bedingungen‹ (wie sie das zwischenstaatliche Handelsrecht kennt), hätte ich mich eines solchen Verstoßes nicht schuldig gemacht; dennoch beabsichtige ich, mit den Handlungen bestimmter Träume, die ich gehabt habe, fortzufahren, da die ›Umstände und Bedingungen‹, wie ich meine, insofern andere sind, daß die Träume selbst dem Leser nicht zugänglich sind. In dem Bestreben, ihren ärmeren Teil zu Protokoll zu geben, hoffe ich unnachgiebig auf einen höheren Erfolg. Salz, das ich auf den Schwanz eines Traums von flüchtigem Geist streuen könnte, habe ich nicht.

Bei Einbruch der Dunkelheit ging ich durch einen großen Wald mit unbekannten Bäumen. Woher und wohin, wußte ich nicht. Ich spürte die Weite des Waldes, mein Bewußtsein sagte mir, daß ich das einzige lebende Ding darin war. Ich war von einem schrecklichen Zauber besessen als Buße für ein vergessenes Verbrechen, das, wie ich vage vermutete, gegen Sonnenaufgang begangen worden war. Mechanisch und ohne Hoffnung bewegte ich mich unter den Armen eines gigantischen Baumes einen schmalen Pfad entlang, der in die unheimliche Einsamkeit des Waldes eindrang. Ich stieß auf einen Bach, der dunkel und träge über meinen Pfad floß, und sah, es war Blut. Mich nach rechts wendend, folgte ich ihm eine geraume Strecke und kam bald zu einer kleinen runden Öffnung im Wald, erfüllt von schwachem, gespenstischem Licht, in dem ich im Mittelpunkt der Öffnung ein tiefes Becken aus weißem Marmor sah. Es war mit Blut gefüllt, und das Rinnsal, dem ich gefolgt war, war sein Abfluß. Rings um das Becken, zwischen ihm und dem umschließenden Wald – ein Raum von vielleicht zehn Fuß Breite, gepflastert mit riesigen Marmorplatten – lagen Leichen – zwanzig; obwohl ich sie nicht zählte, wußte ich, daß die Zahl eine bedeutsame und verhängnisvolle Beziehung zu meinem Verbrechen hatte. Möglicherweise markierten sie die Zeit in Jahrhunderten, seit ich es begangen hatte. Ich erkannte nur, daß die Zahl stimmte, und kannte sie, ohne zu zählen. Die Körper waren nackt und symmetrisch um das zentral gelegene Becken angeordnet, sich strahlenförmig wie Speichen eines Rades von ihm ausbreitend. Die Füße waren nach auswärts gekehrt, die Köpfe hingen über die Kante des Beckens. Alle lagen auf dem Rücken, die Kehlen durchschnitten, und Blut tropfte langsam aus den Wunden. Unbewegt schaute ich auf all dies. Es war das natürliche und notwendige Ergebnis meines Verbrechens und berührte mich nicht; aber etwas erfüllte mich mit Furcht und Entsetzen: ein ungeheuerliches Klopfen, das sich langsam und hartnäckig wiederholte. Ich weiß nicht, welchen der Sinne es ansprach, noch ob es durch irgendwelche der Wissenschaft und der Erfahrung unbekannte Zugänge den Weg ins Bewußtsein fand. Die unbarmherzige Regelmäßigkeit dieses gewaltigen Rhythmus' war zum Verrücktwerden. Ich begriff, daß es den ganzen Wald durchdrang und die Offenbarung einer gigantischen und unerbittlichen Mißgunst war.

Weitere Erinnerungen an diesen Traum habe ich nicht. Wahrscheinlich vom Schrecken überwältigt, dessen Ursprung zweifellos in der Unruhe, die ein gestörter Kreislauf mit sich bringt, zu suchen war, schrie ich auf und wurde durch den Klang meiner eigenen Stimme geweckt.

Den Traum, dessen Gerüst ich nun vorstellen werde, hatte ich in meiner frühen Jugend. Ich kann nicht mehr als sechzehn gewesen sein. Jetzt bin ich wesentlich älter, jedoch erinnere ich mich an die Ereignisse so lebhaft, als wäre die Vision erst ›eine Stunde alt‹ und ich läge unter der Bettdecke verkrochen und zitterte noch nachträglich vor Schrecken.

Ich war allein in der Nacht auf einer grenzenlosen Ebene – in meinen schlechten Träumen bin ich immer allein, und es ist gewöhnlich Nacht. Nirgends waren Bäume zu sehen, keine menschliche Behausung, weder Flüsse noch Hügel. Die Erde schien mit einer kurzen, rauhen Vegetation bedeckt, die schwarz und stoppelig war, als habe ein Feuer die Ebene gefegt. Während ich vorwärts ging, ich weiß nicht, mit welchem Ziel, war mein Weg hier und da durch kleine Wasserlachen, die flache Mulden ausfüllten, unterbrochen, als wäre auf das Feuer Regen gefolgt. Diese Lachen waren überall, sie verschwanden und erschienen immer wieder, je nachdem wie die schweren, dunklen Wolken quer über jene Teile des Himmels trieben, den sie widerspiegelten, und im Weiterfliegen das stählerne Glitzern der Sterne enthüllten, in deren kaltem Licht die Wasser einen schwarzen Glanz ausstrahlten. Mein Weg lag Richtung West, wo über den ganzen Horizont hin, tief unterhalb langer Wolkenstreifen, ein blutrotes Licht brannte, was jenen Effekt der grenzenlosen Entfernung hervorbrachte, nach der ich seither in Dorés Bildern zu suchen gelernt habe, in denen jeder seiner Pinselstriche ein böses Omen und eine Verwünschung festhält. Im Gehen sah ich, wie sich gegen diesen unheimlichen Hintergrund eine Silhouette von Zinnen und Türmen abzeichnete, die sich mit jeder Meile meiner Reise ausdehnte, und zuletzt zu einer unvorstellbaren Höhe und Breite heranwuchs, bis sich das Gebäude über ein weites Blickfeld erstreckte, jedoch nicht näher zu sein schien als zuvor. Mutlos und hoffnungslos schlug ich mich weiter durch die verwünschte, drohende Ebene, und immer noch wuchs der mächtige Bau, bis ich ihn nicht mehr mit einem Blick umfassen konnte und seine Türme die direkt darüber stehenden Sterne versperrten; dann ging ich durch ein offenes Portal, zwischen Säulen von zyklopischer Maurerarbeit, von denen jeder einzelne Stein größer als das Haus meines Vaters war.

Drin herrschte absolute Leere; überall lag der Staub der Verlassenheit. Ein schwaches Licht – das gesetzlose, in sich selbst genügsame Licht der Träume – ermöglichte mir, von Flur zu Flur, von Raum zu Raum zu gehen, alle Türen gaben unter meiner Hand nach. Von Wand zu Wand war es in den Räumen ein weiter Weg, in keinem Flur erreichte ich je das Ende. Meine Schritte hatten jenen seltsamen, hohlen Klang, den man nur in verlassenen Häusern und bewohnten Grabgewölben hört. Stundenlang wanderte ich in dieser schrecklichen Einsamkeit; ich war mir bewußt, auf der Suche nach etwas Bestimmtem zu sein, wußte jedoch nicht, was es war. Schließlich – ich hielt es für den äußersten Winkel des Gebäudes – betrat ich einen Raum von gewöhnlichen Ausmaßen, der ein einziges Fenster hatte. Durch dieses sah ich wieder das blutrote Licht, das immer noch den Horizont entlang wie ein sichtbares Verhängnis in den unermeßlichen Weiten des Westens lag, und erkannte es als das dahinschleichende Feuer der Ewigkeit. Als ich die rote Drohung seines dumpfen und düsteren Schimmers betrachtete, überkam mich die schreckliche Wahrheit, die ich Jahre später als sonderbaren Einfall in Versen auszudrücken versuchte:

Wie lang die Zeit, daß es noch Menschen gab,
Die Engel gingen hin ins unbekannte Grab;

Sogar die Teufel sind am Ende kalt,
Und Gott fiel tot vom weißen Thron herab!

Das Licht hatte nicht die Macht, die Dunkelheit des Raumes zu vertreiben, und es dauerte einige Zeit, bevor ich in der hintersten Ecke die Umrisse eines Bettes entdeckte und mich ihm mit einer bösen Ahnung näherte. Ich fühlte, daß hier irgendwie das schlechte Geschäft meines Abenteuers in einem grauenvollen Höhepunkt enden sollte, konnte jedoch der Verzauberung, die mich zur Erfüllung zwang, nicht widerstehen. Auf dem Bett, teilweise bekleidet, lag der tote Körper eines menschlichen Wesens. Er lag auf dem Rücken, die Arme dicht an den Körper gelegt. Als ich mich über ihn beugte, was ich mit Ekel, aber nicht mit Furcht tat, konnte ich sehen, daß er schrecklich entstellt war. Die Rippen ragten aus dem ledernen Fleisch heraus; durch die Haut des eingesunkenen Bauches konnte man die Wirbel des Rückgrats sehen. Das Gesicht war schwarz und geschrumpft, und die von den gelben Zähnen weggezogenen Lippen verdammten es zu einem gespenstischen Grinsen. Eine Wölbung unter den geschlossenen Lidern schien anzudeuten, daß die Augen das übrige Wrack überlebt hatten; und das stimmte, denn als ich mich über sie beugte, öffneten sie sich langsam und starrten in die meinen, mit ruhigem, stetem Blick. Man stelle sich, so gut man kann, mein Entsetzen vor – keine meiner Worte können dem Vorstellungsvermögen helfen; die Augen waren meine eigenen! Dieses Fragment von Überresten einer verschwundenen Rasse – dieses unaussprechliche Ding, das weder Zeit noch Ewigkeit ganz ausgelöscht hatten – dieses haßerfüllte und abstoßende Überbleibsel einer Ethik, die noch nach dem Tod Gott und die Engel wahrnimmt, war ich!

Es gibt Träume, die sich wiederholen. Von dieser Kategorie ist einer meiner eigenen[1], der seltsam genug zu sein scheint, um seine Erzählung zu rechtfertigen, obgleich ich ehrlich befürchte, daß der Leser denken wird, das Reich des Schlafes sei alles andere als ein heiterer Jagdgrund für meine nachtwandelnde Seele. Das ist nicht wahr; die größere Zahl meiner Streifzüge durch das Traumland, und ich nehme an, die der meisten anderen auch, sind mit sehr glücklichen Erlebnissen verbunden. Meine Phantasie kehrt zum Körper zurück wie eine Biene zum Bienenstock, mit Beute beladen, die, mit Hilfe der Vernunft in Honig verwandelt, in den Zellen des Gedächtnisses aufgespeichert wird als ewige Freude. Aber der Traum, den ich nun erzählen möchte, hat doppelten Charakter; er ist seltsam schaurig im Erlebnis, aber das Entsetzen, das er einflößt, steht in komischem Mißverhältnis zu dem Ereignis, das ihn hervorgebracht hatte, so daß einen rückblickend die Phantasie amüsiert.

Ich gehe durch eine offene Lichtung in einem spärlich bewaldeten Gebiet. Zwischen dem Gürtel vereinzelter Bäume, der den unregelmäßigen Platz einfaßt, liegen Spuren von bebauten Feldern und Behausungen, die seltsame Einblicke geben. Es muß kurz vor Tagesanbruch sein, denn der fast volle Mond steht tief im Westen und zeigt sich blutrot hinter den Nebelschleiern, mit denen die Landschaft wunderlich gesprenkelt ist. Das Gras um meine Füße ist schwer von Tau, und die ganze Szene zeigt einen Morgen im Frühsommer, flimmernd in dem ungewöhnlichen Licht eines untergehenden Vollmondes. Nahe an meinem Weg steht ein Pferd, das sichtbar und hörbar die Gräser abfrißt. In dem Moment, in dem ich an ihm vorbeigehe, hebt es seinen Kopf und schaut mich für einen Augenblick reglos an, dann geht

1 Von mir angeregt, brachte die kürzlich verstorbene Flora Macdonald Shearer dieses Drama in ihrem Gedichtband »The Legend of Aulus« in Sonettform.

es auf mich zu. Es ist milchweiß, von sanfter Miene und freundlich anzusehen. Ich sage mir: »Dieses Pferd ist eine gutmütige Seele«, und bleibe stehen, um es zu streicheln. Es starrt mir immer noch in die Augen, kommt näher und spricht zu mir mit menschlicher Stimme, mit menschlichen Worten. Ich bin nicht überrascht, sondern erschreckt, und augenblicklich kehre ich in diese unsere Welt zurück.

Das Pferd spricht immer noch meine eigene Sprache, aber ich erfahre nie, was es sagt. Ich vermute, daß ich aus dem Land der Träume verschwinde, bevor es das ausdrücken kann, was es im Sinn hat, indem ich es durch mein plötzliches Verschwinden zweifellos ebenso heftig erschreckt zurücklasse, wie ich durch seine Art, mich anzusprechen, erschreckt bin. Ich würde etwas darum geben, den Inhalt seiner Mitteilung zu erfahren.

Vielleicht werde ich es eines Morgens verstehen – und nicht mehr in diese unsere Welt zurückkehren.

Englische und amerikanische Literatur im insel taschenbuch

Jane Austen: Die Abtei von Northanger. Aus dem Englischen von Margarete Rauchenberger. Mit Illustrationen von Hugh Thomson. it 931

– Anne Elliot. Aus dem Englischen von Margarete Rauchenberger. Mit Illustrationen von Hugh Thomson. it 1062

– Emma. Aus dem Englischen von Charlotte Gräfin von Klinckowstroem. Mit Illustrationen von Hugh Thomson. it 511

– Lady Susan. Ein Roman in Briefen. Die Watsons. Sanditon. Zwei Romanfragmente. Aus dem Englischen von Angelika Beck und Elizabeth Gilbert. it 1192

– Stolz und Vorurteil. Aus dem Englischen von Margarete Rauchenberger. Mit Illustrationen von Hugh Thomson und mit einem Essay von Norbert Kohl. it 787

Harriet Beecher-Stowe: Onkel Toms Hütte. In der Bearbeitung einer alten Übersetzung. Herausgegeben und mit einem Nachwort versehen von Wieland Herzfelde. Mit 27 Holzschnitten von Georg Cruikshank aus der englischen Ausgabe von 1852. it 272

Ambrose Bierce: Aus dem Wörterbuch des Teufels. Auswahl, Übersetzung und Nachwort von Dieter E. Zimmer. it 440

– Mein Lieblingsmord. Erzählungen. Mit einem Nachwort von Edouard Roditi. Aus dem Amerikanischen von Gisela Günther. it 39

– Der Mönch und die Henkerstochter und andere Schauermärchen. Deutsch von Karl Bruno Leder. it 1268

Anne Brontë: Agnes Grey. Aus dem Englischen von Elisabeth von Arx. it 1093

Charlotte Brontë: Jane Eyre. Eine Autobiographie. Aus dem Englischen von Helmut Kossodo. Mit einem Essay und einer Bibliographie herausgegeben von Norbert Kohl. it 813

– Shirley. Aus dem Englischen von Johannes Reiher und Horst Wolf. it 1145

– Über die Liebe. Herausgegeben von Elsemarie Maletzke. Übertragen von Eva Groepler und Hans J. Schütz. it 1249

Emily Brontë: Die Sturmhöhe. Aus dem Englischen von Grete Rambach. it 141

Edward George Bulwer-Lytton: Die letzten Tage von Pompeji. Aus dem Englischen von Friedrich Notter. it 801

Lewis Carroll: Alice hinter den Spiegeln. Mit einundfünfzig Illustrationen von John Tenniel. Übersetzt von Christian Enzensberger. it 97

– Alice im Wunderland. Mit zweiundvierzig Illustrationen von John Tenniel. Übersetzt und mit einem Nachwort von Christian Enzensberger. it 42

153/1/10.90

Englische und amerikanische Literatur im insel taschenbuch

Lewis Carroll: Briefe an kleine Mädchen. Herausgegeben und übersetzt von Klaus Reichert. Erweiterte Ausg. mit dreißig Fotografien des Autors. it 172

– Geschichten mit Knoten. Eine Sammlung mathematischer Rätsel. Herausgegeben und übersetzt von Walter E. Richartz. Mit Illustrationen von Arthur B. Frost. it 302

– Die Jagd nach dem Schnark. Übersetzt und ausgeleitet von Klaus Reichert. Mit Illustrationen von Henry Holiday. it 598

Geoffrey Chaucer: Die Canterbury-Erzählungen. Vollständige Ausgabe. Aus dem Englischen übertragen und herausgegeben von Martin Lehnert. Mit Illustrationen von Edward Burne-Jones. it 1006

Gilbert Keith Chesterton: Alle Pater-Brown-Geschichten. 2 Bände in Kassette. it 1263/1149

– Neue Pater-Brown-Geschichten. Die Ungläubigkeit des Pater Brown. Das Geheimnis des Pater Brown. 19 Detektivgeschichten. it 1263

– Pater-Brown-Geschichten. 24 Detektivgeschichten. Mit einem Nachwort von Norbert Miller. it 1149

James Fenimore Cooper: Der Lederstrumpf. Vollständige Ausgabe in fünf Bänden. In der Bearbeitung der Übersetzung von C. Kolb durch Rudolf Drescher. Mit Illustrationen von O. C. Darley. it 760

– Der letzte Mohikaner. Vollständige Ausgabe. In der Bearbeitung der Übersetzung von C. Kolb durch Rudolf Drescher. Mit Illustrationen von O. C. Darley und einem Nachwort von Peter Härtling. it 1212

Daniel Defoe: Glück und Unglück der berühmten Moll Flanders, die, im Zuchthaus Newgate geboren, nach vollendeter Kindheit noch sechzig wertvolle Jahre durchlebte, zwölf Jahre Dirne war, fünfmal heiratete, darunter ihren Bruder, zwölf Jahre lang stahl, acht Jahre deportierte Verbrecherin in Virginien war, schließlich reich wurde, ehrbar lebte und reuig verstarb. Beschrieben nach ihren eigenen Erinnerungen. Deutsch von Martha Erler. Mit Illustrationen von William Hogarth und einem Essay von Norbert Kohl. it 707

– Robinson Crusoe. Mit Illustrationen von Ludwig Richter. In der Übersetzung von Hannelore Novak. it 41

Charles Dickens: Bleak House. Aus dem Englischen von Richard Zoozmann. Mit Illustrationen von Phiz. it 1110

– David Copperfield. Mit Illustrationen von Phiz. it 468

– Detektivgeschichten. Aus dem Englischen von Franz Franzius. it 821

– Eine Geschichte aus zwei Städten. Mit Illustrationen von Phiz. it 1033

– Große Erwartungen. Aus dem Englischen von Margit Meyer. Mit Illustrationen von F. W. Pailthorpe. it 667

153/2/10.90

Englische und amerikanische Literatur im insel taschenbuch

153/3/10.90

Englische und amerikanische Literatur im insel taschenbuch

Matthew Gregory Lewis: Der Mönch. Aus dem Englischen von Friedrich Polakovics. Mit einem Essay und einer Bibliographie von Norbert Kohl. it 907

Lord Byron. Ein Lesebuch mit Texten, Bildern und Dokumenten. Herausgegeben von Gert Ueding. it 1051

Charles Robert Maturin: Melmoth der Wanderer. Roman. Aus dem Englischen von Friedrich Polakovics. Mit einem Nachwort von Dieter Sturm. it 1279

Herman Melville: Moby Dick. 2 Bde. Übertragen von Alice und Hans Seiffert. Mit einem Nachwort von Rudolf Sühnel. Mit Illustrationen. it 233

Samuel Pepys: Das geheime Tagebuch. Herausgegeben von Anselm Schlösser und übertragen von Jutta Schlösser. Mit Abbildungen. it 637

Edgar Allan Poe: Der entwendete Brief und andere Erzählungen. Ausgewählt von Franz-Heinrich Hackel. Aus dem Amerikanischen von Werner Beyer u. a. Mit Holzschnitten von Fritz Eichenberg. Großdruck. it 2309

– Das Geheimnis der Marie Rogêt und andere Erzählungen. Aus dem Amerikanischen von Werner Beyer, Felix Friedrich und anderen. it 783

– Grube und Pendel. Und andere Erzählungen. Mit einem Nachwort von Franz Rottensteiner und Illustrationen von Harry Clarke. Aus dem Amerikanischen von Günther Steinig. ›Grube und Pendel‹ wurde von Elisabeth Seidel übersetzt. it 362

Walter Scott: Im Auftrag des Königs. Die gefährlichen Abenteuer des Quentin Durward. Mit Illustrationen aus dem neunzehnten Jahrhundert und einem Nachwort von Traude Dienel. it 188

– Ivanhoe. Roman. Deutsch von Leonhard Tafel. Textrevision und Nachwort von Paul Ernst. it 751

Charles Sealsfield: Das Kajütenbuch oder Nationale Charakteristiken. Herausgegeben von Alexander Ritter. it 1163

William Shakespeare: Hamlet. Prinz von Dänemark. Aus dem Englischen von August Wilhelm von Schlegel. Durchgesehen von Levin L. Schücking. Mit Illustrationen von Eugène Delacroix. Herausgegeben und mit einem Essay versehen von Norbert Kohl. it 364

– Richard III. Aus dem Englischen von Thomas Brasch. it 1109

– Was ihr wollt. Aus dem Englischen von Thomas Brasch. it 1205

Mary W. Shelley: Frankenstein oder Der moderne Prometheus. Mit einem Essay von Norbert Kohl. it 1030

153/4/10.90

Englische und amerikanische Literatur im insel taschenbuch

Muriel Spark: Mary Shelley. Eine Biographie. Deutsch von Angelika Beck. Mit zahlreichen Abbildungen. it 1258

Laurence Sterne: Leben und Meinungen von Tristram Shandy Gentleman. In der Übersetzung von Adolf Friedrich Seubert. Durchgesehen und revidiert von Hans J. Schütz. Mit einem Essay und einer Bibliographie von Norbert Kohl. Illustrationen von George Cruikshank. it 621

– Yoricks Reise des Herzens durch Frankreich und Italien. Aus dem Englischen übersetzt und mit einem Nachwort versehen von Helmut Findeisen. Mit zwölf Holzschnitten nach Tony Johannot. it 277

Robert Louis Stevenson: Entführt oder Die Erinnerungen des David Balfour an seine Abenteuer im Jahre 1751. Mit einem Vorwort von E. Y. Meyer. Aus dem Englischen übersetzt von Michael Walter. Mit den Illustrationen der Erstausgabe. it 321

– Die Schatzinsel. Aus dem Englischen von Karl Lerbs. Mit Illustrationen von Georges Roux. it 65

– Der seltsame Fall von Dr. Jekyll und Mr. Hyde. Deutsch von Grete Rambach. Mit Illustrationen von S. G. Hulme Beaman. it 572

Bram Stoker: Dracula. Aus dem Engl. von Karl Bruno Leder. it 1086

Jonathan Swift: Ausgewählte Werke in drei Bänden. Herausgegeben, eingeleitet und kommentiert von Anselm Schlösser. Mit einem Essay von Martin Walser. it 654

– Ein bescheidener Vorschlag, wie man verhindern kann, daß die Kinder der Armen ihren Eltern oder dem Lande zur Last fallen und andere Satiren. Mit einem Essay von Martin Walser, Die notwendigen Schritte. Übersetzt von Felix Paul Greve. Revision der Übersetzung von Walther Freisburger und Klaus Reichert. it 131

– Gullivers Reisen. Mit Illustrationen von Grandville und einem Vorwort von Hermann Hesse. Aus dem Englischen übersetzt von Franz Kottenkamp. Vervollständigt und bearbeitet von Roland Arnold. it 58

William Makepeace Thackeray: Das Buch der Snobs. Aus dem Englischen von H. Conrad. Mit Illustrationen von W. M. Thackeray. Herausgegeben von Norbert Kohl. it 372

– Jahrmarkt der Eitelkeit. Ein Roman ohne Held. 2 Bde. Mit Illustrationen von Thackeray. Herausgegeben und mit einem Nachwort von Norbert Kohl. Dem deutschen Text wurde eine Übertragung aus dem Nachlaß von H. Röhl zugrunde gelegt. it 485

153/5/10.90

Englische und amerikanische Literatur
im insel taschenbuch

Mark Twain: Gesammelte Werke in 10 Bänden. Ausgewählt und zusammengestellt von Norbert Kohl. it 831-840
– Band 1: Durch dick und dünn. Deutsch von Hans J. Schütz. Mit Illustrationen von Klaus Ensikat. it 831
– Band 2: Tom Sawyers Abenteuer. Bearbeitet von Karl Heinz Berger. Mit Illustrationen von True W. Williams. it 832
– Band 3: Tom Sawyer im Ausland. Tom Sawyer als Detektiv. it 833
– Band 4: Bummel durch Europa. Deutsch von Gustav Adolf Himmel. Mit Illustrationen der Erstausgabe von W. Fr. Brown, True W. Williams, B. Day u. a. it 834
– Band 5: Prinz und Bettelknabe. Deutsch von Walter Scherf. Mit Illustrationen der Erstausgabe von Frank T. Merill, John J. Harley und L. S. Ipsen. it 835
– Band 6: Leben auf dem Mississippi. Deutsch von Helene Ritzerfeld. Mit Illustrationen von Klaus Ensikat. it 836
– Band 7: Huckleberry Finns Abenteuer. Deutsch von Barbara Cramer-Nauhaus. Mit Illustrationen von Edward W. Kemble. it 837
– Band 8: Ein Yankee am Hofe des Königs Artus. Deutsch von Maja Ueberle. Mit Illustrat. der Erstausgabe von Daniel C. Beard. it 838
– Band 9: Der berühmte Springfrosch und andere Erzählungen. it 839
– Band 10: Der geheimnisvolle Fremde und andere Erzählungen. Deutsch von Walter Hasenclever u. a. Mit Illustrationen der Erstausgabe von Lucius Hitchcock, W. T. Smedley und N. C. Wyeth. it 840
– Der gestohlene weiße Elefant und andere Erzählungen. Ausgewählt von Franz-Heinrich Hackel und Norbert Kohl. Mit zahlreichen Abbildungen. Großdruck. it 2308

Horace Walpole: Die Burg von Otranto. Aus dem Englischen von Joachim Uhlmann. Mit farb. Illustrationen der Ausgabe von 1796, einem Aufsatz von Walter Scott und einem Essay von Norbert Kohl. it 1087

Oscar Wilde: Gesammelte Werke in zehn Bänden. Herausgegeben von Norbert Kohl.
Band 1: Das Bildnis des Dorian Gray
Band 2: Märchen und Erzählungen
Band 3: Theaterstücke I
Band 4: Theaterstücke II
Band 5: Gedichte
Band 6: Essays I
Band 7: Essays II
Band 8: Briefe I
Band 9: Briefe II
Band 10: Briefe III it 582

153/6/10.90

Italienische und spanische Literatur im insel taschenbuch

Pietro Aretino: Kurtisanengespräche. Aus dem Italienischen von Ernst Otto Kayser. Mit Anmerkungen des Übersetzers und einem Nachwort von Helmuth Faust. it 948

Giambattista Basile: Das Märchen aller Märchen. ›Der Pentamerone‹. 5 Bde. Deutsch von Felix Liebrecht. Herausgegeben und mit einem Nachwort versehen von Walter Boehlich. it 354

Cesare Beccaria: Über Verbrechen und Strafen. Nach der Ausgabe von 1766. Übersetzt und herausgegeben von Wilhelm Alff. it 1068

Die Wahrheiten des G. G. Belli. Römer, Huren und Prälaten. Eine Auswahl seiner frechen und frommen Verse. Vorgestellt und aus dem Italienischen übertragen von Otto Ernst Rock. it 754

Die Blümlein des heiligen Franziskus von Assisi. Aus dem Italienischen nach der Ausgabe der Tipografia Metastasio, Assisi 1901, von Rudolf G. Binding. Mit Initialen von Carl Weidemeyer. it 48

Boccaccio: Das Dekameron. Mit 110 Holzschnitten der italienischen Ausgabe von 1492. Deutsch von Albert Wesselski. Übertragung der Gedichte von Theodor Däubler. Einleitung von André Jolles. 2 Bde. in Kassette. it 7/8

– Erotische Geschichten. Ausgewählt aus dem Dekameron des Giovanni di Boccaccio. Aus dem Italienischen von Albert Wesselski. Mit einem Aufsatz von Friedrich Schlegel und Zeichnungen von Jakob Schwarzkopf. it 1078

Benvenuto Cellini: Leben des Benvenuto Cellini florentinischen Goldschmieds und Bildhauers. Von ihm selbst geschrieben, übersetzt und mit einem Anhange herausgegeben von Johann Wolfgang Goethe. Mit einem Nachwort von Harald Keller. it 525

Miguel de Cervantes Saavedra: Die Novellen. Übersetzt von Konrad Thorer. it 1007

– Der scharfsinnige Ritter Don Quixote von der Mancha. 3 Bde. Mit einem Essay von Iwan Turgenjew und einem Nachwort von André Jolles. Mit Illustrationen von Gustave Doré. Textrevision nach der anonymen Ausgabe 1837 von Konrad Thorer. it 109

Collodi: Pinocchios Abenteuer. Aus dem Italienischen von Nino Erné. Mit farbigen Bildern von it 1047 Sabine Friedrichson.

Dante: Die Göttliche Komödie. Mit fünfzig Holzschnitten von Botticelli. Deutsch von Friedrich Freiherr von Falkenhausen. 2 Bde. it 94

Maria de Zayas y Sotomayor: Erotische Novellen. Aus dem Spanischen von Clemens Brentano. Mit einem Nachwort von Gerhard Poppenberg. it 1369

168/1/8.91